宗昊社会纪实小说集

婚姻症候群

宗昊 著

中国青年出版社

一

挨打的男人要离婚

姚遥坐在自己的办公室里，克制不住地打量着眼前这个男人：四十多岁，有点儿谢顶，眼睛里充满了惊恐、无奈和委屈。做了十年律师，打了七年离婚官司，姚遥这还是第一次看见带着这样委屈神情来找她求助的男人。

姚遥的助手给两个人端来了水。姚遥的是自己的杯子，助手晶晶知道她的口味，平常只喝普洱，而且是云南的生普洱。这种茶喝在嘴巴里会带一点微微的苦涩，但是很健胃，还安神。姚遥有神经衰弱的毛病，白天稍有风吹草动就睡不着觉了，所以什么铁观音、龙井这些茶姚遥基本上不敢碰，咖啡更是连想都不要想。她的杯子里只有这一种生普洱。

但是，当律师的办公室里少不了来人。尤其是姚遥，三年前被妇联看上，当上了公益律师——是着重保护妇女儿童合法权益的公益律师。从那以后，姚遥的办公室里经常会有怨妇出现。她们有各种可怜的身世，又遇上了各种背信弃义的丈夫，她们的头脑里除了哀怨还是哀怨。为了让她们能在自己的办公室里得到短暂的平静，为了帮助她们恢复理智，姚遥特意让助手准备了一些甜的东西：糖果和水果茶。

今天面对这个男人，助手也有点犯难。晶晶为他泡了一杯龙井，这是晶晶自己的藏货。也是没来由，从接到这个男人的第一个预约电话起，晶晶就觉得这个男人是个可怜虫。他打电话的声音颤颤巍巍，还小得可怜，晶晶好几次都让他把声音提高了再说话，但是一个男人的声音在电话那头还是显得那样无力苍白。晶晶放下电话还跟姚遥开玩笑，说这个人是不是没吃饭啊，怎么弄得跟特务接头似的。

姚遥现在就领教了这个接头的"特务"。晶晶给他端来了冒着热气的绿茶，茶是玻璃杯泡的，颜色净透，杯口上方萦绕着热腾腾的雾气。晶晶的动作有些快，看得出茶杯有点烫手。男人的眼光先是无处可放，不敢和姚遥对视，晶晶端着热茶一进来，把他的眼神救了。他一直盯着晶晶行走的线路，当他发现晶晶是给他倒的茶，他立刻诚惶诚恐地站起来，速度之快让姚遥和晶晶都始料未及，差点把椅子都拽倒了。

晶晶把茶杯放下，给了男人一个职业的笑容，男人更加惶恐，搓着手说："不用麻烦。您看，我不渴！"

姚遥坐在桌子对面，观察着他，凭借职业的敏感，她觉得这个男人不是刻意在找这种状态，他是真实的。可是，是什么情况能让一个男人如此胆怯和惊恐呢？

晶晶放下茶就出去了。姚遥安抚着男人，说："您不用这么紧张。您找我有什么事，可以直说。我们是律师，为当事人保护隐私是我们的职责，为您争取合法权益是我们的工作。您可以放心。"

男人又搓了搓手，狠狠点了点头，强挤出一丝笑容，说："是、是。我是听妇联的张大姐说，说您是个好律师，我这才来找您的！"

姚遥有点惊讶，妇联？还张大姐？姚遥又问了一句："您是说，权益部的张部长吗？她介绍您来的？"

男人点点头，脸上的表情有些尴尬。姚遥迅速调整自己的表情，又慢慢地说："我和张部长合作很多年了。她介绍您来找我，是有什么我能帮您的吗？"

姚遥觉得自己的问话没什么不妥，而且语气也很缓和。可是她的问话却如同导火索，姚遥眼看着眼前这个男人的脸色迅速变了，如同孩子般，在短短两三秒钟之内就变得无可挽回，眼睛红了，嘴角撇了，连鼻头都红了。在两滴浑浊的泪珠滚落之后，男人的抽噎变得肆无忌惮，最后就成了号啕大哭。

七年里，姚遥平均每周都要接待一名妇联介绍来的女当事人。每周姚遥的办公室里都会弥漫着泪水凝结成的空气。但是，看一个中年男人号啕大哭，姚遥还是第一次。

姚遥有点惊慌地跑过去给男人递纸巾，男人双手捂脸，鼻涕一把泪一把。姚遥站在他身边，进也不是，退也不是，只好站在那等着他哭完。

足足过了五分钟，男人的情绪才慢慢恢复了平静。姚遥看着半盒纸巾已经被揉成了纸团，这才把录音笔打开，安慰男人说："到我这来的，都是有一肚子委屈，您现在要是平复了，咱们就开始吧。您把您的情况先简单说说，看看我有什么能帮您的。"

男人没说话，而是向前拉了拉椅子，把自己的胳膊放在面前的桌子上，向上撸起了袖子。男人是带着哽咽之声做这一系列动作的，姚遥的视线聚焦在他的胳膊上，一块一块的瘀青现了出来。瘀青的程度不一，看来造成的时间也不一样。瘀青之间，还有隐约的别的伤疤，似乎是割伤的，近距离地观察，有些恐怖。

男人收起一只胳膊，又撸起另一只，也是这样，然后是腿，男人只把裤管卷到了膝盖，两条小腿上也都是伤痕累累。放下裤管，男人为难地说："还有腰、后背也是，肩膀上也有。"

姚遥见过因为实在忍受不了家庭暴力前来求助的女性，她们身上的伤也都是匪夷所思，有被利器伤的，有被烟头烫的，有被酒瓶子砸的，但是今天这个男人身上的伤痕让姚遥算是开了眼，如此密集的大面积的伤她还是第一次看到。姚遥在脑子里出现了刑事犯罪的影子，可是很快打消，因为妇联权益部是不可能把刑事案件推荐到她这里的。

男人展示完伤痕，开始说话："我姓姜，我叫姜玉成。我找您，是想咨询一下，怎么能尽快离婚，越快越好。"

姚遥问："那您身上的伤……"

姜玉成叹口气，说："打的，我媳妇打的！"

姚遥太惊诧了，眼前这个男人身高大概在一米七五以上，微胖，除了面色憔悴和微微谢顶以外，看不出有太柔弱的地方。被老婆打成这样，这老婆得什么样啊？

姜玉成看出了姚遥的惊讶，他自己似乎已经习惯了别人的这种眼光，他很镇定，缓缓地说："我没骗您。我和我媳妇结婚十多年了，头三年我们还挺好的，到后来她脾气越来越大。尤其是从前年开始，我们厂子效益不好，我下岗了。从那以后，她就越瞧我越不顺眼。开始是天天骂，骂我好吃懒做，骂我光吃不拉……开始我还忍着，想着她可能快到更年期了，脾气不好，忍忍就过去了。可是后来，她越骂越难听，在屋里骂还不行，还要把我揪到院子里骂。您知道吗，我们住的地儿在南城，街里街坊的全认识。她把我揪到院子里骂呀，整个大杂院的都能听见。老街坊出来劝，没用；居委会的来劝，也没用。后来把我实在是骂急了，我就还了嘴，她就开始打我！头一次，她是顺手抄起了墙边的墩布，劈头盖脸地朝我打啊。您知道吗，那墩布是人家街坊墩完地，刚在水池子里涮完，还没拧干净的墩布。她就拿它打我啊，泥点子、脏水抽得我一身一脸。街坊们拉都拉不住。打那以后，甭管什么事，只要是瞧我不顺眼，她手边有什么就抄起什么打我啊！"

姚遥忍不住地插了一句："你没反抗过吗？"

姜玉成把头低得都快夹到两腿中间了，说："我打不过她。她每次都是下死手，都恨不得当时就把我打死。有一次，实在把我打急了，我就往外跑，正赶上我们大舅子来，在胡同里迎面就撞上了。您知道吗？连她亲哥哥都瞧不下去了，她那天是举着菜刀追我啊。是她哥哥上去把刀给夺下来的，完了还领着我去医院缝的针，当时一胡同的人都吓傻了，我的血啊，您知道吗，从我们家厨房一直流到胡同口啊！"

姚遥听着姜玉成的叙述，看着这个男人泛红的眼圈和鼻头，不由得不相信。不过，姚遥还是说："您说的这些我都相信，不过，家庭暴力这种事是需要举证的，恐怕我还要进行一系列的取证。"

姜玉成的眼睛突然有点发亮，他有点兴奋地说："我知道、我知道。张大姐也是这么对我说的。那次是我实在受不了了，被她打得不敢回家，就跑到居委会躲着。居委会的吴大妈也是看不下去了，就带着我去了妇联。不怕您笑话，我知道妇联那是给女同志撑腰的地儿，您说我一个大老爷们儿，让媳妇给打得上妇联说理，您说我这脸……咳，反正我这辈子是没脸见人了。"

姚遥不得不同情起这个男人。当他被自己的老婆追打得无家可归，被居委会的老大妈领进妇联的时候，他那一刻的尊严应该已经丧失到底了吧。

姜玉成接着说："后来张大姐问了情况，又看了我的伤，说男人打老婆她们管，这女人打老公她们也得管。然后，她们几个领导就去我们家了。"

姚遥问："有效果吗？"

姜玉成痛苦地摇摇头，眼睛都闭上了，说："没有啊。您知道吗，妇联的领导不光去了我们家，还去了我媳妇他们单位，没用！当时找她谈话，她说她不打了；转过脸来就不是她啊，回来接茬儿打。不光我，还说'是你不要脸，你把这事告到我们单位的，我才不怕'什么的。唉！那些日子我都想寻死啊！"

姚遥问："那您又找妇联了吗？"

姜玉成说："找了！妇联还偷偷联系了一个治精神病的大夫来我们家看过，人家大夫说她没病！后来张部长说她也没辙了，就让我去医院验伤，然后就把您电话告诉我了，让我来找您。您知道吗，现在妇联的人都认识我了，见着我就问'还没离哪？'"

姚遥轻轻叹了口气，心想，如果这一切属实，恐怕也只能离了。

姜玉成从随身带的布袋子里拿出一沓子纸，姚遥接过来看了看，都是医院的诊断书，各种伤害证明，时间断断续续一直延续到一年前。姚遥不解地说："既然医生鉴定了您爱人的精神没有问题，您又长期受虐待，您怎么不早点提离婚呢？"

姜玉成嗫嚅了半晌，吭吭哧哧地说："我们结婚以后住的房子是她娘家给的。我要是离了婚，我没地方去。"

姚遥点点头，在本子上记下了，又问："那怎么现在又下定决心离了呢？"

姜玉成的脸都红了，又是吭哧了半天，才说："我们家……要拆迁了。"

二

为了房子要离婚，门儿也没有

　　姚遥按照姜玉成提供的资料，找到了姜玉成户籍所在地的居委会。虽然已经和张部长通过电话，并且拿到了妇联方面的相关受理记录，姚遥还是不太放心。这个案子，她必须要实地考察一番，才能确定是否要帮助姜玉成打这个官司。不是她不相信姜玉成，而是案子里涉及了拆迁。事务所里的同事都有一个不成文的共识，凡是涉及房产和拆迁的，都要多加二十分小心。姚遥在事务所待了十年，打了七年离婚官司，看到听到了太多因为房产引发的离婚案件。有人是为了拆迁能多分房，哭着喊着要赶在拆迁之前把婚离了；有人是明明感情已经破裂，并且分居多年，可就是为了耗房产，说什么也不签字。

　　姚遥只凭姜玉成单方面提供的信息还无法确定，姜玉成是不是为了房产才离婚的。她需要见到当事人，哪怕是从侧面了解一下情况也好。毕竟姜玉成是个男人，不是这个社会所认定的弱势群体。如果他是为了图谋房产而要离婚，那对于他的妻子来说就是不公平的。但是如果他所说的情况都属实，那姚遥也要去为他争得应该属于他的那一份。

没怎么太费事，姚遥就找到了居委会的吴大妈。吴大妈人特热情，典型的老北京，说话的味儿和姜玉成有一点儿像。姜玉成的口头语是"您知道吗？"吴大妈的口头语是"您可不知道！"

吴大妈看了姚遥的证件，听了她的来意，上来就滔滔不绝："姚律师！您可不知道！这小姜可是个老实孩子。他们家就他一个男孩，上头有俩姐姐，前年吧，还是去年啊，他老妈刚没！哎哟这孩子真是命苦！小时候没享什么福，听说家里条件不好，寡妇妈拉扯他们姐弟仨！您说这大了大了，又摊上这么一个媳妇儿，这不是上辈子造孽吗！"

姚遥在感情上很爱听大妈这么跟自己唠嗑，但是时间不允许。她只好客气地打断吴大妈："大妈，您主要给我说说他们两口子的事吧！"

吴大妈赶紧拉回话茬儿："您瞧我，扯远了。她媳妇打小就是我们这片儿的。这房子就是她娘家给的嘛。她爹妈我们都认得，也是前几年没的。要说这孩子……"

姚遥又不得不插话了："她叫什么，在哪工作啊？"

吴大妈说："噢，叫李淑华。跟姜玉成应该是同岁，我们刚进行完入户登记，没错。工作就在前面一站地，有个肥羊超市，在超市上班。两口子是结了婚就在这儿住，这么多年了，刚结婚那两年挺好的，后来就不行了，动不动就吵。哎呀，您可不知道！说是吵架，其实就是李淑华骂街，骂姜玉成骂得那个难听啊。开始我们邻居街坊的还出来劝，嘿，谁劝骂谁。我们那阵儿都怀疑这李淑华是不是到更年期了！要不，就是得了神经病什么的！嘿，您猜怎么着，后来骂都不解气了，干脆就打上了！"

姚遥一边记录一边问："那您知道他们吵架都是为了什么吗？"

吴大妈姚摇摇头，说："您可不知道！都是屁大点事！什么嫌姜玉成做饭做晚了，菜咸了，冬天炉子没封好，夏天窗户没关严……哎呀，没一件正经事！"

姚遥又问："那姜玉成没反抗过吗？"

吴大妈一拍大腿，说："您可不知道！那李淑华厉害的，平常没事，一打起来，都是下狠手啊！我们开始也奇怪，您说姜玉成一个大老爷们儿，怎么也打得过一个娘们儿吧！嘿！还真干不过。我们这儿的男同志去拉过架呀！俩男的愣是拽不住她！最怕的就是在厨房打起来，邻居们都得关门，她敢举着刀砍啊！您可不知道！去年，一个外地小伙子，刚大学毕业，在他们那院子里租房住，头一回看见这阵仗，给吓得，当时就报警了。人家警察来一看是两口子打架，就教育了两句，走了。我们一看，人家警察也管不了啊，干脆还是劝小姜，离了算了！"

姚遥突然问了一句："大妈，咱们这要拆迁是吧？"

吴大妈愣了一下，说："是啊！和这事有关系吗？"

姚遥笑了一下，说："那这房子是李淑华的，据您所知，姜玉成有房子吗？"

吴大妈努力地想了想，说："没有！先前他妈在那会儿，是住在他姐姐那，好像是二姐。他媳妇把他打急了，他就躲他姐家去！好像他姐那也不宽敞，两口子，带一个孩子，还有个老妈，所以，每次躲也躲不了两天，就还得回来！"

姚遥突然想起了什么，又问："他们两口子没孩子吗？"

吴大妈又一拍大腿，说："要不说呢！您说要是有个孩子，是不是就不至于打成这样了？"

从居委会出来，姚遥径直就到超市去了。不管是出于好奇还是取证，姚遥都想会一会传说中的李淑华。在居委会吴大妈那儿，姚遥见着了李淑华的照片，一张蛮端庄的脸，浓眉大眼，短发，很精干利落，照相时穿的还是一件红衣服，脸上还化着淡妆。虽然那个妆容在年轻女性们看来化得毫无技巧，但是姚遥还是从浓浓的眉毛和眼线里看出了一个女人对生活的渴望。姚遥很难把照片上这个人同那个举着刀、追着老公满胡同跑的泼妇联系起来。她更愿意相信是这个女人的精神状况出现了问题，或者是别的什么原因。要知道，光看照片，李淑华看上去要比姜玉成小好几岁，而且，姚遥看得出，年轻时候的李淑华，一定是那个时代的美女。

在超市里，姚遥没怎么费劲就找到了李淑华。首先是超市很好找，就在路边，虽然装潢上不比家乐福、沃尔玛，可是一看门脸就知道，这应该是方圆五里最大的超市了。走进里面，光线很好，因为时间是在下午，超市里人并不多。早上赶集的大妈们都回家休息了，鲜菜货架上已经没有了商品，散装鸡蛋也卖没了，只剩下了盒装的。姚遥在稀松的人群里，一眼就看见了李淑华，靠着饮料货架站着，没和任何人聊天。和周围三三两两凑在一起的促销员比起来，这个李淑华的脸上写着两个字：孤独。

姚遥走过来，看着李淑华，李淑华正看着远处发呆，没发现她。姚遥轻轻地叫了一声"您好"，李淑华反应过来，看着姚遥，问："想找什么？"

姚遥递上了自己的名片。姚遥有两张名片，一张是事务所的，名头就是"律师"；一张是妇联的，是"公益律师"。姚遥递给李淑华的，是"公益律师"。李淑华略带疑惑地瞄了一眼，又打量了一下姚遥。姚遥今天没穿套装，就是简单的白衬衫和牛仔裤，背着一个很大的包。姚遥还扎了一条辫子，这身打扮不由得李淑华狐疑。她问姚遥："你找我？什么事？"

姚遥说："是妇联和街道、居委会让我过来看看你，看看你有什么困难需要我们帮助。"

李淑华愣了一下，忽然间鼻子抽了一下，冷笑了一声："我？有什么困难？有啊！我缺钱，你能给我吗？"

姚遥笑了笑，说："是你先生来找我们求助的。他说你们两个人之间出了点问题。"

李淑华的身体一下子挺直了，后背从刚刚倚靠的货架上弹了回来，她恶狠狠地说："这个臭不要脸的！他还要往哪儿散啊！他都跟你们说什么了？"

姚遥听着李淑华的声音明显提高了，赶紧安抚她的情绪，说："要不，我等你下班，咱们找个地方谈吧！现在咱们说这个，你不方便吧？"

李淑华很明显是在克制，她看看四周，已经有别的促销员往她们这里看了。李淑华二话不说，拽着姚遥的胳膊就往外走，姚遥没防备，紧走几步跟上李淑华的步伐，胳膊还是被她拽得生疼。

李淑华一口气把姚遥拽到超市门口，立定了，看着姚遥，一脸的挑衅加不屑，说："说吧，找我干吗？那浑蛋到底说什么了？"

姚遥耐心地说："你先冷静冷静。您先生——是姜玉成对吧？他来妇联求助，展示了他身上的伤，还有医生的鉴定书。你知道，妇联是咱们妇女的娘家人，我们还是第一次遇到丈夫来妇联投诉遭受妻子暴力的。我们不能仅仅听信姜玉成的一面之词，不管我们接下来要做调解还是维权，我们都要取得你们夫妻双方的信任。我必须要听你怎么说。"

李淑华看着姚遥，舌头在嘴巴里搅动，姚遥这才发现，她应该正在咀嚼口香糖。脸部的动作和眼珠一起，有规律地运动着，把李淑华的五官弄得有点扭曲了。李淑华狠嚼了几下，对姚遥说：

"是，没错，我打的。犯法吗？"

姚遥说："犯法不犯法这个问题我现在还不好回答你。严格意义上说，打人，尤其是像你这样对人造成了一定形式的伤害，就已经触犯法律了。但是因为你丈夫，也就是姜玉成，并没有去公安机关报案，所以现在也没有公安机关对你立案侦查，你现在还是自由的。"

李淑华的面部表情稍稍放松了一些，说："那你来找我干吗？"

姚遥说："姜玉成找我们是来求助的，他想和你离婚，确切地说是希望能和你和平分手。我来找你，是想听听你的意见。"

李淑华把嘴里的口香糖"噗"的一下吐在了地上。姚遥平静地看着她，对她这个动作有心理准备。李淑华说："离婚？我早就不想跟他过了！好几年前我就要跟他离，是他死缠烂打；现在他想起来离了，门儿也没有啊！"

姚遥继续保持着职业的冷静，她循循善诱地接着问："你不同意离婚？能说说为什么吗？根据我们的走访和了解，你们两人之间的感情似乎早就破裂了。你对他的暴力行为也已经持续了三年的时间，现在这么拖着，对你对他都很痛苦。"

李淑华双手抱臂，看着姚遥："三年了！他三年里没往家里拿过一分钱。他吃我的喝我的住我的，打死也不跟我离婚！现在我们这儿要拆迁了，他什么意思啊？他把我当傻子吗？想从我这分走房子是不是？你回去告诉他，这房子，是我娘家留给我的，当年他就是倒插门，想离婚可以，让他光屁股滚蛋，别想从我这拿走一分钱！"

姚遥整理了一下肩膀上的背包带，调整了一下背包的角度。她继续保持着耐心对李淑华说："我理解你的心情，但是，根据咱们的法律，即使是倒插门、招赘到你们家的，也有合法的权益需要保障。你们的房子是你的婚前财产，这个现在可以认定，但即使是婚前财产，由于你们结婚已经十多年，姜玉成也拥有了分割它的权利。也就是说，除非当初你们在婚前作了公正，他同意这个房子始终归你所有，不然，现在即将拆迁，他有权利分得一份。据我所知，你们这次拆迁是两种方法，一种是货币补偿，一种是原地上楼，这个需要你们再补交一部分房款。如果是货币补偿，这个钱，就应该被视为是你们的共同财产，需要分割；如果你们想要房子，这可以协商。你们可以各自出资，补偿房款。但是如果这样的话，如果能分到两个一居还好，如果只能得到一个两居，恐怕还要再进行二次分割。这个会很麻烦。"

李淑华在姚遥职业的陈述中，一点一点冷却下来。她说："我要是不离呢？"

姚遥说："那你还打算继续打他？打到什么时候？一旦把他打成重伤，甚至出现更严重的后果的时候，咱们就不可能像这样谈话了。你打他，你也有风险，有犯罪、入狱的风险。"

李淑华狠狠地看着姚遥，看了几秒钟之后，突然又拽起了姚遥的胳膊，有点抓狂地说："走！你现在就跟我回家！我给你好好看看，我有什么能分给他的！我给你看！"

三

早就应该离啊！

李淑华的家在胡同深处的一个大杂院里。超市距离这条胡同也就一站地。李淑华无视姚遥要开车载她的要求，一口气，拉着她就往家里走。姚遥一路上被拽得几次趔趄，气喘吁吁，引得很多过路的行人侧目。李淑华不管那么多，也许是多年的历练已经让她感受不到别人的注意了。

她一口气把姚遥拽到自己家门前，利索地掏出钥匙打开门，几乎是推着姚遥进的屋。房子朝北，是这个大杂院里最差的一间。姚遥一进屋，眼前黑咕隆咚的，看不清内容，鼻子里还涌进一股潮味。李淑华快速拉了一下灯绳，屋子里顿时有了昏黄的亮光。姚遥得以看清眼前的这间屋子：一张双人床，一个老式的大衣柜，基本上是姚遥小时候家里用的那种，双开门的，一张油渍麻花的桌子，两张电镀折叠椅。折叠椅的坐垫是红色革面包裹的海绵，革面已经破了，海绵自由自在地钻出来，从黄色变成了黑色。

再环顾一下，这个家里还有一台老式的冰箱。姚遥观察了很久，才发现这台冰箱居然是"雪花"牌的，门子上的漆都掉了，门楣上的四颗星星倒还依然坚挺着。房间里有个电视，被放在了一张摇摇欲坠的木凳子上，电视似乎是 25 寸的，很占地方，在这个液晶电视走进千家万户的时代，李淑华和姜玉成还在看着用破凳子架起来的破电视。

姚遥力求在平静中审视这个家，李淑华的胸脯却无法平静，它起伏得很厉害，它的运动让李淑华上气不接下气、哽咽地哭诉："这就是我的家，我住的地方。你看见了吧，这电视、这冰箱，还有这大衣柜，全是我从娘家带来的。我嫁给他十二年，除了刚结婚的那年他给我买过一条裤子，其他什么也没买过！他给这个家做什么了？凭什么离婚我还得给他钱？他一个大老爷们儿，有手有脚，可他什么也不干，天天靠我一个女人养活，他还有脸要钱？我死也不给！他再敢要老娘真就一刀剁了他！不就偿命吗？我早就不想活了！"

姚遥听见了邻居们噼里啪啦关门闭户的声音。估计是这些年，邻居们已经麻木了。

姚遥走到门口，和所有住在大杂院里的人家一样，他们家也有自己私搭乱建的一个小厨房。姚遥径直走进去，拎起一只黑乎乎的水壶，问李淑华："这是你们家的壶吗？咱们烧点水喝吧，被你拽了一路，嗓子都冒烟了。"

李淑华正沉浸在自己的悲痛里，突然听姚遥这么一说，情绪还有点出不来。她看着姚遥拎着那只水壶，赶紧擦了擦眼泪，顺从地走过来，去院子里接水、烧水。姚遥自顾自地坐在了电镀椅上，等着李淑华忙活完进屋。

李淑华又从厨房里搜出一只杯子，玻璃的，还有搪瓷印花的那种，一看就是很久不用了，李淑华拿着它在院子里的自来水管前又冲又刷了半天，直到壶都开了，她才弄好。

姚遥拦住了正要倒水的李淑华。她从书包里拿出一个小盒子，里面是一包一包的玫瑰水果茶。姚遥撕开一个纸包，把粉色的内容倾倒在玻璃杯里，又接过李淑华手里的水壶，给玻璃杯里倒满了开水。一杯粉红色的、冒着玫瑰花香的热茶被端到了桌子上，姚遥伸手拉了一下李淑华，让她坐下，把这杯茶推到她跟前。姚遥这才说话："这个婚姻的不幸不是姜玉成一个人的，是你们两个人的。你觉得，你们还有过下去的希望吗？"

李淑华的眼泪又涌出来了，她哭着说："十年前我就没有指望了！"

姚遥说："我听说姜玉成下岗是这几年的事。他没下岗的时候，你们也没攒下钱来吗？"

李淑华哽咽着摇摇头，对姚遥说："他的钱，都给他妈和二姐了。当初介绍人介绍的时候，说他是家里独苗，老实，能给我们家倒插门。我妈心疼我，就让我们处处。他是老实，不嫖不赌，可是他没本事啊！刚认识那会儿，他就在灯泡厂里当学徒，到下岗的时候，他连个技工都没混上。人家那些年轻的，比他去得晚的，都比他挣得多。就那几个钱，还老说要周济他妈，说他妈没工作，靠糊纸盒拉扯他们姐儿仨不容易。我就这么将就着，周济了六七年，他妈死了，他也下岗了。刚下岗那会儿，我还琢磨，那么多人都下岗了，那么多人都有饭吃，咱也不怕。我们院里就有啊，人家爷们儿下岗了，转身去考三证，开出租去了。一个月怎么也能拿回几千块钱。可他呢，就知道在家躺着，屁事都不干。你让他去学车，他告诉说不爱这个；你给他报名去学电工，他告诉你那个危险……我原来也是工厂的，我跟他前后脚下的岗啊。我下岗三天就找着工作了。我去超市干活，我给人家做保洁，我去饭店给人刷碗……

可甭管多晚回来，我连口热乎饭都吃不上啊！我心里的苦谁知道！你们就看见我打他，我是巴不得他能还个手儿，好歹能证明他还是个爷们儿！可他就是个尿包软蛋啊！他就是个废物！"

李淑华已经趴在桌子上哭成了一团。

姚遥看着手里的录音笔，不知道该怎么去安慰眼前这个女人。她一边轻拍着李淑华的肩膀，一边再次看着这个家徒四壁的屋子。突然，在电视后面，姚遥看见了两张破旧的挂历纸，那是两个笑得非常灿烂的宝宝，光着身子，流着口水，肆无忌惮地笑着。两张挂历纸明显是特意撕下来贴在墙上的。姚遥被触动了，问李淑华："你们没想过要个孩子吗？"

李淑华哭得更加哽咽："他不行！他老是不行！我们睡在一起，可……"

姚遥的同情心一下子就被这个女人争取过来了，她问："没去医院看看吗？"李淑华强忍着哭声说："他不去，嫌丢人。我第一次跟他动刀，就是因为这个！我说不出来啊！我跟谁说呀！"

姚遥叹口气，说："那个时候你本可以离婚的。"

李淑华哭着说："我妈我哥都不同意，说他老实。我……没人知道我的苦啊！"

姚遥不再劝了，这个女人忍受了十年，心里隐藏了太多的委屈和不甘。如果不是今天自己的到来，如果不是自己代表她的丈夫来通知她，她仅存的房子即将变成一半，这个女人还会用自己的方式去忍受和释放痛苦。

姚遥临走前告诉李淑华，自己回去找姜玉成谈一谈。但是，李淑华只有证明两个人这十年的婚姻是无性的，她才能争取到更多的权益。这个，需要举证，而且很难。同时姚遥也坦率地告诉李淑华："不管怎么说，你们俩都存在过错。你的错在明处，所有人都看见了听见了，并且认定了；他的错在私处，旁人看不到、觉不出。这在你们的离婚官司上，是各打五十大板的。而且，争取一半房产，是你们两个人的合法权益；如果这个房子是他的，你也同样拥有另一半。所以，你要做好心理准备，不要再做傻事。"

李淑华被姚遥的那一杯茶和所有的诚意打动了。

姚遥劝李淑华："尽快从这场婚姻中走出来，不仅放了他，也解脱了你。"

四

宁拆十座庙，不毁一桩亲

姚遥回到事务所都四点多了，助手晶晶正在开心网上忙得不亦乐乎。姚遥进门她没看见，突然听见姚遥问："偷了多少企鹅了？"晶晶吓了一跳，抬头看见姚遥，喘了口气说："姚律师！人吓人吓死人啊！"

姚遥笑笑，说："这就叫做贼心虚！让你每天偷个没够！"

晶晶跟着姚遥前后脚进到办公室里间，姚遥放下书包，晶晶去给她泡茶，姚遥说："你别忙了，一会儿就下班了，我喝白水就好。"

晶晶端着白水过来，笑嘻嘻地问："见着那泼妇了？"

姚遥没反应过来："什么泼妇？"

晶晶放下杯子，说："姜玉成他老婆啊！怎么样？五大三粗？还是女中豪杰？是不是年轻时候练过啊？武术还是摔跤？"

姚遥笑着说："你就贫吧！都不是，就是一个小女人！长得不难看，还挺能干的。"

晶晶很不解，问："那是姜玉成在说谎吗？他老婆没打他？"

姚遥喝了一口水，对晶晶语重心长地说："姜玉成没说谎，他老婆也不能算是泼妇。他们之间就是个悲剧！"

晶晶没再往下问。她了解姚遥，刚做上公益律师那会儿，姚遥的主导思想是"宁拆十座庙，不毁一桩亲"。事务所的大律师还专门为这事找姚遥谈过，说，咱们律师要都像你这样，咱们就成居委会老大妈了，专门管调解得。都不打官司，咱们吃什么？

姚遥并没有因为领导谈过话就改变观念，反正她业务能力强，不打离婚官司还能打别的官司，没耽误给事务所挣钱。所以后来，领导也是睁一只眼闭一只眼，甭管什么情况的离婚官司，你愿意劝和，那都是你的事。后来大家只要接着离婚官司，都愿意往姚遥那转，大伙都想看看，这样的你能劝和，那样的你能吗？还有那那样的呢……

姚遥打离婚官司的名声就是这么建立起来的，妇联就是这么找上门来的。可是自从干上了妇联这个公益律师，姚遥的心情就越来越沉重，绝大多数官司，已经没有劝和的可能。姚遥这才体会到，婚姻和家庭，两个人之间，远远不是"爱与不爱"那么简单。

姚遥对晶晶说："你帮我约姜玉成，明天来一趟。我想跟他谈谈。另外，你帮我联系一下这个街道办事处管拆迁的领导，我想咨询些事情。看人家时间，什么时候都可以，我可以去找他。"

晶晶接过姚遥递过来的便签，问："还有别的事吗？"

姚遥看了一下表，差五分钟五点，说："没事了。打完这两个电话就回家吧！今天把你放了。"

晶晶说："我真同情你！你自己放不了啊！刚才有个老头给你打电话，说让你下班后给他回个电话。我问了一下，是琪琪的爷爷，估计又有事。"

姚遥点点头，说声"多谢，我知道了"，就开始拨电话。晶晶出去，给姚遥带上了门。

电话还真是姚遥的公公打来的，老头又找不着儿子了。姚遥的电话是二十四小时开机，可公公婆婆永远记不住十一位的手机号码，宁可去记办公室、家里两个电话。儿子的手机号倒是能记住，可儿子动不动就不开机。这让老头老太太很无奈。

电话打过去，公公跟姚遥说，家里的马桶堵了，用搋子搋了好几次都不通。老太太埋怨是老头力气小，还不会使搋子；老头赌气叫了物业，物业又说今天通下水道的师傅没来上班。老太太打电话找儿子，没开机，马桶又用不了，两个人在家里直怄气。

姚遥安慰公公："您别着急，我马上就过去。"

放下电话，姚遥在网上迅速查了几个专业通下水道的电话，又跑到楼下超市去买了一个新搋子，开着车就往公公婆婆家去了。

姚遥的老公，庄重，也是搞法律的，专业是经济法。现在在一家五百强企业里做首席法律顾问，这几天，因为公司要裁人，他这个首席得天天在办公室里研究合同，要把公司的赔偿降到最低，要想方设法用最低成本来让员工走人。

今天，庄重谈完了最后一个解聘员工，目送人家走出办公室，自己也瘫倒在了椅子上。他告诉助手，他要提前走，要回家好好休息一下，就是天塌下来也别找他。然后，庄重就关机了。每次到一个阶段的工作结束，或者他心情不爽的时候，他就会关机。刚结婚那几年，姚遥有好几次找不到他，都快报警了，他却躲在一个不为人知的角落里喝咖啡、上网、打游戏。姚遥急过几次之后，长记性了，也不着急了，估摸着这些日子他情绪不好或者工作压力大，姚遥就做好心理准备，随他去。他自己在外面缓解好了，就会回家；你越找他，他越心烦。

姚遥可以不找他，可是这个世界上还有其他的亲人。庄重的爸妈找不到儿子就只能找儿媳妇，所以姚遥就会经常定期地出现在庄重的父母家里。快六点的时候，姚遥拿着新搋子赶到了，进门跟老人寒暄了几句，姚遥就直接奔卫生间来。

老两口上了一天的公共厕所了，看着马桶里漾的污水干着急。姚遥进门先问："什么时候堵的？"

老头说："就今天早上。我洗完衣服，把脏水往里倒，嘿，它就不下去！昨天晚上还好好的。"

老太太接过话茬儿，说："就是你不会弄！以前堵了，搋几下就好，你不会搋，还大老远把姚遥叫回来！"

老头说："你会弄，你弄啊！"

姚遥赶紧劝架，说："没事没事。我先看看，不行我这儿有电话，咱们叫专业通下水道的来。"

老头偷偷说："那得多少钱？"

姚遥乐了，老两口都是高级知识分子，退休以后收入不少，可还是过得这么在意。姚遥说："您甭管了，我能报销。"

这种善意的谎言，姚遥已经不知道说了多少回了。看着乌黑的脏水，姚遥把袖子一直撸到了肩膀，然后伸手在马桶的弯头处摸索。老头在一边看着，也帮不上忙。摸了一会儿，姚遥问："爸，咱家有铁丝吗？"

老太太说有，去阳台翻了一下，找出一段铁丝。姚遥伸手捋了捋，还挺硬，就又跟老太太要钳子。拿着工具，姚遥三下两下窝了一个钩子，拿着这根铁丝钩，在弯头处来回掭了几下，一只袜子被钩了出来。姚遥又用力捅了捅，这才把胳膊从污水里伸出来，在自来水那冲了几下。老头看着污水慢慢往下走，问："好了？"

姚遥说："您等会儿。"又拿起新搋子使劲搋了十几下，荡漾在马桶里的污水一看就是被憋坏了，终于找到了出逃的缝隙，而且缝隙越来越大，水流越来越畅快，终于一泻千里了。

看着那只烂袜子，老太太恍然大悟："我就说，你洗完了衣服怎么少了一只袜子！你这个老头子，也不看看清楚就把水往里倒！指不定还有什么没捞出来呢！"

姚遥擦着手和胳膊，跟老头说："您下次还是用洗衣机好不好？省得受累！"

老头嘟嘟囔囔地说："你妈非得说洗衣机洗不干净，说今天衣服少，手洗就行了，不费那电。都赖她！"

姚遥笑了笑，顺带又看了看家里原来的撅子，橡胶部分都塌掉了，还缺了好几块，显然不能用了。姚遥说："您这个撅子我拿走吧。这把给你们留下，再有问题您用这个试试。"

老太太让姚遥把胳膊再冲冲，或者干脆洗了澡再走。姚遥说不用，就又把胳膊伸到水池子里用香皂好好洗了洗。回头找毛巾，看见洗手间墙上的毛巾杆不见了。老头赶紧把毛巾递过来，跟姚遥说："墙上的眼儿松了，毛巾杆插不进去了，一插就掉。"

姚遥看了看墙上的两个眼，左边的明显比右边的大了一圈。姚遥想了想，问："爸，您这儿有一次性筷子吗？"

老太太说有，多的是。姚遥要了一双一次性筷子，一把钳子，又让老头把毛巾杆拿过来，就开始干。

老头在旁边不眨眼珠地瞅着。看见姚遥把一次性筷子掰开，用其中一根的大头插在墙眼里，在齐墙处用钳子拧折。然后姚遥把毛巾杆上的螺丝钉使劲地拧在了筷子杆上，筷子杆被螺丝钉穿透，慢慢膨胀，胀满了整个墙眼。装好以后，姚遥让老头拽了拽，很结实啊！老头很惊讶姚遥还有这手艺，高兴得不行。

姚遥也没吃饭，赶紧开着车回家了。在路上庄重的电话就来了：

"老婆！你还没出来呢？"

姚遥简要地叙述了一下刚才的义务劳动，庄重的甜言蜜语赶紧一股脑地送上来："还是我老婆能干！又替我尽义务去了。晚上请我老婆好好吃一顿，慰劳慰劳！"

五

一对苦命人

　　早上八点五十，晶晶走进写字楼十五层的办公室，一眼就看见了姜玉成。昨天跟他约的是九点一刻，看这样子他早就到了。十五层整个一层都是律师事务所，门禁关着，没有卡进不去。晶晶看了看表，这个时候还没有同事来，一般情况下，大家都愿意踩着点来；还有好多律师，每天早上都需要出庭或者去取证，这个时间不会出现在事务所。

　　晶晶叫了一声"姜先生"，就去刷卡，拉开玻璃门让他进来。姜玉成又是一脸诚惶诚恐的表情，冲着晶晶点头哈腰的。晶晶放下包，就去给他倒水，姜玉成在写字间里坐也不是站也不是，很局促。晶晶端着水过来，对姜玉成说："还有十分钟姚律师就到了。您是不是来半天了？"

　　姜玉成下意识地点头，又摇晃了一下头，说："没有没有，我刚到。"

　　晶晶礼貌地说："您先坐一下，喝杯水，稍等一会儿。"晶晶起身去把姚遥的办公室门打开，给姚遥泡上了一杯普洱，还用便签写了几行字贴在了姚遥的电脑显示器上，最后，又随手打开了姚遥的电脑。

姚遥也是一进来就看见了姜玉成。姜玉成坐在角落里，双手不安地端着一杯水，像小学生一样坐得笔直。看见姚遥进来，姜玉成赶紧站起来，躬身问候："姚律师，您来了。"

姚遥给了姜玉成一个笑容，晶晶迎上来在姚遥耳朵边低语了几句，姚遥听了之后对晶晶说："去开个小会议室，让姜先生稍坐一下。"然后对姜玉成笑着说："您先跟她去，一会儿我就来。稍等我一下。"

姜玉成顺从地跟着晶晶进了会议室。姚遥快步走到办公室里，仔细看晶晶留给她的便签。那上面是一个人名、一个电话和一个时间。姚遥看了看电脑下方的时间显示，就拿起了电话。

姜玉成坐在会议室里百无聊赖。晶晶本来想陪他一会儿，可是看到他面对自己的局促样子，就干脆退出去了。不过，每隔几分钟，晶晶都会进来一趟。第一趟，是把刚才给他倒的水端进来；第二趟，晶晶带进来一个精致的玻璃盘，里面有包装得花花绿绿的水果糖和几块巧克力。这是姚遥让晶晶准备的。经常有打离婚官司的妇女拖儿带女，不得不把孩子带到事务所来。那个时候，晶晶就得使出浑身解数帮忙哄孩子，好让当妈的能安静地跟姚遥谈话。

姜玉成看见桌子上这个玻璃盘，小心翼翼地摸了摸，光滑冰冷，似乎是冰块做的。水果糖被包装得很漂亮，玻璃纸花花绿绿还泛着光泽，在室内灯光的照射下，非常漂亮。姜玉成悄悄拿起一块糖，把纸剥了，把糖放进嘴里。他在做这一系列动作的时候，会下意识地看看门口，随时预备着有人进来，他就赶紧缩回手去。

糖纸是绿色的，翠绿。糖是薄荷味的，有一股提神醒脑的清凉。冰丝丝的甜味先是在口腔里释放，然后又顶进了鼻腔，有一丝痒痒凉凉的舒服。姜玉成努力回想，自己好像已经很久没有吃过糖了，早知道这种甜甜的味道能让人轻松舒服，当初上班的时候就应该每个月都去买糖吃。姜玉成沉浸在甜丝丝的味道里，舌头在嘴巴里不停地翻滚着那块正在渐渐融化的糖块儿，姚遥进来了，一句"让你久等了"，把姜玉成拉回到了现实世界。

姚遥又坐到了姜玉成对面，她告诉姜玉成，自己昨天去见过李淑华了。姜玉成下意识地颤了一下，脸上流露出一丝不易察觉的恐慌。姚遥看到了，安慰姜玉成说："其实，她也挺不容易的，是吧！"

姜玉成点点头，头又开始往下低。姚遥接着说："我去你们家看了，怎么会这么困难呢？"

姜玉成含混地说："我们……挣得少，攒不下钱。"

姚遥问："听说你没下岗那会儿，挣的钱都给你母亲了？"

姜玉成点点头，说："我妈在我俩姐家里轮着住。我姐他们都过得紧巴，我妈住在那儿还得看我姐夫脸色。我俩姐夫跟我说，他们是在替我尽义务，让我交他们生活费。我妈身体不好，还有看病的钱。我没辙，只能把工资交出去。"

姚遥问："那李淑华是不是很有意见？"

姜玉成摇摇头，说："她对这个，倒没说过什么。"

姚遥很感触地说："这么说，李淑华还是挺善良的，是吧！

姜玉成点点头，没说话。

姚遥又问："你们之间是不是还有一些别的问题？你看，她这么多年都指不上你的收入，全是一个人在撑着这个家。你别怪我多想，我是觉得，作为一个女人，她真的不容易。她举着刀追着你满街跑的时候，她的心里未必就开心。她跟我说，她有好多苦，说不出来。"

姜玉成不说话。

姚遥接着说："昨天，我对她说了你的离婚要求，同时也告知她，你有分割房产的合法权益，她无权反对。"

姜玉成终于问话了："她同意了吗？"

姚遥说："她没反对，但是她哭了，一直在哭，特别特别伤心。你们俩结婚十二年，你见过她哭吗？"

姜玉成又把头低下去了，使劲晃了晃脑袋。

姚遥说："离婚这种事，都是实在没办法了，夫妻二人都是不得已。当初结婚的时候，谁不希望白头到老啊！我接了你的案子，就要帮你争取到最大的权益。不过，我代理了七年离婚官司，我从心底里希望你们能好合好散。毕竟同床共枕十二年，你们俩已经是亲人了。"

姜玉成被触动了，尽管低着头，姚遥也能看出他的难过。姜玉成在沉默中不断用双手胡噜自己的后脑，手到之处，本来就不多的头发纷纷顺着指尖掉下来，飘落在会议室的地毯上。两个人都沉默着，过了十几分钟，姜玉成终于鼓起勇气抬起头，看着姚遥，说："其实，我也对不起她。我……不行，她想要孩子，可，我……不行。"

姜玉成自顾自地说："我知道，她恨我、气我，可是又没法说。她只能打我。我也知道我对不起她，我没本事，本来就没什么钱，还下岗，还要把钱都给我妈。可我也知道，她没为这事打过我，每次都是我不行她才找碴儿。她想离婚，可我没地方去，我求她，我不离……"

姚遥听他诉说完了，自责完了，才打开自己的笔记本，慢慢地说："我刚才向你们街道拆迁办咨询了一下，你们家的房子面积很小，按照这次拆迁政策，所有补偿都算上，也只能分到二十五万左右。要么，你们也可以再交一部分钱争取原地上楼，你觉得你们两个人具备这个条件吗？"

姜玉成很肯定地摇摇头。

姚遥接着说："如果要钱的话，应该一两个月以后就可以拿到补偿款。按照你的要求，是希望平分这笔钱对吗？"

姜玉成没有表态，他在想，在仔细地想。

姚遥说："我知道，你们两个人都很困难。你没有工作，离开这个家，居无定所。我猜你这么早过来，是因为你根本就没地方待吧？可是，我也希望你为李淑华想想。毕竟她为你，为你母亲，牺牲了自己很多权益，虽然她近几年很失控，做得很不好，但是毕竟她的痛苦是你造成的。你说呢？"

姜玉成的眼泪又下来了。这回他没有号啕大哭，而是用双手捂住了脸，沉闷的哭泣声从紧闭的鼻腔和嘴巴里挤出来。姚遥走出去，找晶晶要来一大盒纸巾，放在姜玉成的面前，又悄悄退了出去。晶晶看着姚遥出来了，有点奇怪地站起来，问："谈完了？怎么着？"

姚遥摇摇头，浅笑一下，嘱咐晶晶："一会儿姜玉成出来了，就叫我。"

晶晶很诧异地看着姚遥进了自己的办公室，又不太甘心地坐回自己的座位，眼睛瞄着会议室的门，生怕姜玉成从里面出来跑了。

快到中午了，姜玉成红着眼睛出来了，对晶晶说："您能帮我叫一下姚律师吗？我想跟她说……"

晶晶赶紧跑进了姚遥办公室，然后又冲出来说："您跟我来！"

姜玉成对姚遥说，他不想平分拆迁款了，他能拿个基本生活保障就行。屋子里那几件值钱的电器他也不要，拿几件衣服就行。

姚遥问："那你怎么生活呢？住哪儿？怎么养活自己？"

姜玉成苦笑着说："三年了，我没出去找过工作。我知道自己没本事，还懒。有她养着，有人给买菜，有的吃有的住，我什么也不想干。我知道自己不是个男人。我想好了，明天就去找工作，看大门、协管、扫街……我干什么都行。我一个男的，就是住在大街上也没什么了不起。"

姚遥说："那……你希望的数额是多少？"

姜玉成说："听李淑华的吧。多少都行。给点儿，够我在农村租个板房就行。"

两周以后，李淑华和姜玉成在离婚协议上双双签字。签字头一天，拆迁款的数额正式告知了，二十五万七千六百。在这之前，姚遥已经把姜玉成的原话转达给了李淑华，还把她为两个人草拟的离婚协议给两个人看过了。姜玉成应得拆迁款项上空着，这个数字，李淑华说，让他自己填吧。

六

替儿媳妇撑腰

琪琪放暑假了。姚遥说，小学一年级的暑假，是人生的第一个暑假，问女儿："想干点什么？"

琪琪想了想，说："我想学滑冰。我看菲菲滑冰，可好看了。我也想学，学会了就可以和菲菲一起滑了。"

姚遥跟庄重商量，庄重说："好啊！小孩子放假就应该多运动，别整天让她学习，再学就傻了。滑冰好，学完滑冰还可以学游泳，学网球，琪琪想学什么就让她学什么！"姚遥说："我问了，滑冰是要大人陪的。教练教四十五分钟，自己再练习四十五分钟。你去陪吗？"

庄重赶紧做嬉皮状："那还得我老婆来啊！"

姚遥假意瞪了他一眼，嗔道："压根就没指望你！"

滑冰初级班是一个星期，姚遥在写字楼附近的冰场给琪琪报了名，之后跟琪琪商量："每天九点钟之前，妈妈给你送到教练这里，你就跟着教练学；十一点的时候，妈妈再来接你，好不好？"

琪琪想了想，说："行！不过你可别迟到啊！"

姚遥和女儿拉钩做了保证，琪琪保证好好滑冰，认真学习不偷懒；姚遥保证每天接送准时，不迟到。不过，第一天，姚遥就食言了，眼看到了十一点，姚遥被一家三口堵在办公室里脱不开身，没办法，姚遥只好求助晶晶。晶晶看了看办公室里坐着的老头老太太，一吐舌头，说："我看你这一个星期都消停不了了，干脆，这周我接琪琪吧！"

姚遥告诉完晶晶找哪个教练、怎么交接之后就又回到办公室。桌子对面坐着三个人，一对老头老太太，看样子，岁数不小了。老爷子是拄着拐来的，进门的时候，闺女和老伴一左一右搀着。老太太慈眉善目，满头银发。陪着来的闺女也有小四十了，一脸的艰辛憔悴，可表情却是那么的柔顺，从落座到现在，一句话都不说，眼睛就只盯着鞋。

姚遥看着晶晶把他们领进来一时没猜出三个人的来意。看这样子不像是老两口要闹离婚的，一进门姚遥就看出来了，这老两口感情相当好，没什么问题。那是为家庭琐事来的？看着闺女也蛮孝顺，也不像。晶晶帮姚遥接孩子去了，姚遥赶紧亲自端了三杯热茶给他们，安顿老头老太太坐在沙发上，又给闺女搬了一把椅子。顿时，姚遥不大的办公室就显得局促起来。

落座后，老头就迫不及待地问姚遥："姚律师，我想问问您，咱们法律里对第三者有什么惩罚手段？能不能拘留？"

这个问题把姚遥给问愣了，她看看那家闺女，闺女的头低下了；看看老两口，老太太脸上的表情很尴尬，有点露家丑的难堪。

姚遥安慰老爷子，说："您先别着急。关于第三者，咱们的法律没有特别明确的惩罚措施。但是呢，具体问题具体分析，您家里具体遇到了什么事？您想怎么解决？这些您都可以跟我念叨念叨，我看看有没有解决办法。"

老头叹了口气，说："家丑啊！"老太太赶紧给老头胡噜胸口，小声说："都说好了，不生气。你看你！咱们找律师不就是让人家给咱们做主的吗？你慢慢儿说。"

姚遥赶紧说："就是就是。甭管有什么事，您都别上火。小事咱们可以调解，大事咱们可以打官司。只要咱们有理有据，走到哪都不怕！"

老太太接过话茬儿说："调解？要是能调解我们就不来麻烦您了。街道、居委会、妇联，能来的都来了，谁劝都没用。您说我怎么生了这么一个浑蛋儿子！"

姚遥问："您是有家庭纠纷？还是……"

老爷子抢过话头，说："家庭纠纷？也算吧。啊！对了！我还没跟您说呢，这是我老伴儿，"然后用手一指一直没说话的闺女，"这是我儿媳妇。今天我们就是为她来的。"

姚遥对"儿媳妇"点点头，微笑着说："你好。""儿媳妇"有点不敢和姚遥对视，有点忙乱地欠起身点点头，说："您好。"

老爷子接着说："我就那么一个儿子，结婚十年了，我那孙子都八岁了！这十年啊，里里外外都是我这儿媳妇给操持。我们老两口，他们一家三口，您说整天都多少事啊！我这儿媳妇，每天是伺候完他再伺候我们，老的小的都没落下。可是您说，就这样我这儿子他还不知足，去年，他在外面找了个相好的！开始我们不知道，后来去了他们家两回，嘿，发现他老不在家。我老伴儿说，不对，咱们啊得问问。一问，我这儿媳妇就哭了，说在外头住了有小一年了。您说，我这儿子得有多浑！"

姚遥问儿媳妇："你能确定你爱人在外边有人了？"

儿媳妇用手绢擦着眼角，点头。

姚遥问："那你有没有跟他谈过这件事？"

儿媳妇抽抽搭搭地说："我问过，开始，他不承认，可就是不回家。再问，就说是住哥们家，打牌去了。可我问过他那几个朋友，根本就没去。再后来，我连他电话都打不通了，要么关机要么不接。这小半年，他都不见人影，对我和孩子问都不问，孩子问我他爸哪去了，我都不知道怎么说！"

儿媳妇一边说，老爷子一边用拐棍"砰砰"地戳地，老太太陪着儿媳妇，一个劲地掉眼泪。

姚遥给他们递上纸巾，接着问："那你怎么发现他是在外边有第三者了呢？这个需要证据，仅仅是不回家还不能说明问题。"

老太太接过话茬儿说："我们亲眼瞧见了呀！我儿子媳妇住的房子原先是我们公母俩的，这不是拆迁嘛，就给了两套房子。一个一居一个两居。我们就住的一居，让他们小两口带着孙子住两居。本来我们就在一个小区里，平常孙子放学都先到我们那儿去，吃个饭、做个作业伍的。我儿子媳妇下班再来接他。这小一年，我们就没见过我这儿子，结果那天在早市，也是我们一块儿拆迁的老街坊，说是在北城看见他了，跟一女的在一块儿，还领着一孩子。我这血压一下子就上来了。又不敢跟儿媳妇说，又不知道怎么办，回家跟老头商量，他就问人家街坊，是在哪儿看见的？瞅真切没？人家看我们俩这着急上火的样儿也怕我们急出毛病来，就带着我们去了。唉！这刚下车，正找呢，就看见他从胡同里出来了，跟着个女的有说有笑，那女的还抱着他胳膊。气得我们老头上去就给了他一嘴巴子，我们街坊也跟着我骂那个女的……可是这浑小子，一点儿都听不进去！"

老爷子拄着拐棍直发抖，一边敲地一边说："我让他跟我回家，他不回！我问他那女的是谁，他说是他年初认识的，说对他好。

好个屁啊好！我都打听了，那女的，外地的，在老家让她爷们儿给甩了，带着孩子跑北京来，怎么就搭个上他了？肯定看上他是北京人，有房有工作，就贴过来了！"

姚遥一边在本上记录，一边问："那他们现在住的房子是谁的？"

老太太说："我们那老街坊帮着去问了，是他和那妖精租的。您说我这儿子媳妇都是普通工人，俩人挣的也不算多，再拉扯个上学的孩子，本来钱就不富裕，经常是人家媳妇娘家给接济着。他倒好，一年不往家拿钱，还出去找女人，还帮人家养孩子！我这一想起来我真恨不得掐死他！"

姚遥安慰老太太，说："大妈，您先别上火！不瞒您说，我当了这么多年律师，这还是头一次看见公公婆婆帮着儿媳妇来骂儿子的。我看得出来，您和大爷对您这儿媳妇特别满意，这让我特别感动。因为这也说明，您这儿媳妇是个非常贤惠的贤妻良母。"

老爷子点头称是，说："十多年了，我挑不出儿媳妇的不是来！家里外头，甭管多苦多累，全是她一个人张罗。去年，好不容易她们厂子发了点钱，说是效益好了，给大伙分的年终奖，我这儿媳妇二话不说就给我们买了个空调，说是热了好几年了，让我们享享福……"

老爷子说不下去了，儿媳妇哭着往公公手里塞水杯，说："爸，您喝点水，您别着急……"

姚遥深吸了一口气，问儿媳妇："说了半天，我还不知道你怎么称呼呢？"

儿媳妇擦擦眼睛，说："我叫于芬，今年三十九。我爱人叫李明伟，比我小两岁，三十七。"

姚遥说："事情发生一年了，之前你们有过什么征兆？吵过架？还是家里出了什么别的事？"

于芬努力想了想，摇头说："没有！就是打我本命年那年开始，他就不爱跟我一块儿上街了，老嫌我土。我也想买好看的衣服，我也想化妆，可商场里一件衣裳好几百，够全家吃半拉月的，我花钱的时候得算计呀！"

姚遥说："没有别的了？他有没有给你透露过想离婚的意思？"

于芬说："没有。我就知道他一年不怎么回家，我猜他是外边有人了，可我不敢往那儿想。要不是我公公婆婆亲眼看见了，我还不知道呢！"

姚遥说："那你现在知道了，你打算怎么办？打算离婚吗？"

于芬摇摇头，抽泣着说："我还有儿子呢！我不想……"

老爷子也问："姚律师，能不离吗？我就是想，您是搞法律的，能不能帮我们告那个第三者？告她破坏别人家庭，拘留她！判她！"

姚遥安慰老两口，说："大爷大妈，您二老的心情我特别能理解。可是，第三者这个问题在法律上很难界定，就算已经板上钉钉，认定她是第三者，这也不属于刑事犯罪的范畴，不能量刑。而且，我说一句俗话您二老就明白了，'一个巴掌拍不响'，这种事情肯定是两个人的责任。如果我们能取证，认定两个人以夫妻名义在外租房居住，并且以夫妻关系示人的话，那我们可以告您儿子重婚。因为他在一段合法婚姻的存在期间又实施了另一段事实婚姻，如果这样，首先受到法律制裁的也应该是您的儿子。这个，您二老和于芬都不想看到吧？"

三个人相互对视，眼睛里流露出了无奈。

姚遥接着对于芬说："我现在给你的建议是你单独和你丈夫谈一谈，充分了解他的想法。有些夫妻来找我，口口声声说要离婚，但是我会劝他们冷静，因为很多时候就是愤怒使然，双方都在气头上，夫妻感情并没有完全破裂；有些女同志单方来的，跟我说不想离，为了孩子，想继续维持，我会劝她们，早离早散早解脱。为什么呢，因为作为女人，如果只能靠委曲求全是换不回男人的心的。如果他已经一年不回家、他已经和别的女人同床共枕一年了，我真得劝你考虑一下这个问题。我也有孩子，我也不敢想象，如果孩子失去了爸爸或妈妈会怎么样。但是，就算不离，爸爸一年一年地失踪、不尽任何义务，孩子有个名义上的爸爸又有什么用呢？你又怎么向孩子解释呢？"

于芬泣不成声，老太太捶着自己胸口说："我这是造了什么孽呀！"老爷子脸色铁青。姚遥看着他们，想象着那个完全不负责任的男人，心里替所有的女人涌上一股苦涩。

于芬看看老两口，又看了看姚遥，沉吟了一会儿说："姚律师，您让我回去想想……"

七

无爱的婚姻哪里走?

琪琪滑冰滑得很高兴。六个小朋友一个班，一个教练，是男的，长得挺精神，身材也好。晶晶去接了一回琪琪，回来乐滋滋地跟姚遥说："这周都是我接吧。琪琪她们教练是个帅哥耶，还挺养眼！"

姚遥笑着说："别看在眼里拔不出来了！小心你们家刘伟同志找你算账！"

晶晶撇撇嘴，不屑地说："还没结婚呢，他管得着吗？我不就是看看吗，又没怎么着！"

姚遥轻声叹了口气，说："你们这些80后！我是老了，啥也不说了！"然后姚遥把于芬的卷宗递给晶晶，说："这个你先收一下吧。我估计他们暂时不需要我们帮忙。"

晶晶问："那一家三口什么情况？约你约了好几次我才给排上的。闺女受虐待了？还是女婿失踪了？"

姚遥一边整理手头的文件一边说："都不是！那女的不是老

038-

头老太太的闺女，是儿媳妇。儿子在外面有了人，已经同居了一年，老头老太太看不下去了，要为儿媳妇做主！"

晶晶诧异得嘴都张大了。在事务所工作了两年，还是头一次看见公公婆婆帮儿媳妇打官司的，她很夸张地说："哇塞！大义灭亲啊！这种路见不平的事你还不接？"

姚遥歪着头看看晶晶，说："还不错！蛮有正义感！可惜呀，老两口来并不是想要离婚，他们是觉得这个儿媳妇实在太好了，又有了大孙子，他们是想让我帮忙惩罚一下那个第三者。最好把她告到法院，给她判刑！"

晶晶摇摇头，给了姚遥一声叹息："那是没辙了。要判也得判他儿子啊，涉嫌重婚！"

姚遥说："是啊！所以呢我劝他们考虑一下离婚，但是我看了看，三个人都不愿意。老头老太太甭说了，一心就想让儿子浪子回头；关键是我看于芬也不想，觉得孩子还小，没法跟孩子说，而且，很现实的问题，让她一个人拉扯孩子过，确实挺难的。"

晶晶问："那怎么办？"

姚遥说："我估计他们得合计好一阵子。所以，我感觉他们近期不会来了。先收吧！"

晚上回来，琪琪睡了，姚遥和庄重聊于芬这个案子。庄重一边吃着冰淇淋，一边帮姚遥分析，时不时加两句点评。姚遥问庄重："你说于芬她老公到底是怎么想的？如果铁了心跟另外一个女人过，干吗不早点儿跟于芬提出离婚呢？这样偷偷摸摸算什么？于芬也真够能忍的，老公小一年不着家，回来两个人也没话，这样的日子怎么能过下去呢？"

庄重说："所以说，这就是这个男人的问题。要么，你赶紧离婚！要么，你就别让你老婆知道！"

姚遥看看庄重，觉得这话说得特别不是味。

一般情况下，姚遥对案子的判断都还是准确的。婚姻官司，充其量也就是民事诉讼，很少涉及刑事侦查。姚遥也不需要跟警察、公安打交道，顶多是去街道、居委会、派出所调查走访一下情况。姚遥的目标也很明确，就是给当事人争取最大的权益。所以，凡是来找姚遥的，姚律师一般都认定他们已经铁了心要离婚。凡是犹豫的、想咨询的，姚遥就推给晶晶代为处理。于芬这个案子，姚遥一看于芬和老两口的态度就知道了，这个婚姻十有八九还会维持下去。直到有一天，于芬老公的情人提出要求，她老公才可能向于芬提出离婚。那个时候，估计于芬再怎么忍辱负重地维持都难了。

这个案子的卷宗压在晶晶那里已经一个多星期了，姚遥已经开始着手忙活另一个案子了。这个倒简单，两个 80 后小青年来打离婚。俩人都是 85 年的，网上认识，闪婚。从相识到同居到登记结婚一共就用了两周时间。结果，婚结了不到半年就要离，而且已经是打破头了，双方都说出了最难听的话，撕破了脸。姚遥第一次接待这一对就被他们的阵势给惊住了。这哪是离婚来了，分明是打架来了，关键是，不仅两个人互相之间磨刀霍霍，还各自拉来了强大的亲友团。两对父母，还有男方的姑姑女方的姨，女方的叔叔男方的舅舅，乌泱乌泱一大堆人。晶晶直接就把他们领进会议室了，指挥他们按照男女双方亲属的类别，各自坐在会议桌的两边。姚遥带着晶晶刚把两边人物关系理顺，电话就响了，是于芬，在电话那头哭成了一团。

姚遥让晶晶把这拨人先稳住，记录一下基本情况，她自己赶紧回到办公室接于芬的电话，跟她说："你先别着急，有什么情况慢慢说！"

于芬哭哭啼啼地告诉姚遥："从您那儿回来以后，我公公婆婆就搬到我老公租的那房子里去了。他们说要住在那，看着他，把他拽回家。我婆婆还说，只要他们在那儿，那女的就不敢过去住……今天一大早我婆婆给我打电话，让我去医院，我公公……"

姚遥的心也揪起来了，赶紧问："老爷子怎么了？"

于芬哭着说："正抢救呢！听我婆婆说，是他们爷俩打起来了，我公公栽在地上了……"

姚遥问清了医院、楼层，赶紧回会议室跟晶晶交代，晶晶摊着双手说："你赶紧去吧！我看今天他们是吵不完了。连筷子都在争论是谁买的！真够没劲的！"

姚遥顾不上乱哄哄的这两大家子人，急着忙着就来医院了。老爷子正在里面抢救呢，楼道里于芬扶着老太太哭作一团。旁边站着一个四十郎当岁的男人，姚遥知道，这肯定是于芬的老公了。

于芬一看见姚遥，仿佛看见了娘家人，眼泪更是跟断了线的珠子一般往下掉。姚遥安慰她和老人："别着急，别着急，咱们相信大夫一定会尽力的。"

姚遥走到中年男人面前，说："您是李明伟吗？"中年男人点点头，说："你是？"

姚遥递上自己的名片，说："我姓姚，之前您的父母和爱人来找我作过咨询。当时您没有在场，他们三个人给我传递的信息要尽力保住你们这个家。因为您的父母始终站在了您爱人的立场上，您又不在，所以我也想了解一下您的想法。毕竟出了今天这样的事是谁也不愿意看到的，如果仅仅是你们两个人的婚姻出现了问题，那咱们可以用最妥善的、给彼此伤害都最小的方式解决。父母年纪都大了，咱们尽量让他们少一些刺激。您看好不好？"

李明伟从裤兜里摸索出一根烟，刚想点，看看周围到处都是禁烟的牌子，就又收了回去。姚遥看了看他，说："要不咱们去外面吧！外面就可以抽了。"

李明伟顺从地跟着姚遥来到停车场，姚遥把自己的车门打开，问李明伟要不要上去坐一会儿。李明伟摇摇头，说站着就好。然后就开始抽烟，一根烟眼瞅着下去了多半根，他才说话："开始我没想离。我知道我父母不会同意。第一，我媳妇就是我妈托人给介绍的，相亲那天，我记得特清楚，我这媳妇进门看见老太太在择菜，就抢过去干活。择菜、做饭，吃完了还抢着给刷碗。那天我就没跟她说上几句话，可走了以后我妈我爸死活就看上她了，非让我跟她处。我说实话，一开始我就没看上她，比我大，长得又高又壮，不是我喜欢的那种。"

姚遥插了句话："那你干吗要跟她结婚呢？"

李明伟掐灭了一根烟，又点了一根，说："没辙啊！我们家老头老太太就瞅准她了！见了两回以后我不想再见了，那会儿又有人给我介绍了一个别的女的，那个长得好看，也比我小，我带回来给他们看，他们嫌人家是外地的，死活不同意。还说，我要是跟别人结婚就甭想要房。我们家当时有两间平房，不在一个地方，只有我结婚了，那间房才能给我。我也是没辙呀！"

姚遥又问："那你们婚后感情怎么样？"

李明伟说："我知道，我这媳妇没毛病。我挑不出她错儿来。我们俩挣的都不多，可她们家就她这么一个闺女，家里有房出租着，他妈动不动就给钱。后来我们有儿子了，我父母岁数大，带不了，全是她们家给带大的。我在我们家基本上就是一个摆设，根本用不上我。你说孩子上不上幼儿园，上哪个幼儿园，全是他姥姥拿的主意；我们家夏天一直用电扇，谁也没热死，结果孩子过周岁那天，他姥姥非说以后孩子跟着我们住没空调不成，也不问问我，出门就去买了个空调。我最受不了的就是，只要去她们家，她爸就问我，缺钱不缺？我缺也不跟他们要啊！"

姚遥问："那那会儿您没想过要离婚吗？"

李明伟摇摇头，说："那会儿想着先窝囊几年，等我挣的多了，我就气粗了。可后来才发现，越过越没劲！"

姚遥说："那你在外面是不是真的有了别人？"

李明伟说："我知道，您是律师，瞒着您也没用。那女的是我们单位的临时工，在老家离了婚，带着个孩子一个人在北京讨生活，特别不易。我看她可怜，就老去帮她。一个女人，从南方来的，冬天生火也生不利落，我就过去教她，给她做风斗。有一次她孩子病了，她把钱全交医院了，房东又来催房租，要不就撵她走。她是实在没辙了，想起给我打电话。我去了，把一个月房钱摔在房东眼皮前儿，当天我们就好了。她离不开我，需要我；我也喜欢这种感觉，喜欢被她依赖，喜欢她离不开我。她儿子跟我也特别好，我从来不打他，比他爸强多了。"

姚遥说："如果你们俩有了第一次你就回来坦白，并且要求离婚，也许就不会有今天的悲剧。"

李明伟说："当时我想过。可是一回家，一看见我媳妇为我忙前忙后的样儿，我又说不出来。不管怎么说，一日夫妻百日恩，人家没错，犯错的是我，这让我怎么说啊？再说，我那相好儿也没让我离婚，她说我心里有她就行，能时常来看看她就行。您说，让我怎么办？"

姚遥说："可是，你们两个人已经以夫妻的名义共同居住一年之久了。您的老街坊看见了，您的父母妻子也知道了，并且老街坊还提供了证词证言。您知道您这样的行为已经涉嫌重婚了吗？这样下去，您会伤害到两个女人，两个孩子。夹在两个家庭中间，您不难受吗？"

李明伟苦笑着说："现在也没法子了。上礼拜，我爸我妈突然上我那儿去，愣是把她和孩子给撵走了！然后，二话不说就住我那儿了，说什么时候跟他们回家什么时候才算完。今天早上，她来找我拿钱，已经住了好几天小旅馆了，没钱了，我爸他就急了，说是我要敢给就跟我拼了！"

姚遥问："然后你们冲突了？"

李明伟用右手打了一下自己的脑袋，说："我哪有那么浑！是老头自己生气，血压上来了，栽地上了。我爸本来就血压高，以前就犯过病，这回……"

姚遥劝李明伟："这样的事情谁也不愿意看到，但是，你必须想想了，家庭问题不处理，以后还会后患无穷。如果你已经认定你和于芬之间是个错误，你就是爱那个女的，那你尽快和于芬商量办离婚。我认为这样对你对她都好。"

李明伟感激地看了看姚遥。姚遥接着说："但是，于芬委托了我，她是我的当事人，我必须为她争取到最大的权益。在这段婚姻中，毫无疑问你是过错方。如果于芬起诉你重婚，我会给她做代理，并且支持她；如果她要求离婚，我也必须告诉你，你们夫妻间的共同财产，将会大部分都转给于芬。还有就是你们的孩子。我想任何一个母亲都不会放弃自己的孩子。我也会帮于芬争得抚养权以及最大限度地让你支付抚养费。我说明白了吧？"

李明伟又点燃了一根烟，狠狠吸着。

八

离，是一种解脱

　　姚遥从医院回来后又和于芬通过两次电话，内容都是一样的，劝于芬下定决心离婚。姚遥回避了李明伟所说的，从一开始他就没爱过于芬的话题。对于这对已经结婚十年的夫妻来说，这个问题已经不重要了。不管李明伟说的是真是假，这段婚姻都是两个人自觉自愿的结果。没人把刀架在李明伟脖子上，让他非于芬不娶。他要是打定主意抗争，也不会是今天这个结果。

　　于芬的公公还在昏迷当中。于芬一直在医院里陪护。两次电话都让她感到绝望。从姚遥苦口婆心的分析中，她也感受到了自己的婚姻已经名存实亡。再想想这一年来自己独守空房的日子，于芬也意识到，是自己，一直在逃避，是自己一厢情愿地认为男人在外面玩累了，花过了，就还能回到家里来。现在看来，自己的希望就是一个肥皂泡。

　　三天里，李明伟出现过一次。他提了一兜水果，想放在老爷子的床头柜上，被老妈喝止了。老太太无法不去恨这个儿子，她哭着让他滚出去。

于芬安慰老太太，看着李明伟红着眼圈走出病房又于心不忍，紧走了几步跟着出去。结果，刚一出病房就看见了那个女人。长得小巧白皙，一脸的妖气，可又做出了楚楚可怜的样子。于芬心里的火"腾"的一下就上来了，接下来她看见自己的男人走上前去抱住了那个女人，还把头埋在女人的胸前哭泣。于芬还看见了那个女人在陪着他一起落泪。

于芬真想走过去，狠狠地给这对狗男女一顿嘴巴子，可是她忍住了。她想着，自己的丈夫从来没有这样拥抱过自己，没有在她面前做出过这种举动。他们之间，已经很久没有亲昵的动作了。于芬又在想，这几年，自己在干吗？李明伟在干吗？

她开始逼着自己冷静下来，开始强迫自己想将来。孩子怎么办，自己住在哪儿。房子是公公婆婆的，她离婚以后肯定得带着孩子搬出来。对自己的父母怎么说，对孩子怎么说，家里的东西怎么分，以后还让李明伟见不见孩子……

公公躺在医院里已经五天了，医院下了病危通知。一看见通知，老太太就哭倒在地。于芬和几个亲戚又搓又揉才让老太太稍微平静了点。于芬给李明伟打电话，告诉他老爷子不行了，医生说，就这一两天了，确诊是脑出血，岁数太大，颅压太高，没办法做开颅手术，只能顺其自然。

李明伟接到电话后狠狠哭了一场。他打车来到医院，跪倒在老爷子的病床前，哭着认错，全病房的人都听得见他撕心裂肺的忏悔："爸！我不离了！我跟她断！我回家！爸，我一定好好过日子，我不离了……"

据在场的亲属说，在李明伟哭喊忏悔认错的时候，老爷子的眼皮很小很小地抖动了一下，之后，就离世了。

姚遥接到于芬的正式委托是两周以后了。于芬以儿媳妇的身份操持完了所有的事情，包括购买墓地、入土。老太太病倒在家里，别的亲戚陪着，于芬忙里忙外地把所有事情都料理清楚之后，就坐在了姚遥的办公室里。

姚遥看着清瘦憔悴的于芬，没法不去心疼她。她的左臂上还戴着黑纱，身上穿的也是黑灰相间的素服。她没有去喝姚遥给她泡的茶，而是歉疚地看着姚遥，说："姚律师，您看我这热孝还没退，给您添堵了。"

姚遥说："哪的话！我不信这些。你想好了？明确知道要怎么办？"

于芬点点头说："我想好了。老这么拖下去，对谁都不好。要是我第一次见您，就听了您的话，回去心平气和谈离婚，我公公也不至于把命都搭上了。是我不孝，把老人给害死了！这本来就是我们俩人的事，何苦让老人跟着操心着急呢！要是有后悔药吃，我一定听您的，痛痛快快离婚，让老人还能好好活几年！"

姚遥安慰她，说："你别这么自责！这件事根本就不是你的责任。你可能有问题，但是只限于在你们的婚姻中间，有技巧问题，有处理方式的问题，但你没错！只有明确这点，咱们才能接下来谈后面的事情，好吗？"

于芬点点头，从包里拿出一张纸，递给姚遥说："姚律师，这是我们家所有财产的清单。哪些东西是哪年置办的，都是谁花的钱，我都写在这里了。我相信您姚律师，您一定能帮我。其实这些东西对我来说都已经不重要了，我一定要孩子的抚养权。李明伟在那边已经有了一个家，孩子不能跟着他过去受气，我就是吃糠咽菜也得把孩子拉扯大。"

姚遥看着于芬递过来的清单，清单之后还有电器和家具的发票。那上面显示了金额和购买日期。还有存折和存单，还有一部分国债。姚遥不得不钦佩于芬，过日子过得如此细心，把家里的财政理得井井有条。

她再一次问于芬："你确定不起诉李明伟重婚的事吗？如果你告他，我们胜算的可能性很大。"

于芬摇摇头："十年夫妻，就算是缘分到了吧。就算判他两年，又有什么用呢？只会让我儿子以后更抬不起头来。这父母离婚还没什么，要是自己的妈妈再把自己的爸爸送监狱了，你让他怎么接受啊！"

姚遥点点头，说："我理解。你现在就把你的要求给我说说吧。想让我帮你争取到什么？孩子的抚养权我一定帮你争到，其他的呢？"

于芬说："其他的我都听您的。房子是我公公婆婆的，离婚我就得搬走。好在我娘家还有地方，我也不怕。"

姚遥说："房子是你公公婆婆赠予李明伟的，算是婚前财产。但是你是有份的，可以变现后进行分配。家里其他的家具电器你也可以提出要求，我拿着你的要求去跟李明伟谈。他同意就签字，协议离婚；不同意我们再上法庭。"

于芬沉吟了一会儿，说："房子我不要了，留给我婆婆吧。我公公没了，她有个房子还能租出去养老。"

姚遥叹口气说："你可以不要。你不要，房子的归属就是李明伟的。如果想把它给你婆婆，这是另外一个案子了，你有心无力，做不到！"

于芬的伤感又挂在了脸上，说："那您容我想想。我要这么做，必须回去跟老人说一下。我怕我婆婆……"

姚遥又说了一句："我理解！"

送走于芬，晶晶忙不迭地跑进来，问："怎么样？她告不告？"

姚遥纳闷地说："什么告不告？"

晶晶说："告她老公重婚啊！对这种男人就不能客气。凭什么呀！为他生儿育女里里外外操持家，一干就是十年。他说找二奶就找二奶，还明目张胆，这还有没有天理了？把咱们律师都当空气啊！"

姚遥说："于芬要是有你这脾气胆识，也就不用这么苦了！她不告！她说了，李明伟要真是坐了牢，他儿子会第一个抬不起头来。所以，她忍了，和平分手就行。"

晶晶愤懑死了。

姚遥接着说："还有更善良的呢。人家还说放弃房产的分配，要全留给她婆婆。见过善良的，没见过这么善良的。我今天算是开眼了。"

晶晶急着问："你就没劝劝她？"

姚遥说："该说的我都说了。你知道吗？性格决定命运，今天我算是明白了。不过，我也替她高兴，总算是迈出这一步了，要不，这一辈子还不知道怎么苦呢！你那个案子怎么样？"

晶晶刚刚还兴致勃勃，听见姚遥问这个，突然间就泄了气，说："别提了。这两家子人吵死了，根本就不是来解决问题的，就是来打架。那次你出去我都叫保安了，我说你们要再这么没完没了，就出门打群架吧！还找什么律师啊！"

姚遥笑着拿过卷宗看了看，说："看来是两个人铁定心要离了？"

晶晶又说了一句"别提了"："来了两次了。我都没听见这两个当事人怎么说，全是家长叔叔舅舅姑姑姨在相互指责。那俩小年轻，跟不是他们要离婚似的，插着手在旁边听着。你说可气不可气！"

姚遥说："行啦！别郁闷了。等我把手头的事情忙完，我去会会这俩活宝！我第一句就问他们'到底谁离婚啊？'"

九

到底是谁离婚？

　　姚遥接到于芬电话，于芬有点歉意地跟她商量，能不能去她婆婆家一趟，老太太有些事想对姚遥说。自从老爷子去世后，老太太身体就一直不好，现在出不了门儿。姚遥痛快地答应了，直接就去了老太太家。

　　老太太见了姚遥就抹眼泪，姚遥安慰老太太说："于芬这么孝顺您，跟我在谈离婚的时候，想的全是孩子怎么办，您怎么办，就算以后不是您儿媳妇了，也肯定对您特别好。您就别着急了。"

　　老太太抹着眼泪说："我就是为这个才请您来的。我那个房子，房主是我。您能不能给我做个法律文书，我把房子给小芬了。我不给我那浑蛋儿子，给了他，以后就是那个狐狸精和她那儿子的。我要留给我的孙子！我才不便宜他们！我还想认小芬做闺女，和李明伟脱离关系，您能给做吗？"

　　姚遥有点哭笑不得了，说："大妈！您要把房子赠予于芬，这个没问题，但是您得征求您儿子的同意。因为在一开始，这个房子是您和大爷赠予李明伟的，让他结婚用的。现在您得先收回来，再处置。您儿子现在对这房子有一半的产权。另外，您想认于芬当闺女，这个好办；可是您要解除和儿子的母子关系，这个可就不好办了。因为血缘关系是解除不了的，咱们国家的法律不支持啊！"

于芬也劝老太太，说："妈，您这是干什么？我不要那房子，我有地方住。以后我和亮亮还是每周都来看您，您有事，就给我打电话，我保证随叫随到！我都四十的人了，也不打算再嫁了，您就放心吧！"

于芬这么一说，老太太的眼泪更没完了。姚遥提议于芬把李明伟也找来，三个人共同协商一个可行的办法。李明伟苦着脸来了，进门"扑通"一声就给老太太跪下了。老太太恨得泪流满面，于芬在一旁赶紧给胡噜胸口。

李明伟红着眼眶对姚遥说："姚律师，您给写个东西吧！于芬跟我说了，她要离婚。我签字。"

姚遥说："于芬希望孩子跟着她。这样的话，你……"

李明伟抢着说："我同意。赡养费，您说多少就是多少。还有房子、家具和存款……我什么都不要。您给办吧！"

两天以后，于芬和李明伟在姚遥的办公室里签字离婚，是晶晶接待的他们。姚遥顾不上他们俩了，晶晶已经迫不及待地从那两大家子的混战中逃出来，二话不说就扔给了姚遥。

这两家子每次到律师事务所都恨不得要黄土铺路净水泼街。大家都避让不及。俩当事人，男的二十五六岁，长得挺精神的小伙子，回回来都穿着不同款式的 Polo 衫，下面是李维斯的牛仔裤。女的每次都化着妆，发型每次见都不一样。晶晶向姚遥汇报，第一次，女的左手挎着一个 LV 的樱桃包；第二次，右手拎着一个普拉达的仙女包。今天，姚遥一进门就看见了，女孩手边是一个古驰新款竹节包，头上架着一个香奈儿珍珠太阳镜，在一堆乱吵吵的人群中独自低着头修指甲。

姚遥走进去，看着几个五十出头的老人互相指责，谁也不让。姚遥端着自己的水杯，从两个阵营中穿过，悠然自得地坐下，听着他们吵。

一个老太太指着小伙子冲着另一个老太太说："你儿子还有脸提离婚？房子是我们给买的！装修是我们给操持的！你们家出什么了？你们家有什么？"

另一个老太太说："你给我说清楚！什么你们家买的！就那几万块钱破首付，这房子就是你们家的了？我儿子交的月供！就你那闺女，整天好吃懒做不干活，屁事都不干！当初我就瞧不上，早就想休了她！"

这个老太太不干了，冲着那个老太太就"呸"上了："呸！我闺女不干活？你儿子就是个吃软饭的。除了整天上网他还会干别的吗？"

那个说："上网怎么了？你们闺女不也是从网上认识我儿子的吗？认识没两天就跟我儿子睡觉了！你也不嫌害臊！"

这个已经气得脸铁青了，嚷嚷："我就是瞎了眼！当初就应该告你儿子强奸！我还心软同意他们结婚！我告诉你，你儿子就是个流氓片子。从网上骗女孩上床，强奸犯！我告诉你，这婚非离不可，你儿子得赔偿我们青春损失费！"

两边的男亲戚也加入征战，姚遥看见已经有人撸胳膊卷袖子了，就拿起电话打了一下，声音不是很大，但是见缝插针，在他们声音的间歇处打的，姚遥说："保卫部吗？你们派几个保安到12楼事务所来一下，这有人要斗殴！"

男青年首先坐不住了，起身拉了一下自己的妈，说："好了好了，你们别闹了。找律师不就完了吗！你们在这吵吵有什么用？"

姚遥这时候放下电话，对着这小十口子人说："诸位要是想吵架呢，不如回家去！如果想动手呢，我现在可以找警察来，配合大家。如果要解决问题呢，咱们就坐下来好好说。离婚不可怕，如果为这事再死俩人就没意思了。"

晶晶送走了于芬和李明伟，听见会议室里越来越乱，担心姚遥一个人应付不了，又探头进来。听见姚遥这么说，晶晶赶紧随声附和："这是我们事务所专门负责婚姻官司的姚律师，她还是妇联任命的公益律师。如果你们的问题她都解决不了，你们就请回吧！全北京没有名律师伺候你们了！"

这几句话多少起到了些作用，老人们一点一点安静下来。姚遥这才坐下来问："到底谁要离婚？"

一个老太太说："我儿子！"

另一个老太太说："我闺女！"

姚遥说："两位阿姨！您二位的儿子闺女都成年了吧？结婚是他们自己结的，离婚这事也让他们自己来成吗？晶晶！"姚遥招手把晶晶叫过来，"你在这里陪着两家老人，给他们纸和笔，让他们写出自己的姓名、和当事人的关系，以及他们认为自己的儿女在离婚后应当享受的权利。"晶晶拿纸笔去了。姚遥说："一会儿，你们按照男方女方家属，坐在会议桌两侧，有什么要求都写下来。我理解老人的心情，生怕自己孩子吃亏，你们就写，想要什么东西，分什么财产。但是我必须告诉你们，你们所写的这些只能作为孩子的参考，最终的大主意，得他们两个自己拿。现在你们开始吧。"姚遥一指两个当事人，"你们俩跟我来，咱们去我办公室！"

两个人还挺听话，跟着姚遥就进了办公室。俩人一前一后进的屋，女孩一屁股坐在沙发上，男孩看了看，拉过姚遥桌子对面的一把转椅，坐下来。姚遥看了看他们，在饮水机处接了两杯温水，端给两个人。男孩探身说了句"谢谢"，女孩什么也没说，直接就把水杯放在茶几上了。

姚遥打开本子，说："你们已经来三趟了。如果打定主意离婚为什么不去民政局？"

男孩刚要说话，女孩就抢过话头说："去过了！那帮傻帽非给我们调解。调个屁呀！我们都不想过了，他们调解什么！"

姚遥说："那好。凡是到我这来的，都是打定主意要离婚的，找我都是谈细节的。咱们开始吧！我可能会问得比较细，你们俩别嫌烦！"

姚遥问："先告诉我你们的姓名、年龄和职业。"

男的看着女的，说："你先说吧！省得你又说我跟你抢！"

女的白了男的一眼，说："我叫胡月。二十五岁。无业！"

男的说："我叫文新宇。二十五岁。网络工程师。"

姚遥说："那你们为什么离婚？有第三者介入吗？"

文新宇说："反正我没有。她有没有我不知道！"

胡月瞪了文新宇一眼说："你少血口喷人啊！你才在外边有人呢！"

姚遥说："停！从现在开始，咱们都不搞人身攻击行吗？我看了你们的资料，结婚才两个多月，为什么这么快就离？"

文新宇说："过不下去呗！结婚之前觉得她挺好，怎么一娶回来就不是那么回事了！"

胡月说："你少来！我还悔着呢！怎么早没看出来你是个窝囊废！你妈让你干什么你就干什么！她让你杀人你也去？"

文新宇说："你少在这儿胡搅蛮缠！结婚这些日子，你对我妈说过一句客气话吗？"

姚遥说："咱们能打住吗？你们来了三回了，你们父母在这儿吵，你们俩也吵！这能解决问题吗？"

胡月气呼呼地说："姚律师！你不知道！我们俩是在网上认识的，他妈一直看不上我。那会儿我们说结婚，他妈就一百个不乐意。房子首付是我妈给掏的，装修也是我们家弄的。从装完到现在才一个月都不到。装修的时候我们说好了，住他们家几天住我们家几天。他在我们家住的时候，我妈好吃好喝地伺候他！住他们家的时候，他妈就指桑骂槐，说我不干活吃闲饭，还花她儿子的钱！她管得着吗！我再花能花出一房钱来吗！"

文新宇说："你还不实事求是！我妈怎么没花钱？电视、冰箱不是我妈买的？书柜不是我妈买的？住在我们家，我妈感冒了不舒服你不能做个饭吗？我上班去了你可在家待着呢！你一天到晚就在网上泡着，除了打游戏聊天你就不能干点正事？"

胡月站起来指着文新宇鼻子说："你现在嫌我不干正事？早干吗去了？结婚那会儿你怎么说的？你说你养我！这才几天啊？我一没出去泡小白脸，二没泡吧泡歌厅，我就在家上个网，你还挑三拣四！"

姚遥赶紧插话说："我明白了。就是因为家庭琐事提起的离婚，并且婚前相识时间短，彼此了解不够，属于闪婚是吧！婚后生活在一起发现彼此性格不合，生活习惯不统一，所以提出分手。对吗？"

俩人本来都站起来了，听了姚遥的分析，又不约而同地坐下，说："是！"

姚遥接着在本子上写着："按照你们说的，房子的首付是女方家长承担的，装修费用也是；男方承担的是月供费用和一部分家具家电的费用。对吧？"

胡月说："对！"

姚遥说："那就好办了。现在咱们一项一项说。房子你们打算怎么办？一种是卖了它变现，把首付款和装修费用给女方，月供款给男方。如果还有盈余，就再平均分给两人。如果房价跌了，亏损部分也是双方均摊。"

胡月说："我不想卖房！"

姚遥说："那就这样，这房子是你们的共同财产……"

胡月说："凭什么是共同财产？是我妈买给我的！"

姚遥耐心地解释："我看了你们买房的日期，是在你们登记领证之后。这样不管房子署的是谁的名字，它都视为你们两口子的共同财产。你父母的出资，也是视为对你们两个人的赠予，除非你们做了婚前公证，说这房子就是你一个人的。你做了吗？"

胡月有点郁闷。

姚遥说："如果没有做，那就只能均分。但是我会把你们的首付以及装修费用核算在内。这样的话，如果你想保留这套住房，就要再支付给男方一定的现金。这个数量是可以核算出来的。不过你别太难过，因为这个数量不会太多。"

然后姚遥又看着文新宇说："你同意吗？胡月想要房子，给你一部分现金，你买的家用电器可以带走，余额可以视情况折现。就是你必须搬出这个房子。"

文新宇说："我回去跟我妈商量一下。那我们的存款可都是我的，她根本就不上班，花的全都是我的钱！还有，我花在她身上的钱怎么算？"

姚遥说："你列个单子，胡月认可以后，都可以折现。"

胡月气呼呼地说："我花你什么钱了？"

文新宇指着她的手说："你手上那钻戒不是我买的？周大福，一万多！发票我还留着呢！结婚三个月，你光王府井就去了两趟，还不算国贸、新光天地。光包你就买了三四个。一个小两万，你说，你花了我多少钱？我那点积蓄都让你给败光了！"

文新宇一边说，姚遥一边记，记完之后对胡月说："他说的属实吗？"

胡月说："他就说我给自己买。你看看他身上，哪样东西差了？我去一趟国贸，给自己买一个包，还给他买衣服买鞋呢！认识我之前穿得跟个土老帽似的，现在我给他捯饬出来了，他倒打一耙说我败家！穿的时候你怎么不说啊你？"

姚遥对文新宇说："你把你说的这些东西的发票都攒好，下次来的时候带过来。"然后又对胡月说："你也是，家里哪些东西是你买的，把发票带来。咱们一块儿算。"

俩人点头。

姚遥说："回去之后再劝劝你们父母，事已至此，再指责谁对谁错都没有用了。我相信你们俩当初是因为相爱才结合的，就算时间短，结婚结得有点草率，可也曾经爱过。既然爱过，就别彼此伤害。好离好散。你们都还年轻，尽快了结这件事才能开始新生活，不然，只会给彼此造成阴影。尤其是对你们双方的家庭，我看你们的父母都很激动，怎么连叔叔姑姑舅舅姨都扯进来了？这个动静也太大了吧！"

文新宇低着头，说："我们家就我一个男孩，我也不太爱说话，他们都怕我受委屈。"

胡月也说："我在家里什么活都没干过，我妈怕我吃亏！"

姚遥说："婚姻需要彼此不计得失地付出。如果从一开始就抱着不能吃亏的心思，这日子肯定过不好。我劝二位一句，回去做做老人的工作，让他们别太为你们操心了，不然，你们俩以后的家庭也很难组建。我希望下周再看见的是你们两个人，就别带亲友团了。"

十

十五六岁的他想让父母离婚

　　好不容易把胡月文新宇的案子了结了，晶晶长舒了一口气。终于不用在办公室里听吵架了，晶晶和同事们的耳根子清静了很多。

　　周二的早上还算安静。姚遥头一天下午召集胡月和文新宇签完字，财产也协议分配完了，今天得以晚来会儿。姚遥跟晶晶打招呼，今天要去看琪琪滑冰，没什么事的话就中午到。晶晶跟姚遥说："这段日子你快成劳模了，干脆休年假得了！"

　　姚遥说："我这会儿休了，我老公休不了。寒假吧，寒假我们一起休假带琪琪去迪士尼。"

　　晶晶说："你能不能给你自己放个假，出去玩一趟什么的？什么都想着老公孩子，你可真够累的。"

　　姚遥笑笑，没说话。

　　本来晶晶想着今天没有人预约，姚遥可以陪着琪琪安安静静过一个上午。可是不到十点，楼下保安就给事务所打电话，说大堂里有个男孩子非要上来，要来他们事务所。接待员在电话里问保安："他预约了吗？找谁？"

保安拿着电话问男孩，男孩不太情愿地说了一句什么，保安说："他说他不知道还要预约。他想找一个姓姚的律师，跟她约好的。"

接待员说了一句"请稍等"，就拿起分机给晶晶打电话。晶晶有点奇怪，可是事务所里的确只有姚遥一个人姓姚，晶晶查了一圈登记本，没发现今天有预约啊！晶晶没办法，只能给姚遥打电话，姚遥在冰场里，信号不好，"喂喂"了半天才听清楚。姚遥想了想，确认自己没有被未成年人预约呀，但是转念一想，还是跟晶晶说："你先把他接上来吧。我这边还有二十分钟就下课了，你让他稍等一会儿，我这就回去。"

晶晶说："你要是不知道这事我就把他打发了吧！别着急往回赶了。"

姚遥说："你先看看情况，要真是一个孩子，你就让他等我，我尽快回！"

晶晶摇摇头，知道姚遥就这毛病，不想让孩子受委屈。办了这么多年离婚案子，姚遥最怕看的就是破碎家庭里的孩子，很可怜，很无助。

晶晶奉命去一楼大堂接人。保安正陪着一个大男孩在电梯口等她。晶晶一看，还真是个孩子，十五六岁，上身穿着白色T恤，下边穿着肥大的蓝色校服裤子，脚上是一双耐克篮球鞋。今天外边挺热，三十五度，晶晶走近男孩的时候不禁皱了皱鼻子，一股青春期男孩子的汗味迎面而来，还真挺呛。

男孩脸上还有汗水，也没背包，空手来的。看着晶晶走过来，狐疑地盯了一下，说："你不是姚律师吧？"

晶晶保持了一个安全距离，站定，对男孩子说："我不是，我是她助手。你跟我上来吧，她一会儿就到。"

男孩子听了这话，很不满地回头看了保安一眼，眼神里的意思是"让你不放我进！"然后就跟着晶晶乘电梯上楼了。

晶晶把男孩子让到小会议室，问他喝点什么，男孩子说："你有冰镇可乐吗？"晶晶有心回敬一句"没有"，后来一想，自己跟小孩子较什么劲？就说了一句："那你等会儿。"就到楼道里找了台自动售货机，投币给男孩子买了一听可乐。

可乐递给男孩子，男孩子伸手一接，冲着晶晶说："不是冰镇的？"

晶晶的好脾气维持不下去了，说："你凑合喝吧！我们这儿又不是冷饮店！"

男孩子被晶晶闷了一句，没话了，臊眉搭眼地坐在那儿开始左顾右盼。晶晶回到自己的位子上也不理他。

姚遥等琪琪一下课就赶紧帮助琪琪换鞋，往回跑。琪琪跟在妈妈身后一个劲问："妈妈咱们干吗去呀？你着急呀？"

姚遥说："刚才晶晶阿姨来电话，说办公室有事情。琪琪你到了办公室就和晶晶阿姨在一起，一会儿让阿姨带你去吃中午饭啊！"

琪琪刚想问问为什么，姚遥的电话又响了。刚开上车，姚遥戴着耳机，也顾不上看来电显示，她以为是晶晶来电话催了，电话一接通就忙不迭地说："我马上就到，已经出来了。"电话那头愣了一下，传来了一个男性的声音，笑着说："姚律师！你还是这么急急火火！"

姚遥一听不是晶晶，也愣了一下，狐疑地说："对不起。您哪位？"

电话里说："姚遥，我安东啊！"

姚遥不由自主地笑了："安东啊！咱们好久没见了！"

安东说："可不是。毕业以后就很少联系。你开车呢吧？我长话短说！我现在给妇联做一个心理调查的项目，主要是女性在婚姻期间的心理问题。我跟妇联说，想了解一些婚姻出现问题的女性的状态，他们给我推荐了你，说你这三四年一直在给他们做公益律师，经办了好多离婚的个案。你看我能不能找你了解一下情况？"

姚遥说："好啊！安博士！能为北大心理系的博士提供帮助，我太荣幸了。你什么时候来？"

安东说："我今天下班就过去找你，先跟你初步汇报一下。"

姚遥说："没问题，下午见。你知道地址吧？找不到给我打电话！"

姚遥放下电话，停好车，拉着琪琪"嗒嗒嗒"地就往写字楼里跑。琪琪也跟着气喘吁吁地跑进电梯，一进门，晶晶被她们俩的动静吓了一跳，站起来说："你们这是干吗？不用跑成这样吧！"

琪琪很自然就走到晶晶的座位里，姚遥问："人呢？"晶晶拉着琪琪冲姚遥一努嘴，说："小会议室。整个一个未成年外加小少爷，也没预约大摇大摆就往楼里闯，给接上来就要喝冰镇可乐。这都什么呀！"

姚遥一笑，把包放在晶晶桌上，又从晶晶笔筒里顺了一支笔，拿了几张 A4 纸就进去了。一进门，姚遥也闻见了男孩子身上的汗味，她打量着这个足有一米七五高的大男孩，心里猜着他的岁数。男孩子一见她进来，立刻从椅子上站起来，有点拘谨地问："你是姚律师？"

姚遥说："是啊，我是！你认识我？"

男孩子摇摇头，说："我是从网上查的。我在谷歌上打'著名律师离婚官司'，你的名字就出来了，前十几条都是你。我想找你应该没错！"

姚遥诧异地说："你是高中生？找打离婚官司的律师？干吗？"

男孩子的脸上出现了一丝不易察觉的沮丧和无奈，看着姚遥又坐下了，头扭向别处，眼睛盯了一会儿地毯，说："我想请你帮忙，让我爸我妈离婚。"

姚遥惊异地以为自己听错了，问男孩子："你说什么？你想让你父母离婚？"

男孩子抿着嘴唇，愣了几秒钟以后，看着姚遥说："我也知道，我这么做不好……大逆不道……可是，你们去我们家看，他们这样还不如离了呢！早死早托生！"

姚遥尽量保持自己的平静，呼出一口气，问男孩子："你能告诉我你多大了吗？"

男孩子说："十六。开学后上高二。这跟我爸我妈离婚有关系吗？"

姚遥说："孩子！你现在还是未成年人，我不能接受一个未成年人的委托去促成他的父母离婚，你明白吗？如果是你父母双方都有离婚意愿，那应该是他们两个人去找律师，而不是你！"

男孩无奈地说："他们要是离不就好了吗！他们不离啊！可是他们不离，他们还吵，每天吵得热火朝天，吵急了我爸就离家出走。现在我爸连小三儿都有了，他们还耗着干吗呀！"

姚遥说："你怎么知道你爸在外边有第三者了？"

男孩说："我亲眼看见的呀！我跟着我爸到了他的住处，他在外边租了房子，那房子里还有一个年轻女的。你说她不是小三吗？"

姚遥问："这个情况你妈妈知道吗？"

男孩子突然捂着自己的左脸说："知道。我跟她说了，可她给了我一嘴巴，说我挑拨离间，说我不是她儿子……"

姚遥看着男孩子痛苦的表情，从直觉上认为，自己应该相信他。世界上没有哪个孩子愿意自己的父母分开，他一定是承受了太多的东西，才不得已选择了这个办法。

姚遥说："聊了半天，我还不知道你叫什么呢。"

男孩说："我叫迟明。我爸叫迟左达。我妈叫李秀英。"

姚遥在纸上开始记录："我不确定自己能不能帮上你的忙。不过你可以把他们的情况先介绍一下，我先了解一下看。"

迟明说："我在网上查了很多律师，也看了你的简历。我觉得，你肯定能让他们和平分手。我知道你办了好多离婚案，网上说好多人来的时候都打得不行了，你给办了之后，都能和平接受。我希望我爸妈也能这样。"

姚遥说："谢谢你对我的信任。你说吧，我一定尽力。"

迟明说："我爸我妈原来都是农村的。我奶奶家穷，我姥姥家富裕。可是我爸聪明，听我奶奶说，我爸年轻的时候长得也精神。"

姚遥心想：看得出。迟明长得就不错。

迟明说："我奶奶说我妈上学的时候就喜欢我爸，老来我奶奶家帮我奶奶干活。可是我妈笨，上到初三就回家了，在家里开小卖部，出去跟我姥爷卖菜。我爸后来考上大学了，家里没钱供，我妈就把她卖菜挣的钱全给我爸了。听我奶奶说，上大学之前我妈就到我奶奶家住去了，我爸大学一毕业他们就结婚了。"

姚遥说："这么说，你爸爸四年大学基本上是你妈妈供出来的？"

迟明说："嗯！我奶奶家就我爸一个孩子。他上大学走了，我奶奶家的地是我妈和我舅舅给种，我妈卖菜给我爸寄钱。后来我爸毕业了，在城里找了工作，把我妈也接进城，我妈才不卖菜了。"

姚遥问："那你妈妈后来干什么？"

迟明说："生我之前，去工厂当过临时工。我也不知道干什么。反正我妈什么技术都不会，估计也不是什么好活！后来在街道幼儿园干过一段。再后来生我了，我妈就不怎么上班了。我上初中以后，我妈在家里闲得难受，就出去当小时工，给几家做饭，还给几家打扫卫生。"

姚遥问："你爸呢？现在在干什么？"

迟明说："我爸……现在我爸开公司呢，不大，可也算有钱吧。他不让我妈出去干活，我妈在家又待不住，俩人三天两头吵。开始，我爸还吵着吵着就不说话了，后来，俩人一吵他就走。走了几回，我就发现了，他外边有人。"

姚遥问："你希望他们能和平分手？还是你更倾向于哪一方？"

迟明说："开始吧，我第一次发现那女的的时候，我特生气。我特想揍那女的一顿。后来，我也有女朋友了，我就想明白了一件事，就是两口子得说话呀。我爸和我妈，在家要么没话，要么就是吵架，这肯定不对呀！可那女的，我见了好几回了，挺年轻，长得也秀气，一看就是大学毕业，看着挺有文化的。每次偷偷看见他们，俩人都在聊天，看我爸那样，特开心。我就想，我爸这回是找着说话的人了。"

姚遥听着这番颇为成熟的理论，很纳闷地问："你有女朋友了？"

迟明平静地说："有啊！这怎么了？现在初中交女朋友很正常，我这还算晚的。"

姚遥佩服现在小孩的直率，说："那你在你的恋爱中受到启发，看出了你父母的问题所在？"

迟明说："是！我和我女朋友就是因为聊得来才在一起的。

我后来又想了，为什么聊得来呢？因为想法一样呗！为什么想法一样呢？就是我们政治老师那句话'因为人生观一样'。人生观一样，看问题的态度才能差不多。我们俩就是这样，可我爸我妈不是这样啊。我爸觉得让我妈待在家里是享福，我妈觉得是不让她出去丢人。我爸觉得给她买件衣服是对她好，可我妈觉得是我爸在糟践钱。我爸想看书，我妈想让他陪着看电视剧。我爸说出去看场电影吧，我妈坐在那就睡过去了。那次我爸想带我妈出去做头发，参加他们公司年会，我妈听说要花好几百，说什么也不去，还说她又不去偷人养汉，花那钱干吗……我爸那次气得一星期没和我妈说话。"

送走了迟明，姚遥看着自己的记录发呆。按照迟明自己说的，他妈妈李秀英应该对所有事情心知肚明，可是她肯定是不想离婚。不过姚遥还是感到奇怪，李秀英的态度可以理解，那迟明的爸爸迟左达呢？他为什么不离婚？还是已经提出来了，他妻子不同意？

晶晶帮忙把琪琪送回家了。姚遥通知庄重，下班要接待妇联的人，庄重就先回家去陪琪琪了。晶晶和琪琪五点半刚走，安东人就到了。见了姚遥，安东做出了夸张的笑容说："咱们吃饭庆祝一下吧！庆祝咱们十年没见！"

姚遥说："是啊！毕业都十年了。不过在学校咱俩还是见得挺多的，那会儿你经常来我们法律系蹭课听！"

安东笑着说："我们心理系的课你们也没少来啊！不管怎么说，北大心理系还是名声大啊！"

姚遥说："安博士，你找我，我能有什么效劳的？"

安东规整表情，说："那我长话短说。我们现在给妇联做一个项目，我们发现很多中年女性在婚姻持续到五到十五年的时候，都会或多或少地出现一些问题，这些问题如果解决得当，她们的婚姻关系就能存续；如果不得当，就会导致离婚。妇联说你是这方面的专家，经手了很多离婚案子。我们就想来取取经，看能不能你近期接案子的时候让我也旁听一下。"

姚遥笑着说："你旁听了，会不会抢我饭碗？"

安东问："什么意思？"

姚遥说："以你的能力加口才，听着听着就去给人家分析去了，分析完人家都不离了，我这碗饭还吃不吃？"

安东笑呵呵地说："那不能！不过呢，我一直都认为很多离婚案是可以避免的，如果他们在婚姻出现问题的时候首先求助的是心理咨询师，那会有至少三分之一的离婚危机都能化解。"

姚遥笑着摇了摇头，说："这是理想主义的想法。别的律师的案子我不知道，凡是来找我的，基本上都没有挽回的希望了。你要相信，婚姻双方，只要有一个人不想离，他就会想尽办法来挽回。一旦所有办法用尽，他们除了离婚别无他法。而且你知道吗，现在的离婚案件，有一半以上是因为外遇，你觉得这个问题能通过心理咨询来解决吗？"

安东笑着说："这个咱们先不争论。只要你同意让我旁听，就当我是你的助手，我保证不乱说乱动。有什么个案，咱们私底下再分析嘛！"

姚遥说："好啊！我肯定欢迎。其实，谁也不愿意看见两个人走到尽头的那种无奈。你要是感兴趣，我下午刚刚接待了一个当事人，很特殊，你拿去看看？"说着，姚遥就把迟明父母的记录纪要递给了安东。

安东往包里一放，说："太好了，我这就上岗了。为了表达一下诚意，我请你吃饭吧！你说想吃什么？"

姚遥起身拿包，说："那我得好好宰你一顿！"

晚上回到家，琪琪已经睡了，庄重正在打游戏，在电脑前忙得不可开交，听见姚遥进门，问了一声"老婆回来了"就继续打怪兽去了。姚遥站在庄重后面，问："这是什么？"

庄重头也不回地说："我新下的游戏，《天龙八部》。"

姚遥看着显示器里热闹非凡的场景问："这是什么游戏？怎么这么乱？"

庄重一边跟网上的玩家聊天一边说："网络游戏，搜狐今年最新开发出来的。老婆一会儿我再跟你说话啊，我这忙不过来了。"

姚遥看了几秒钟，看不出所以然，也不知道谁是谁，就回屋洗澡了。琪琪滑了半天冰，又看了《喜羊羊和灰太狼》，玩累了，洗了澡就睡下了。姚遥换上睡衣出来，看见厨房里锅碗瓢盆还堆在水池里，就赶紧动手洗完归置厨房。庄重听见姚遥在厨房里忙活，就高喊："老婆，再给烧点水，我渴了！"

姚遥说："你可真行！连水都不喝就在这不动窝打游戏，你多大了！"

庄重说："谁说我不动窝！我刚才一直陪琪琪来着，她睡了我才开始！你不许污蔑啊！"

姚遥知道，庄重一年一度的"游戏季"又开始了。甭管是工作压力大还是单位里不太开心，庄重都会在游戏上寻找解脱。一年玩一个游戏，每个游戏要玩个把月。只不过以前玩的都不是网络游戏，这次，庄重动静大了。

当晚，姚遥躺在卧室里，外边书房里庄重把电脑声音开到了最大，音乐声、背景声、打斗声、敲键盘的声音一波一波地传过来，姚遥彻底失眠了。

十一

离婚是个简单粗暴的办法

早上，姚遥肿着眼睛叫醒了琪琪，给她煎了鸡蛋，热好牛奶，烤好了面包。琪琪换好衣服洗漱完，吃着香喷喷的早餐，问姚遥："妈妈，今天谁去接我啊？"

姚遥收拾着煎锅铲子，跟女儿说："今天还得叫晶晶阿姨去接你，我估计我去不了。"

琪琪问："你今天有预约啊？"

姚遥笑着说："没有。不过妈妈的第六感觉得，今天会有人找妈妈。"琪琪笑了。

姚遥的第六感很准。姚遥一进写字楼的大堂，就看见迟明在电梯间前面徘徊，姚遥径直走过去，说："迟明！找我？"

迟明看见她，叫了一声"姚律师"，就迫不及待地问："怎么样？你能让他们俩离吗？"姚遥看看电梯前面堆了越来越多的等着上楼的人，就拍了一下迟明的肩膀说："走，咱们上楼说。"

到了楼上，安东已经站在门禁外面等了。姚遥笑着说："看来今天我迟到了，让这么多人都在等我，真不好意思。"

安东说："我就比你早一班电梯。来当助手就要有个助手的样子，不能让老师挑理啊。"姚遥笑着说："你先稍等一下。"然后走到晶晶的座位旁嘱咐晶晶："让迟明在小会议室坐一下，我马上就来。"

晶晶带迟明去了，安东问姚遥："他就是迟明？"

姚遥说："就是他。我昨天让他先回去，我说我需要从侧面再了解一下情况，没想到这孩子今天一大早就又来了。怎么样安博士？你要不要介入一下？从法律上说，当事人不到场我根本不能接这个案子，尤其迟明又是未成年人；但是我看得出来，迟明现在过得很不开心，你看看能不能给他一点帮助？"

安东从包里掏出昨天姚遥给他的材料，说："行。我跟你一块儿进去。不过还是以你为主，我需要多听多了解。"

姚遥带着安东来见迟明。安东一进门就感受到了迟明对他的提防，姚遥也感受到了，对迟明说："这是我的助手。他是学心理学的，我们都签了保密协议，他绝对不会把你的信息透露出去，你放心吧。"

迟明的眼神缓和了一些。

姚遥打开记录本对迟明说："我反复考虑了你的要求，迟明，现在只有一个办法能帮你达成愿望。就是你得让你父母来一趟，至少是其中一个，咱们才能解决问题。光靠一个人，他们俩之间的问题还是解决不了。"

安东不说话，只记录。

迟明说："那他们要是不来呢？我怎么办？还这么忍着？"

安东说："迟明，你说你妈妈不同意离婚是吧？你觉得这是什么原因？"

迟明想了想，说："不知道。听我奶奶说是我妈先看上我爸的，可能我妈还是爱我爸呗！"

安东说："要我看，事情不那么简单。你说你已经把看见你爸爸外边有人的事情告诉妈妈了，可是妈妈很愤怒对吧！她还打了你！可见她是不想承认这件事，不想面对。如果你都发现了你爸爸有很多不正常的地方，你妈妈也会意识到，并且只会比你发现得早。也许，你妈妈是有什么难言之隐，你没有试着跟妈妈沟通过吗？"

迟明没说话，看得出，他在仔细思考这个问题。

安东又说："还有一个问题你考虑过吗，就是如果他们离婚了，你跟谁？"

迟明说："我一定要跟谁吗？我住在学校不行吗？"

姚遥说："不行。即使你住在学校，你也需要一个法定的监护人。我看了你的资料，如果你父母离婚，你跟着爸爸的可能性最大。"

迟明问："为什么？"

姚遥说："你母亲现在没有工作，经济上不具备抚养你的能力。如果你和妈妈生活在一起，日子会过得非常艰难。这个法官会考虑的，一般不会这么判。"

安东接着说："我认为这恐怕就是你母亲为什么回避和你谈这个问题的原因。像你母亲这个岁数，一辈子相夫教子，挺过了最艰难的时候，现在好容易经济上宽裕了，又遭遇丈夫出轨。这个时候你是你母亲唯一的希望，一旦离婚，你母亲无业，没有经济来源，她怎么抚养你？我猜想，你母亲绝对不可能把你让给你父亲，可是她又能怎么样？她现在连自己都养不活！"

迟明说："那你们能不能让我爸给我妈留点钱呢？"

姚遥看着安东，安东接着说："我觉得现在最好的办法是你让他们来一趟，或者至少来一个人。我知道你妈妈的阻抗特别大，因为在这个婚姻中她是弱势方，一旦离婚，她将一无所有。你跟你父亲沟通得怎么样？"

迟明说："他不知道我跟踪过他，对我……还跟以前一样吧。"

安东说："那你就找个机会跟爸爸谈一谈，告诉他你已经知道了真相，征求他的意见，请他来一趟。你告诉他，法律问题放在一边，我们这里还有婚姻关系咨询师，也许可以帮到你们。你和你爸爸都要相信，离婚不是最好的解决办法，我们一定还有更好的方式。"

迟明犹疑地答应了。晶晶过来送迟明出去，姚遥对安东说："恕我直言，我觉得迟明爸妈的婚姻已经名存实亡了。他们不出现，我没办法给他们办离婚。他们出现，他妈妈不想离，我看也很难。"

安东说："姚遥，你不觉得就迟明父母这个情况，离婚是个简单粗暴的办法吗？"

姚遥说："无论从法律上看还是从情理上看，迟明的父母都具备了离婚的条件。第一，他们的感情基础基本上是零。按照迟明的叙述，迟明的父亲应该是以报恩的心态娶的他母亲。而婚后两个人由于社会地位、经济地位的巨大悬殊，导致了无法沟通。这使得他们的婚姻就更加脆弱。现在，他父亲又有了第三者，这个婚姻现在完全是死亡的，唯一的麻烦就是迟明的母亲，常年无业，没有一技之长，人到中年，又不想失去孩子。如果离婚，我没有把握把迟明的抚养权给她争取到，但是我可以为她争取最大的财产所得。我相信迟明的父亲不至于这么绝情，这个有的谈。当然了，如果他父亲耍滑头的话，我们还可以有别的办法。"

安东笑笑说："姚遥，咱们没必要先给他们定性。也许事情不是你我想的那样，也许除了离婚，我们还能找到别的解决办法。"

姚遥叹口气说："安东，其实从一开始，这个案子我就没法接。迟明是未成年人，我不可能替他来打这个官司，更何况离婚主体双双不出现，我们无论是劝和还是劝离都无从下手。我特别同情迟明，他私下里跟我说过，他们再不离婚，他自己就要崩溃了。他是从他现在的爱情中明白了一个道理，就是爱的前提是交流。他的父母现在是零交流，即使有也是吵架。如果迟明明天还来，后天还来，我们怎么办？我让你接触这个案子，是想看看你能不能给迟明提供一些帮助。对于他的父母，我们真是爱莫能助了。"

安东想了想，不置可否地说："我想明天迟明还会来，我跟他谈。"

姚遥说："我倒是真希望他能把他的父母带来，哪怕只有一个，我都可以帮他们下决心。"

安东看了看姚遥，微笑着说："你脸色不好，眼睛还有点肿。没睡好？还是不舒服？"

姚遥下意识地用双手捂住了脸颊，喃喃地说："是啊……想睡个好觉太难了……"

十二

星巴克的交谈

学了一个星期的滑冰，琪琪的进步挺大。本来小孩子重心就低，琪琪在冰上就没怎么摔跤。最后一节课上，小孩子们撒了欢，到角落里捡了冰碴互相往脖子里塞。琪琪被塞得咯咯笑，自己掏出来又去追别人。姚遥在场外看着，也跟着笑，孩子们欢快的声音在冰场上弥漫，把姚遥失眠的疲惫一点一点地赶走。

琪琪下了课，就被姚遥送到姥姥家了。迟明已经三天没有出现，这让姚遥多少有点担心。不知道这个大男孩回去跟父亲谈过了没有，还是这几天他根本就没见过父亲。还有他那母亲，现在是暑假，迟明每天都要在家里面对这样一个时刻都会抓狂的妈妈，不知道他的心情会什么样。

姚遥给晶晶发短信，说没什么事的话她在楼下喝杯咖啡再上去。晶晶回复说"没问题，没人找你"。姚遥就在楼下的星巴克坐下来，随手拿起一本杂志，捧着一杯热拿铁，慢慢喝着。

这几天，庄重基本上顾不上和姚遥说话，回家就在电脑前一坐，急着忙着组队打怪兽。据说是在网上组成一支队伍不容易，大家要有分工，还要齐心合力，还要有技巧，这就需要大家在打怪兽的同时还要打字聊天。姚遥每天一回家就被《天龙八部》刺耳的背景音乐、怪兽的尖叫和庄重敲击键盘的声音包裹住，这让姚遥异常烦躁又异常抑郁。

姚遥一直在对自己说，每年都有这么一个时候，只不过这回是换了一个游戏，换了一个玩法，她暗示自己忍耐。她不停地提醒自己，每个人都有自己的发泄方式，她郁闷的时候会选择去逛街、喝咖啡、吃甜品。但是庄重只有这一种方式，应该对他宽容。姚遥并不想阻拦庄重玩游戏，但是她无法抵挡门缝里挤进来的声音。还有每天后半夜庄重意犹未尽之后，洗澡睡觉之前的一系列动静。

坐在星巴克舒服的沙发里，热拿铁的香甜味道温暖地抚摸着姚遥的脸。她闭上眼睛，凑在杯子最近的地方，享受着这种抚摸。虽然外面骄阳似火，但是姚遥还是迷恋这种温暖的感觉。星巴克里此时坐着的人不多，大多数人手里拿的都是冰品，只有姚遥面前洋溢着热腾腾的水蒸气，这在冷气房里成了一道风景。

在开着空调的房间里，姚遥的热拿铁很快就不再热气腾腾了。姚遥不情愿地睁开眼，用纸巾擦了擦眼角和面颊上被咖啡雾气沾上的水汽，视力慢慢从模糊变得清楚。姚遥抬头看看窗外，没想到一眼望去就发现了迟明，他还穿着同样风格的衣服，只不过换了一件 T 恤衫。天气预报说今天最高温度要到三十七摄氏度，姚遥看着那个大小伙子把自己捂在肥大的校服裤子里就心疼，这不中暑了？姚遥正要喊迟明，很快发现他身边还有一个中年男人。两个人在说着什么，迟明的表情有点焦急还有点愤怒，中年男人背对着玻璃窗户，姚遥看不清他的脸。但是姚遥很快就猜测出，这个男人应该就是迟明的父亲。

姚遥赶紧从星巴克里跑出来，快步来到迟明身边，迟明的眼睛始终在中年男人身上，直到姚遥叫他，才发现了姚遥。迟明看见姚遥的表情有点惊喜，他指着姚遥说："这就是姚律师。"然后对姚遥说："这是我爸。"

姚遥注意到了迟左达的尴尬，拉着迟明说："真巧，我正在喝咖啡，一抬头就看见你了。来，咱们在这坐坐吧。正好上午我没什么事，翘班出来了。我请你们喝咖啡。"说着，姚遥给了迟左达一个邀请的眼神，拉着迟明就往里走。迟左达连拒绝的空隙都没有，只好跟着他们走进来。

姚遥问迟明："想喝什么？不过这儿没可乐。"

迟明说："星冰乐吧。冰的就行。"

迟左达这时候抢过来对姚遥说："我来我来，您喝什么？"姚遥指着她那张桌子说："我的咖啡还没喝呢！咱们坐这儿吧！"

迟明等着拿饮料，姚遥伸手把迟左达让到桌子边的沙发上。迟左达显示出了很好的修养，让姚遥先坐，自己才坐下了。姚遥看着迟左达，突然脑子里一片空白，该死的失眠让她的脑子锈住了，姚遥很生自己的气。一时又实在无法开场，姚遥突然想到了安东，赶紧拿起电话给安东发了短信，让他速到楼下星巴克。

迟左达毕竟是个老总，见惯了各种场面，他很镇定地打破了尴尬，眼睛从迟明处移开，看着姚遥说："姚律师，我不知道迟明偷偷来找过您。给您添麻烦了。"

姚遥的脑子失去了往日的灵敏，只得实话实说："迟明来过好几次了。他说他看到您和她妈妈这样，非常痛苦。他替你们难受，他自己也难受，他甚至希望你们能分开。您知道，迟明还是个孩子，找到我，而且不止一次，我不能无动于衷。我想帮他，可是你们不出现，我听不到你们的真实想法，我也无从帮起。我把法律程序给迟明讲了，我的同事也劝他先和你们沟通一下。不管怎么说，您今天能来，我很高兴。"

迟左达叹口气说："我刚才还在跟迟明商量，能不能不上去了。没想到在这里碰见您了，真是命啊！"

姚遥说："那您现在什么想法？迟明给我讲过一些，但是毕竟是孩子说的话。我想听听您怎么说。"

迟左达回头看看迟明，儿子端着两杯饮料走过来，递给他父亲一杯。迟左达看了迟明一眼，迟明很懂事地说："你先跟姚律师聊聊吧。我坐边上。"

姚遥感慨了一句："迟明真的很不容易。"

迟左达说："是。迟明很可怜，他妈妈也很可怜，可是我又有什么办法呢？迟明昨天来找我，说我和他妈妈的婚姻从一开始就是错的。我承认，可是他理解不了在那个时代，她妈妈用卖菜的钱供我上大学，我心怀的那种感激，我无以为报。没有他妈妈，就没有我今天。我不是那种无情无义的人，我甚至在迟明找我之前都没有想过要结束这段婚姻。"

姚遥说："但是你过得并不好，对吗？"

迟左达说："我原来想，这一辈子我都要善待这个女人。她供我读书，给我们家种地，奉养我的父母，为我生儿子。姚律师，这样一个女人，我有什么资格说我不要她！"

姚遥说："可是，听迟明说，你在外面还是有人了。这不就是对妻子的不忠吗？"

迟左达说："我承认。可是我又能怎么办？我有正常的生活需求。我回到家里，希望能和老婆聊聊天，希望我们能规划生活，这些我太太都不可能做到。有一段时间，我甚至怀疑当初我把她带到城里来是错误的。她种菜卖菜，可不能接受买菜，花多少钱都觉得贵。她不习惯住楼房，我在回龙观买了联排别墅，可是物业没两天就找我说她在院子里养鸡……她不属于这个城市，出去工作她不适应，她只适应当农民；在家待着也不行，闲极生事……回到家，听到的就是一肚子牢骚。我真是怕回家啊。"

姚遥看看门口，安东进来了。姚遥给迟左达介绍："这是我同事，迟明第二次来主要是他接待的，安东，研究心理学的博士。"

迟左达和安东互相打了招呼。

迟左达接着说："我和那个女孩其实也没什么，就是我们能交流。开始真的只是爱聊天，后来没办法，她爱上我了，我也不想拒绝。她知道我家里的情况，从来没有提出过要和我结婚。我也跟她明确说过，我无论如何不能休妻。"

姚遥说："你有没有想过，你太太很可能已经知道你的事情了？"

迟左达有点惊异，他皱皱眉头说："不太可能吧！她平常连门都不出的。"

姚遥说："我以前有过一个当事人，也是个四十多岁的女士。下岗女工，连拼音都不太会，用手机都不会发短信。可自从她感觉到了她丈夫出了问题，她在最短的时间里学会了上网、收发短信。她还破译了她丈夫的 QQ 密码，把她丈夫跟情人互发的信息、在网上的聊天记录都存下来了。她丈夫直到签字离婚那一刻，都还认为她老婆不可能这么聪明。女人有时候是潜力无穷的。"

安东也说："您知道吗，迟明也知道那个女人的存在。他第一次看到之后，第一个反应就是回去告诉他妈妈，可是他说妈妈打了他。您知道这意味着什么？"

迟左达看着安东，眼睛里全是疑问。安东接着说："这意味着您的太太已经知道了这一切，至少是察觉到了蛛丝马迹。但是她为什么这么平静呢？因为她比你更怕失去这个家。你对她充满感恩，不能突破道义上的底线而抛弃她；她对于你，年轻的时候全身心地爱，现在是全身心地依赖。她向你发火，是内心虚弱的表现，她进到城里就开始心虚，因为这是她不熟悉的环境，她开始发现她掌控不了你的生活。不像当初，你上学她卖菜，离开他，你无法生存；现在不同了，是离开你她无法生存。从这个角度上说，你强迫她为你作出了改变，她顺从了，而且接受你说的话，你说这是为她好，但是她害怕。我相信，在你不回家的日子，在她发现了你有别人的那一刻，她一定在屋子里无助地哭喊过。但是她什么也不能做，因为她离不开你。"

迟左达努力回想着近期生活的种种表象，想找到些什么。

姚遥说："你觉得你的婚姻还有维持的可能吗？"安东看了姚遥一眼，姚遥也看到了，眼神很坚定。安东刚要说话，迟左达说："我不能离婚。这就是为什么迟明让我来，我不想来的原因。但是迟明说，你们这里还有这位婚姻专家，我才想来试试。"

这个结果让姚遥很是意外。她一直认定，在这场婚姻中，最不想离的是女方，为什么迟左达会这样坚定呢？

安东很平静，似乎这个结果并没有脱离他的测算。安东说："我想，不光是您，您太太也不想离。如果这样，我们就达成了一致。婚姻还要继续，就要改变你们相处的模式。不过这是很好的开始，有这个信心，对家庭和孩子都好。"

姚遥干脆把自己变成了听众，不再插嘴。

安东说："您看这样好不好，叫上您的太太，一起来。你们两个的婚姻不是以相互的爱情为基础的，但是这样的婚姻模式在中国也不少见，不意味着开始没有爱情的婚姻就一定不能维持。"

姚遥心里说："爱都没有了，还有什么可维持的呢？这也不太道德了。”

安东问迟左达："你不想离婚，是为什么？"

迟左达沉吟了片刻，说："我欠她太多。抛弃她，我无法原谅自己。"

安东说："你认为离婚就是抛弃她？哪怕是给她一定数额的财产和未来生活的保障？"

迟左达说："她不要钱。结婚以后她从来没有主动跟我要过钱，我和迟明是她的全部。我们俩没了谁，她都很难。"

安东说："那就说服她和你一起来一次。别跟他说见心理医生，更别说是律师事务所，你就说我是一个算命的，特准，别人给你推荐的，能给你们看看将来。这么说，她肯定来。"

迟左达的表情有点古怪。安东笑着解释："你相信我，面对不同的人群，我们要有不同的方式。你试试看，管用的。"

迟左达带着迟明离开了，临走安东嘱咐他，这段时间一定尽可能地多回家，对迟明也要多关心。迟左达答应了。姚遥看着他们出去的背影对安东说："你能告诉我心理学和封建迷信的区别吗？"

安东笑出了声，说："我能告诉你共同点，就是都要进行心理暗示！"

十三

一场另类的拯救

　　安东在姚遥的办公室里上了两个星期班。两周里，安东搅和黄了两对要离婚的夫妇。这期间，姚遥正被失眠折磨得异常痛苦，对这两对离婚的夫妇也没有太多精力来应酬。一对是两个小年轻儿，属于话赶话呛在那儿了，谁也不让谁，互相下不来台，说句"离婚"就来了。姚遥心里清楚，这样的小两口，要么会在事务所里吵翻天，要么就是离完再后悔。所以姚遥就把安东推出去了，安东跟俩人聊了小半天，小两口手拉手走了。

　　还有一对就是迟左达和李秀英。对于这两个人，姚遥一直很矛盾。从以往办案子的经验来看，姚遥认定这两个人在一起是相互折磨，相互耽误，还把孩子给影响了，应该早点分开；但是从感情上说，姚遥又很同情这两个人。李秀英很可怜，为一个男人付出了最真挚的爱，最终得到的却只有感激；迟左达也很可怜，为了报恩，搭上了自己的一辈子，想追求新生活又迈不过去自己的那道坎儿。

姚遥不赞同安东"劝和"的做法，但是两个人的职业不同、出发点不同，处理问题的方式自然也不同。姚遥并不执拗，只是有她自己要遵守的职业原则。她也想观察一下，这样的婚姻，就算是委曲求全了，日后的日子就真的能"和谐"吗？

　　安东对姚遥的顾虑心知肚明。他也知道，一两次的心理辅导解决不了这两个人积累了二十多年的问题。他只能运用专业知识给这两个人教授一些相处技巧。他在开始就感觉到李秀英一定是阻抗的，这个从农村来到城市的中年妇女，文化不高，没有一技之长，丈夫越成功她就越恐慌，每天都陷在自己的揣测之中，已经出现了抑郁症的症状。

　　但是让安东感到奇怪的是，她对于迟左达外遇的态度。安东以一个"易经大师"的身份出现，安排李秀英和自己进行了一次单独沟通。其实迟左达就在外间，他们所说的每一句话，迟左达都能听见。这也是安东刻意安排的。他认定这二十多年来，李秀英从来没有得到过向丈夫倾诉心声的机会。

　　安东假模假样地算出了迟左达的出轨，迟左达在外间听得心慌慌的，可是李秀英的反应很平静。安东的谦和儒雅让李秀英在很短的时间里建立了对这位"大师"的信任，她听到安东的这个"掐算"结果，并没有表现出惊恐，而是很急切地问"大师"："您说，他要是有了相好的是不是就能高兴点儿？"

　　安东对李秀英的这个反应措手不及，他问："你是什么意思？"

　　李秀英捋了一把头发说："我知道现在不能娶二奶，可是他跟我没话，有个人跟他说说话也挺好的。平常他不回家也挺好，回来了我不知道他吃不吃饭、睡不睡觉，跟我也没话，回来我还心慌。"

　　安东说："您就不怕他跟相好的跑了？"

李秀英一副无可奈何的样子，说："我给他生了儿子呀！我也怕，怕他不要我了。我倒是没啥，回村儿里，接茬儿种菜卖菜。我的儿子怎么办哪？还没上大学呢！我就这么糊涂着过吧，等我儿子大学毕业了，工作了成家了，他愿意离，我也没啥，回家就得了。"

迟左达从来没有想过李秀英会有这种想法。他屏住呼吸听李秀英说："我知道，老迟看不上我。当初要不是花了我们家的钱上了大学，他也不会跟我过。他老觉着欠我的，欠我们家的。我年轻那会儿不懂，就觉得他跟村里那些傻小子不一样，爱看书，有志气，就一门心思喜欢他。现在想想，我压根就配不上他。自从有了儿子，我们俩的话就越来越少。就算说话了，说不了两句就得吵。我一边吵心里一边骂自个儿，可我又搂不住，我老想着我有对的时候，想让他听我一回。可没用，他哪能听我的呢？他不听，儿子也不听。他跟我不一条心，儿子也是。我知道在这家里我多余、没用，可只要他不说离婚我就不能走。我走了，儿子怎么办？现在好歹我能给孩子做顿饭、洗洗衣服，他还能跟我说说话；我走了，他跟他爸，他爸再给他找个后妈，他的日子就苦了。我得等着，等瞅着他立起来了，离不离的我也不怕了。"

安东没法不去同情这个女人，他安慰她说："其实，还会有别的办法，您没必要把结果想得这么坏。"

李秀英虔诚地问安东："您有什么法儿给破解吗？"

安东说："您能不能从现在开始先做到一点，不跟老公吵架？再想吵的时候，先数数，从一数到二十，然后再说话？"

李秀英说："不吵架？那我们就没话了。我是直脾气，宁可吵架也不愿意俩人不言语。那么大的房子，儿子在自己屋里不出来，他回来了也钻屋里不出来，我这心里啊真是跟猫抓似的。"

安东问："您平常在家都干点什么？"

李秀英说："啥也不干。我原先在院子里种了点菜，种菜得窨肥，那邻居就不干了。物业给他打电话，他回来骂我，我跟他吵了也没用。算了，房子是他的，我不种了。"

安东说："要是现在让你回村里去生活，你能开心点吗？"

李秀英想了想，说："那我儿子怎么办呢？老迟会不会把相好的带回来呢？"

安东笑着说："你不是说，只要他不离婚你就什么都可以看不见吗？你管他干吗？迟明都十六岁了，平常不都是住在学校吗？我教您一个办法，您试着回村里住一段时间，每周五您回来。儿子周末在家，您也在家。周一到周五，儿子上学您回去种菜，怎么样？"

李秀英的脸上有了一点儿笑意，说："那敢情好！可老迟不答应吧？"

安东说："他会答应的，他没有理由不答应。但是您得答应我，周末回家这三天，绝对不能和老公吵架。不管遇到什么事，商量着来。还有，您要主动跟老公说话。"

李秀英说："我说什么？平常他回来，我念叨念叨电视剧，他可不耐烦了，都懒得搭理我。"

安东说："您就说说您种菜的事。榜了多少地，种了什么，浇了多少水，上了什么肥……您家里还有地吗？"

李秀英："有。现在村里都没人爱种，都出去做小买卖儿，男的都跑出租去了。现如今种地不值钱！我弟弟家的地，我娘家的地，都有，他们都不怎么种。"

安东笑着说："那您就回去种！反正也不差钱，缺什么就朝老迟伸手要钱买。他当一天老公就有一天的责任。您放心，他一定不反对！我都给你算好了！"

李秀英挺高兴地答应了。安东把她安排到另一个房间，让她稍等，还让晶晶把电视给她打开，让她看会儿韩剧。在这屋，安东问迟左达："都听见了吧？"

迟左达抿着嘴点头，自言自语地说："我没想到，她心里跟明镜似的。"

安东说："对！她什么都知道。不管是为了你的幸福，还是为了孩子的将来，她都选择了忍耐。而且她清楚将来一定会离开你，她已经做好了防守的准备，只不过她现在还不放心孩子，所以她忍着。你不觉得你这个老婆真的很不容易吗？这么多年，她没有一天是为自己活着的。"

迟左达的眼圈有点泛红。安东接着说："她习惯了以前的生活，你就让她去。现在她的精神状态不好，生理上，她快到更年期了；心理上，她已经有了抑郁症的苗头。不管你们以后过还是不过，你都不能让她背负着精神疾病离开你吧！你有责任让她健康、开心。你回去主动跟她提回村种菜，就说我说的，你们尝试一下，跟迟明也说明，这是让妈妈和全家放松的一个办法。尊重她的想法，理解她。至于你的那一段关系，我不予置评。我建议你过一段时间看，我只是提醒你，没有任何一个女人会甘心做没有名分的情人。她现在可以，不意味着以后也可以；对于男人来说，天下没有免费的午餐。当然了，如果你已经认定你和她是幸福的，那是你的选择。但是你听到你太太的话了，至少要到两年以后，迟明上大学了，你们才有可能和平分手。还有两年，你不妨尝试一种新的生活方式。"

迟左达和李秀英听话地离开了。临走时迟左达很自然地要付费给安东，被安东谢绝了，安东说："我平常不在这里，这两周是因为做课题，到律师这里搞调研的。我给你们也没有做系统的心理辅导，我只是希望你能定期给我打个电话，告诉一下你们关系的进展。当然，如果遇到新的问题，可以随时找我。尤其是迟明，你要尽可能和他多沟通，发现他有什么问题也可以找我。婚姻模式是可以复制的，儿子会在不知不觉中模仿父母的相处模式，也就是说，你们的争吵很有可能会在他今后的家庭中出现。为了孩子，也为了你们自己，一定多沟通。"

送走迟左达两口子，姚遥在自己办公室门口等着安东。安东看见姚遥，笑着说："我又给你搅黄了一单生意！"

姚遥笑笑说："人家都说宁拆十座庙，不毁一桩亲。你说我要是迷信的话，我这百年之后得被多少厉鬼缠身啊！就算你帮我积德，拉了我一把！"

安东哈哈大笑，说："这我可不敢保证！万一明天他们又来了，非离不可呢？咱们试试看吧！对了姚律师，今晚我请你吃饭吧！两个星期了，我在你这儿受益匪浅啊。明天我就不再来骚扰了，就不跟你这儿搅和了。"

姚遥笑着说："你是得请我吃饭！搅了两单生意，我想想，金钱豹吧，吃点贵的，回收损失！"

十四

离婚打成了全武行

连续失眠一个月，姚遥的精神状态明显不行了。晶晶劝她去看看医生，姚遥心里清楚，看了医生也没用。开始是因为庄重打游戏的声音太大，后来是姚遥干脆就没有睡意了。她每到夜里十二点就在床上躺好，闭紧眼睛，但是心里一直在等着，等庄重结束那个该死的游戏。

而且这几天，姚遥的心思开始重了。她感觉到了生活的不对劲，但是她还不知道问题出在哪里。姚遥这些天开始迷信，时不时地上晶晶的开心网上看运程。看完了还要和自己身上对照，对照完了又后悔，自己骂自己无聊。

中午的时候，姚遥也没有胃口去吃饭。同事相约外出吃东西，姚遥就把办公室门关上、插好，在自己的沙发上躺着，希望能小睡一会儿。有几次，办公室外几个女孩子叽叽喳喳，姚遥的心里一跳一跳的，没办法，只能去写字楼的地下车库，在自己车的后座上躺着。

晶晶发现，这段时间姚遥办案的效率明显不如从前，每个案子和当事人接触的时间也都长不过半小时。经常人家都走了，姚遥会突然想起什么重点的细节忘了问，最可怕的是姚遥有时还出现了幻听。明明晶晶什么都没说，姚遥会突然问一句什么；或者外面的电脑根本没有人动，姚遥却说她明明听到了有人敲击键盘的声音。

晶晶有点担心姚遥的健康状况，有意把工作量给她安排得少了。可即便这样，还是会有从各个渠道打听到姚遥慕名而来的人。这天中午，姚遥跑到地下车库，躺在车里昏昏欲睡，晶晶的短信来了，说一个小伙子指名要见她。一早打电话预约了，可晶晶给他安排的是明天；结果这人中午就来了，说等不了，见不到姚律师会出人命的。

姚遥看见"人命"就从后座上弹起来，也顾不得给晶晶回短信了，抄起电话就打给晶晶，说："我就来。"然后就冲到楼上洗手间匆匆忙忙地用凉水冲了把脸，胡乱擦擦就跑到了办公室。

晶晶正在和来人应酬，小伙子一脸的焦急。可是看见姚遥急三火四地冲进来，晶晶和小伙子都惊了一下。姚遥头发乱乱的，刚从后座里爬起来，也没归拢，尽管用凉水冲了脸，眼睛还是红红的，脸色憔悴，一副刚下夜班的样子。晶晶迅速跑过来，拉着姚遥进了办公室，关上门说："祖宗！你倒是收拾收拾再进来啊！看你衣衫不整眼神迷离的样儿，人家还以为你干什么去了呢！"

姚遥歪着头从玻璃门的倒影里看了看自己，也笑了，说："我收拾一下，五分钟后让人家进来吧！"

晶晶把门给带上，出来跟人家解释："这就是姚律师。她这两天一直在熬夜，本来我给您约的是明天，刚才她去午休去了，一听说您着急就跑来了，您别见笑。"

小伙子跟晶晶客气着，说了什么，姚遥没听到。她翻出镜子，把头发拢了两拢，扎成一个马尾巴，又用纸巾擦干了脸上的水渍，这才拉开门对晶晶说："请进吧！"

晶晶陪着小伙子进来，小伙子手里端了一杯冰水，进来后特别礼貌地先把水杯放下，然后伸出双手来和姚遥握手。姚遥对在办公室里握手都有些生疏了，赶紧伸手跟人家握了一下，小伙子伸的是双手，姚遥伸出的是右手，两个人握手的一刹那姚遥暗地责怪自己，太不礼貌了。小伙子的礼貌里带着紧张，两个人的手只是很短暂地触碰了一下，他就很快缩回去了。姚遥的手并没有着急撤回来，而是继续向前伸着，说："您请坐。"

小伙子落座后显得有点紧张，一副不知如何说起的表情。姚遥摊开记录本问："您的预约登记提前了，所以我对您的情况不太了解，您先给我说说您的情况好吗？"

小伙子喝了一口水，说："我叫丁力。跟《上海滩》里面那丁力一个名字。我想离婚，越快越好！"

姚遥从本子里抬起头，问："能说说为什么吗？"

丁力说："我老婆跟我妈合不来。三天一小吵五天一大吵，我快疯了。不离不行了。"

姚遥说："那你征求过你爱人的意见吗？离婚是两个人的事，光你一个人来谈离婚，她不同意怎么办？"

丁力说："她不同意也得同意！现在她都不回家了，不离等什么？临走的时候她跟我说，是要她还是要我妈。这让我怎么选？难不成我把我妈轰出去？"

姚遥问："你妈妈一直跟你们住在一起吗？"

丁力说："我十四岁的时候我爸就去世了，我上学工作从来没离开过北京。我就是我妈的全部，她现在退休了，更离不开我了。况且，她养我养了这么大，现在好容易到了能享福的时候了，我怎么能丢下她不管呢？”

姚遥说："那你跟你爱人感情基础怎么样？"

丁力说："老实说还不错。我们俩是大学同学，处了五年才结的婚。本来以为相互了解得差不多了，谈恋爱的时候我也带给我妈看过，我妈同意了我们才结的。可我没想到，从住到一起的那天，就开始有矛盾了。"

姚遥说："那你觉得她们俩谁的问题大一些？"

丁力说："开始我觉得都有问题。我妈在家做好了饭，我们回家就吃现成的，吃完了我老婆连碗都不刷。您说我妈能没意见吗？后来我说了几次，我老婆知道了，也刷碗了，我妈又说她挑食，晚上不吃主食，就吃菜。我又跟她说了，她就干脆不回家吃了。不回家你倒是说一声啊，也不说，我妈做出她的了她回来不吃，给我妈气的！结果俩人就嚷嚷上了！"

姚遥说："如果就是为了这些琐碎的小事，我觉得你们是可以解决的，没必要非离婚吧！"姚遥说出这句话心里就动了一下，这不是安东在的时候经常会说的吗！

丁力接着说："怎么解决？这大大小小吵了半年，我老婆说给我妈在别地儿找房，或租或买。她说她掏钱。可我这刚跟我妈一提这事，我妈就开始号啕大哭，说我不要她了，当时就拿着皮带往吊灯上扔。我怎么劝都不行，让我老婆帮着拉吧，她来一句'那吊灯禁不住，吊不死人'，给我气的，当时就给了她一嘴巴！"

姚遥不禁看了丁力一眼，目光有些严厉："你打她了？"

丁力说："是！打了。打了之后我老婆就哭着跑了。我妈就让我跟她离婚。结果第二天晚上我丈母娘、老丈人还有她表哥表妹全来了，她表哥揪着我脖领子就揍我，我妈就用拖把打她妈……

哎呀，最后打到楼道里邻居报了警，警察来了才算给我们拉开。您看看……"

丁力拉开衬衫的袖子，姚遥这才注意到，今天三十七度的高温，可丁力穿了长衫长裤，捂得严严实实。撸开袖子，拉上裤腿，胳膊腿上的青紫赫然可见。姚遥看了看，说："你去医院验伤了吗？有没有医生的证明？这些都可以作为起诉离婚的证据。"

丁力摇摇头说："算了，我也不去丢那个人。他们打了我，我也还了手，再说我妈把他们打得也不善。人家派出所当时就说了，这就是各打五十大板的事儿，我要去验伤，他们也得去，这指不定谁吃亏呢！算了！"

姚遥说："那离婚是你个人的意愿，还是你们两个人达成了共识？"

丁力说："自从打完架她就没回来！昨天回来一趟，我没在家，听我妈说进门就拉东西，电脑电视冰箱什么都拉。我妈那哪儿能干啊？一个老太太又拦不住，她叫了搬家公司来的，给我妈急得就骂，结果物业来了没让她拉，把我叫回来了。她说她不过了，可有一样，这屋里的东西她都得拉走，还要跟我分房子，说这房子也是她的，还说什么我是过错方。凭什么呀？我错哪儿了？"

姚遥稍微叹了一下气，对丁力说："你没去验伤，她会去。你妈妈也打了她们家的人，你也承认打过她，这些都是家庭暴力的证据。虽然，你只打过她一次，并非持续的、多次施暴，但是也打过。这在离婚起诉中也会成为对你不利的证据，法院在判决的时候肯定会考虑。我再问你一句，你们的房子是婚前财产还是结婚之后两个人共同出资购买的？"

丁力想了想，说："我们俩情况比较特殊。我是学软件的，她是学设计的。我们俩从上大三开始就在外边接活儿，那会儿已经谈恋爱了，我们就把挣的钱都攒在一块。原本是挺自豪的一件事，我们毕业以后工作都不错，结婚之前买的房，首付全是我们俩自己这么多年攒的，没跟父母要钱。房子的名字也是我们俩的，装修那会儿，谁来笔钱，谁就买了东西，您问什么东西是谁买的，这还真说不好！"

姚遥长出一口气，说："那看来最好的办法就是协商之后均分，那样的话，房子就得变现。或者估价之后，一方要房一方要钱。"

丁力紧接着说："这就是我最怕的。现在房价这么贵，你给我钱我也买不着这个地段这个面积的房了，更何况还是一半房款。我是想要房子的，可她也要抢这房子，您说我怎么办？"

姚遥皱着眉头问："没有这房子之前，你和你母亲住哪儿？"

丁力说："我是天津人。我和我妈原来都住在天津，我在北京买了房，我们家在天津的房子正赶上拆迁，我妈就要了钱来北京找我了。现在肯定回不去了。"

姚遥问："那你爱人呢？"

丁力说："她是北京的。家里有房。"

姚遥说："也就是说，如果房子判给她，你和你母亲面临着流离失所的危险，对吗？"

丁力说："是啊！要不我妈那天怎么以死相逼呢！她来拉东西，我妈不让，她就把我妈的衣服被子往外扔，说这房子本来就是她的，你不让搬，我还不让你住呢！我妈当时就拿着刀说，'你敢轰我，我就死给你看！'我求求你了姚律师，你得尽快帮我把婚离了，要不明天她再来闹，我们家非得出人命不可！"

姚遥单手支撑着自己的面部，听得有些疲惫了。姚遥说："这样吧，你明天把房产证、家里的存款证明以及结婚证，还有所有家电家具的购买发票……这些能带来多少就带来多少，我先看一下。"

丁力哀求地说："不行啊姚律师，我明天肯定出不来。我得在家守着，万一她再带了十几个人来抢，我妈一个人可顶不住啊！"

姚遥疲惫地说："那你把地址给我，今天回家准备好，我明天去找你！就算是打离婚，也不能打成全武行啊！"

十五

这样的婆婆

第二天一大早，不到九点钟，姚遥就到了丁力住的小区。一进门，姚遥就喜欢上了这个地方。闹中取静，小区的绿化、整体设计都很好，楼间距也大，姚遥暗自赞赏说："不愧是搞设计的，就是有眼光。"

姚遥来到 202 号楼下，看见一伙人在楼门口指指点点，几个中年男子一面抬头往楼上看，一面抽着烟互相说着什么。姚遥心里"咯噔"一下，别是丁力的妻子又来逼房了吧！姚遥侧身从人堆中穿过，几个抽烟的男人打量了她一下，狐疑的眼光从头扫到脚。可能因为见她是个女人，还是一个人，就侧侧身让她过去了。估计是把姚遥当成楼里的住户了。

姚遥乘电梯刚到七楼，就听见了一团争吵。分不清有多少人，每个人的嗓门都很大，其中一个声音带着浓浓的天津口音，姚遥知道，这一定是丁力的妈了。姚遥循着声就找来了，看见防盗门关得死死的，外面站着三个人。两个中年人，一男一女，头发花白，还有一个长得很漂亮的女孩子。俩中年人把防盗门拍得山响，女的怒喊着："姓丁的你给我把门打开！我告诉你，这房子是我闺女的，你锁着也没用！我们楼下有十几号人，你不开我就砸！"

门里面丁力的妈用天津话说："你吓唬谁呢！你以为你能吓唬谁呀！你有本事你就砸！你砸一试试！我就不信那派出所是你们家开的！警察都是你们家养活的……"

姚遥赶紧进来，冲着女孩说："你是丁力的妻子吧？"

女孩的父母顿时充满了警惕打量着姚遥，男的说："你谁呀？"

姚遥说："我是律师，丁力昨天找过我，让我今天过来一趟。叔叔阿姨，咱们有话慢慢说，别冲动！"

女孩激动地说："律师！他是不是把我告了？我还没告他呢他敢告我！"

姚遥赶紧说："他没告你！他是来寻求帮助，希望能和平地、不伤害任何人地来解决这个问题。您几位看这样好不好，咱们都先别喊了，真把警察喊来也没什么意思，咱们先坐下来，看看能不能协商解决问题。"

门里面老太太说："嘛协商？协商嘛？你是干吗的？"

姚遥无奈地看了看里面，叫了一句："丁力，我是姚律师！你先把门打开，咱们有话好好说！"姚遥一边说，一边摊开双手冲着外面的三个人做安抚状。防盗门"吱"的一声开了，丁力一手护着他妈，一手打开门，对姚律师说："您进来吧！可是他们……"

姚遥回头对三个人说："几位要是相信我这个律师呢，就跟我一起进来。但是我有条件，不能再吵，否则的话，我现在就走，你们该报警报警该动武动武，出了人命就去负刑事责任吧！"

门外的三个人都没说话。丁力看了看姚遥，姚遥示意他把门全打开，带着三个人进去了。说实在话，丁力的家里设计得非常合理，虽然整体面积不大，但是装修得很费心思，墙面的颜色柔和，地板和家具呼应在一起。一进屋就觉得很温馨。姚遥第一次觉得，这样一个家，拆了太可惜了。

丁力有点狼狈地把姚遥让在沙发上坐，要去倒水，姚遥说："不用了。丁力，你和你爱人也坐吧，还有这几位老家儿，咱们都先坐下来，我们看看可不可以协商解决。"说完，姚遥从包里掏出几张名片，给了在座的人。女孩接过名片一看，说："你就是姚遥？"

姚遥笑着问："怎么，打离婚的律师也能很有名？"

女孩说："我在网上查到过你，也有同事推荐，说你这方面很有经验。我还没去找你呢，他倒去了，真够积极的！"说完，女孩白了丁力一眼。

姚遥说："既然这样，咱们也算有缘。离婚官司谁找律师都一样，因为这里面除了法律还有情分。我经手了很多案子，开始的时候都是像你们这样打得不可开交，可是后来，一说起两个人相爱的时候，又都相互唏嘘，恨不得相拥而泣。其实每段婚姻开始的时候都希望能白头到老，离婚的结果是谁都不愿意看到的。所以，这里面必定充满了无奈，但是如果咱们能尽量平和地去接受这个结果，就能把对彼此的伤害降到最低。好不好呢？"

女孩的眼圈已经有点泛红，她扯了一下母亲的衣角，在母亲耳边低声说了几句，妈妈就不作声了。丁力的妈刚要说什么，丁力也拽了一下老太太，老太太的声音被堵了回去。

姚遥打开本子，说："这样吧，先把你们的需求说一下。我问，你们回答。注意一点，所有父母老家儿，不管是谁，只能旁听不能发言。他们两个是离婚主体，我只听两个当事人的。"

丁力说："行。妈你别说话。"女孩的父母也没作声。

姚遥问女孩："昨天丁力向我描述了一些情况，今天我主要问你。是不是已经决心离婚，你们的感情是不是已经到了破裂的地步，无法挽回？"

女孩深深出了一口气，点点头。

姚遥又问："丁力说他打过你一次，这个你认可吗？有没有发生过持续的家庭暴力？"

女孩说："没错，打过一次。可是下手很重，我的半边脸都肿了，在医院用冰袋冷敷了一晚上才消肿。"

女孩的父亲刚要说话，姚遥就马上插嘴说："好的。那么引发你们关系恶化的矛盾是什么？丁力说你们从大学开始就谈恋爱，工作了两年以后结的婚，还共同创业，共同积累，很不容易的。"

女孩听见姚遥这么问，眼睛里愤怒得都要出火了。她盯着丁力的母亲，说："你问他妈！他妈没来的时候我们一切都好好的，你问他妈！"

丁力的妈"腾"的一下站起来，指着女孩的鼻子就开始骂："就是你不要脸，你还说谁！"

姚遥也立刻站起来，按住老太太，厉声说："刚才我怎么说的？如果您这样的话，就是上了法庭也得被法官轰出去！"

丁力拉着老太太坐下，姚遥接着对女孩说："这里面你肯定有委屈，我希望你冷静地叙述给我听，这一切都是证据。丁力先找了我，但是不意味着你就是被告他就是原告，你所有的权利都有法律来保障，你一定要相信法律。"

女孩的眼泪已经开始打转了，她向姚遥哭诉："他妈从一开始就看不上我！开始是嫌我不干家务活，不做饭不刷碗！我一早到班上，每天晚上都要加班。为了早点还上房贷，我和丁力还要干兼职，有时候在办公室一坐就是十几个小时，回来累得就想睡觉。

她没来的时候，我们晚饭有时候在外面吃，有时候叫外卖，伙食费也没贵多少，还不用干活。她来了，要做饭，做了饭又怕我吃得多，抢了她儿子的。她早上煮个茶叶蛋都躲着我，生怕我给吃了，每次都让丁力偷着吃！她这是防贼呢！后来我安慰自己，丁力是她儿子，也是我老公，他被谁心疼不是心疼啊，我吃点亏就吃点亏吧！可她又说我不干活。后来我就天天刷碗，可她又嫌我周末不在家。有一次我周日中午回来了，听见她跟她儿子说，肯定是我外面有人了，她居然还要跟踪我！你怎么不问问你儿子，我不在周末加班，每个月五千块钱房贷，还有水电煤气交通费，你给出啊！她自己没工作，手里攥着拆迁那几个钱，整天怕我惦记她的！可她住我的吃我的，我说什么了？这些也都算了。她还看不得我们俩亲热。我们关上门干什么，那是我们自己的事！我们是合法夫妻，你管得着吗？我告诉你丁力，上次你出差去广州，回来你说我跟你闹。你知道为什么吗？你给我说的机会了吗？你妈，她在你刚走的第一天就骂我是狐狸精，说我整天缠着你，掏空了你的身子，还逼我跟你分屋睡！我说这就两间屋，你让我去哪儿？你妈说她可以跟你一屋，让我自己一屋！我告诉你丁力，你妈就是个变态！"

女孩说完已经趴在自己妈怀里哭成一团，她妈也跟着一块儿哭。丁力的妈脸色铁青，姚遥问丁力："她说的这些你都知道吗？"

丁力也有点意外，说："有的知道。我出差那事，不知道。"说完看着他妈。老太太哆哆嗦嗦地说："你就是不能天天霸着他！天天睡在一起你就是骚货……"

丁力急了，吼他妈："你怎么这么说！"老太太顿时就不干了，一头撞在丁力胸前，嚷嚷着："好啊！我这儿子是白养了！你胳膊肘往外拐，你向着外姓人！"

姚遥大声说："您别闹了！您特希望自己儿子打光棍是吧！"

老太太还是不管不顾地哭喊。丁力有点急了，说："你要再闹咱俩就一块跳楼吧！反正我也不想活了！"

姚遥说："行了，行了，都别闹了。我看你们双方都铁定心离婚了吧？"

女孩擦擦眼泪说："我后悔没听我妈的，没找一个门当户对的。我现在肠子都悔青了。离，必须离！我也瞧出来了，丁力他就是个窝囊废，他妈说什么都是圣旨，不受这个了！你跟你妈睡在一张床上过一辈子吧！"

姚遥问："丁力，你呢？"

丁力喃喃地说："离吧离吧！脸都撕破了，过不下去了。"

姚遥说："那咱们现在说说财产分配。你们结婚时间短，没有孩子。但是有共同购买的房屋，还有装修费用，家电家具和存款。"

女孩哽咽地说："这房子装修完了刚住两个多月。我们没有存款，所有钱都花在买房装修上了。"

丁力的妈"呸"了一口，说："你胡说！你背着我儿子存了不少私房钱！"

姚遥厉声问："你有证据吗？说话要有证据，法庭才会采信。你说有私房钱，有存折还是其他的股票基金？"

丁力按住他妈说："你别说了！这个我清楚，确实没有。买房前我们的钱都在我这儿，我知道的，买房装修全花了。"

丁力他妈又不干了："都离婚了你还向着狐狸精！"

姚遥说："你要是没有证据就别说话了！不然我们就出去说，你可以不在场！"然后姚遥转向丁力和他爱人："那这房子，你们两个人各出了多少首付？"

女孩哭着说："我们的钱都放在一个存折上，买的时候首付二十多万，可攒的时候谁也没记着哪笔是谁的。我真不知道！"

女孩的妈妈戳着女儿的脑袋，说："傻丫头啊！你怎么那么傻啊！"

姚遥说："那只能按照一人一半来协商了。你们都想要房子不太可能，只能把房卖了变现，钱呢，一人一半。这是最简单的办法。如果不行就还得协商，一个人要房，就要给另一个人一半的首付款，家具家电装修费用也是如此，需要均摊。"然后姚遥对女孩说："我建议你们考虑拿一半房款走。这个房子是你的伤心地，给你你住着也不会舒服。现在房价涨了，我们可以请专业人士来重新评估房子的价值，你们参照时下房价分得房款。你看怎么样？"

看见女孩用眼神征求父母，姚遥示意丁力把他妈一起请到卧室，说："首先，你打过老婆。这是你的过错。第二，你的母亲严重干扰了你们夫妻的正常生活，这个过错也要算到你这一方。相比之下，你没有提供你妻子有过错的证据，单凭你母亲的怀疑肯定不够。不能说周末白天不回家就是有外遇，这个推测不成立。别的呢，你也没说过。所以我建议你，如果你妻子同意要钱，那么在房产评估之后，你应该再拿出一部分作为补偿。这只是我的建议，因为如果房屋评估后的价值不能让你妻子满意的话，恐怕你们还要继续闹下去。但是如果你能表一个态，或许你妻子和她父母就能同意。"

丁力说："那补偿多少？"

姚遥说："我建议是一半房产的三分之一到四分之一左右。你自己估算吧。比如说，首付是二十万，你们一人十万。你给她十万块钱，你留房子，我希望你能除此之外再补偿给你妻子三万元左右，这样的话，你们和平解决的希望就比较大。当然了，房子的最终价值要有评估师来做，以我的经验，现在这个房子已经升值了三分之一，所以你的最终付出肯定要多。"

丁力的妈不干："没门儿！我儿子没钱！"

丁力瞪了他妈一眼，对姚遥说："就这样吧。我同意！"

丁力妈又开始闹了："你有钱给她！你没钱给我是吧！你个白养的儿子！"

丁力气得嚷起来："我砸锅卖铁也得把钱给她！你放心，离了婚你就一个人过吧！你别想再吊着我！我没你这个妈！"

十六

这样结婚是不道德的

姚遥回到家，疲惫至极。她脑子里环绕一天的都是丁力他妈的天津话，老太太的蛮不讲理和胡搅蛮缠还真是让姚遥开了眼。庄重已经回家了，依然是坐在电脑前和怪兽作着不屈不挠的战斗。看见姚遥回来了，庄重头也不抬地说："老婆，我休假了啊！"

姚遥觉得有点意外，说："休假？什么假？"

庄重一边敲击键盘一边说："年假。多半年了，累了，休息两个礼拜。"

姚遥说："不是说好了，咱们年底一块休，带琪琪去香港迪士尼吗？"

庄重说："嗨！年底你们俩去呗！这就不用我亲自参加了吧！"

姚遥一身的疲惫化成了一股无名怒火，她很想冲着庄重嚷，可是看见他根本无视自己的样子，姚遥转身进了房间。外面正是桑拿天，连续几天都在闷雨，朝南的卧室里也如同蒸笼。姚遥迅速把空调打开，一头冲进洗手间洗澡。她什么都不想说了，只想把自己洗干净，吃上一片安定，让自己昏睡。

第二天早上，姚遥的手机闹铃响了，庄重还在酣睡。姚遥走到书房里摸了摸电脑，还是热的。姚遥知道，他又玩了一宿。姚遥什么都没说，她把所有的情绪积压在心底，换好衣服上班了。她今天要早点到，晶晶昨天告诉她，今天有预约。本来，昨天下班之前就应该把功课做好，提前了解一下当事人的情况，可是因为情绪太差、身体状况也太差，姚遥无奈之下给自己开了小差，提前回家了。

到了办公室，别人都还没来。昨晚的安定药劲还没过，姚遥的脑子依然还有点昏沉。姚遥放下包就到洗手间里给自己脸上冲凉水。大夏天的，写字楼里的自来水都是温暾的，一点清醒的作用都没有。姚遥洗了几把，没什么效果，也没擦干净脸上的水渍，就跑到茶水间，打开冰箱找了几个冰块用纸巾包了，在脸上滚着。冰块和姚遥的脸颊相接触，迅速被体温化解，融成了冰水，一点一点地把纸巾渗透，在姚遥的脸上滑落。

姚遥先把它们放在额头，冰水顺着眉间向下滚落；姚遥又把它们放在两腮，冰水又在唇角间萦绕。姚遥忘记了时间，静静地沉溺在冰爽的环境里，以至于晶晶进来倒水都没有发现。晶晶看见姚遥的办公室门打开了，包在里面，知道姚遥一定来了，就端着她的杯子来给她倒水，一进门就看见姚遥背对着门口，双手捂面，头向上抬着，把晶晶吓了一跳。赶紧走过来看姚遥，又发现姚遥满脸是水，似乎刚刚痛哭过，眼睛还闭着，就急忙说："你怎么了？出什么事了？"

姚遥也吓了一跳，急忙睁开眼睛，水渍朦胧，睫毛上还带着水珠，见是晶晶，姚遥呼出一口气说："你吓死我了。没事！我用冰块敷敷脸，清醒清醒。"

晶晶夸张地说："拜托！人吓人，吓死人！下回您要冰敷美容您到盥洗室好吧！不带这样吓唬人的！"说着，晶晶从旁边的吧台上抽了几张纸巾递给姚遥。姚遥手里的冰块也正好寿终正寝，就笑着拿过纸巾，迅速擦干脸上的冰水。晶晶问："还睡不好呢？去看看吧，找个中医调理调理。男靠吃女靠睡，睡不好一半魂儿都没了。"

姚遥笑着说："我知道。这两天不是案子多吗？一到夏天就是离婚高峰，等入秋吧，我去好好看看。"

晶晶说："干脆我帮你推几个案子吧。妇联弄来的这些案子代理费本来就不高，推几个也没啥！"

姚遥笑着说："又钻钱眼儿了吧！我没事，你就放心约吧！今天这个什么情况？我还没来得及看你给我的材料呢！"

晶晶冲好了一杯普洱递给姚遥，说："这个案子够稀罕的！女的叫顾昂，自己来的，上来就问怎么离婚能最快。我问她有什么要求，她说她全要！什么房子车存款……就是不要孩子！你说这什么事啊！"

姚遥有点怒了，说："这案子你也接！我不是说了吗？凡是两口子打离婚，当妈的坚决不要孩子的，我这都不受理！爱找谁找谁去！"

晶晶回头看了一眼门口，还没有来人，就悄悄对姚遥说："但是她这情况真的很特殊。她老公不正常！"

姚遥疑惑地问："怎么不正常？"

晶晶说："她说她老公是个 GAY！她被骗了！"

姚遥办了好几年离婚案子，头一回遇到这种情况。以前办的案子里，有老公长期虐待老婆的；有老公长期吸毒戒不了的；还有老公嗜赌的、酗酒的、骗财的。老公是同性恋，这还是头一回。

姚遥端着茶跟晶晶说："她几点来？让她直接到办公室吧！我现在就去看材料，随时叫我。"

在办公室里，姚遥看到了一份极厚的案宗。打开之后，一沓子复印的 A4 纸被放在所有材料的最上面。姚遥仔细地翻阅，发现居然是 MSN 的聊天截屏。里面的"GUANG"应该就是女当事人了，另一个叫"JIAOJIAN"，被铅笔注释着是顾昂的丈夫。俩人的聊天时间是在两个月前，前面几句都没什么，顾昂问老公："你在家干什么呢？"

她老公的回答似乎是在提问的二十分钟以后，居然是："你是谁？"

顾昂的回答是："别闹！你老婆！"

又过了十分钟，这边才回话，说的是："我是你老公焦健的男朋友。你不知道吗？"

顾昂这边也是过了五分钟才回话，说："不许开玩笑！我会当真的。"

这边倒是很迅速，说："我没开玩笑。焦健洗澡呢，他 MSN 开着。要不你问他去！"

后边就没有了，姚遥想象着当时的情景，非常非常理解顾昂，想必那个时候的她已经完全崩溃了。姚遥仔细看了看顾昂的简历，学经济的研究生，家世不错，父母都是医生，独生女。看照片，长得也不错。她丈夫焦健的情况就更好了，外企的一个高级经理，看两个人真是郎才女貌。资料里还提供了一个男人的照片，年纪很轻，长得白白净净，但是相貌不是姚遥欣赏的那一种。资料上说，这个男人就是焦健的男朋友。

姚遥琢磨着这个案子。自从安东离开以后，姚遥发现自己已经不自觉地被安东"洗脑"了。每接到一个案子，姚遥现在的第一个想法居然是"能不能不离"，这和自己多年养成的职业思路完全相悖，姚遥有几次甚至都生了自己的气。这哪是一个律师该想该做的？自己又不是街道管调解的大妈！

面对这个案子，姚遥居然也冒出了这个念头，但是不到一秒钟，姚遥自己就笑了。没可能！完全没可能！这个婚姻从一开始就是个谎言，可恨的焦健，知道自己的性取向为什么还要结婚？这不是害人害己吗？更可恨的是居然还有了孩子！

晶晶推门说顾昂到了，姚遥示意请她进来。顾昂比照片上还要好看，不是指长相，而是气质。从小在知识分子家庭中长大的女孩子，与生俱来会有一种高傲的精气神在里面。收不住的女孩子，难免会显得拒人千里甚至目中无人，懂得收敛和低调的，会显得安静但是睿智。顾昂就是这种女人。

姚遥注意到顾昂的装束很白领，穿的是范思哲的套装，这套衣服价格不菲，身上有淡淡的香奈儿五号的味道。姚遥注意到了顾昂的手包，不是恶俗的 GUCCI 和 LV，而是 miumiu 的一款小羊皮挎包。这个牌子品质不差，但是并不张扬，和顾昂的身份气质很相配。

顾昂很礼貌地坐下和姚遥问好。姚遥也是第一次见到来找她办理离婚却又如此平和的女性。顾昂坐下来，看了看姚遥，又端起了晶晶给她泡的茶，微笑了一下，说："生普洱？哪年的？"

姚遥也笑着说："年头不长，三年吧。不过这是我的一个朋友在云南自己存的一窖茶，品质可以保证。"

顾昂端起来，轻轻闻了一下，又微笑着说："是，不错。女人喝普洱可以安神暖胃，谢谢你请我喝茶。"

姚遥打开案宗，说："每个当事人来找我的时候心情都是很复杂的，尤其是女性。喝杯茶，坐一坐，可以稳定一下情绪。不过你是个例外，我没想到你能这么镇静。"

顾昂呷了一口茶，说："我疯狂的时候已经过去了。我闹过哭过喊过，可是有什么用呢？我跟自己说，可以了，别再闹了，你是一个受过教育的女人，再这么下去只能是糟践自己。所以我打起精神来重新面对生活，我得恢复理智，就来找你了。"

姚遥很佩服地说："你能这么想就太好了。咱们开始吧。跟我说说你的想法，希望怎么办理？"

顾昂端着茶杯，两眼有点发直，似乎在思考，又像是有点犹豫，她想了一想，问："我的资料你都看了？"

姚遥点点头，说："不过如果你还有什么补充，尽可以说。"

顾昂咬了一下嘴唇问："他——焦健出这种问题，算不算外遇？"

姚遥低了一下头，说："这确实是个难题。因为在现行《婚姻法》中通奸的行为并没有涉及，也就是说，如果你们两个人起诉离婚，你认为他的这种行为存在过错，属于过错方，这个情理可以认同，但法律上没有规定。"

顾昂自言自语说："那重婚也就更无从提起了？"

姚遥说："是。重婚的界定是很严格的。第一种情况是他领了多个结婚证，这个可以视为重婚；还有一种就是他在法定婚姻持续期间，和另一名异性以夫妻名义长期生活或居住。这种情况的取证相当复杂，你要有他们长期生活居住的证明，比如说买了房子、租了房子；最好还要有证明人，证明他们是以夫妻名义在一起，而不是男女朋友。你和焦健这种情况就更为复杂，他不可能和同性结婚，这在我国是不允许的。所以肯定不会是重婚。就算他们长期生活在一起，你也无法认定他们之间就有性关系。这个从理论上说是无法取证的，唯一的可能是他自己承认。"

顾昂说："那我现在离婚占不到任何优势是吗？"

姚遥说："不能这么说。我看到你 MSN 的截屏了，我认为这个可以作为法定的依据，或者说，作为他同性恋的一个证明。但是你如果想以此来获取赔偿，我实话实说，把握不大。"

顾昂想了想说："那还有别的办法吗？"

姚遥想了想，说："协商！我不建议你们闹到法庭上。我看到你的诉求了，希望能通过上法庭宣判来迅速解决。我觉得这个方法不太现实。首先同性恋这种事如果他不承认，你怎么办？你们还有孩子，孩子怎么办？再有，就是你希望所有财产都归你，这个法院是无论如何不能这么判的。"

顾昂终于开始激动了，她说："可是他骗了我，我跟他过了这么多年，女儿都两岁了，我才知道他喜欢的是男人！"

姚遥安慰她说："我理解。如果我是你，想必已经崩溃了。但是我还是那句话，只要上法庭就需要证据；即便法庭认定他是过错方，也只能适当地给你一部分赔偿。你想全部获得是不可能的。我不知道这件事出了之后焦健的想法，我只是感觉，凭我多年的经验感觉，如果这件事被你闹到法庭，他颜面扫地——我相信'同性恋'这件事对于他是绝对隐私，他的公司、朋友乃至于家人可能都不知道，那个时候你让人人对他得以诛之，会把他逼得鱼死网破。你们都是金领，这样做的结果我想应该是两败俱伤。我猜到法庭上他一定会矢口否认，单凭你的证词，恐怕不足以让法官相信。"

顾昂说："那怎么办？我这口气如何咽得下？"

姚遥说："我也不太理解同性恋的想法。但是我想当初他既然决定和你结婚，也许就是想重新开始生活。你在资料里也说，在你没发现这件事之前，你们一直很融洽。也许这件事对于他就相当于一次'艳遇'，只不过他的对象是个男人。我理解你的想法，你现在一定觉得受了屈辱。"

顾昂抿着嘴唇，说："是。很屈辱！"

姚遥说："所以你坚定地离婚。我想，焦健这会儿也应该觉得对不起你。他如果有这种想法，必然会在你提出离婚的时候作出让步。这个是可以谈的。有了这件事，你们两个人都没办法再生活下去了。离婚，他应该认可。但是我不同意你一点的是，财产分配我可以帮你们协商，可以为你争取到最大的利益；但是你说你不要孩子，这个我真的不赞成。你不能把孩子扔给一个同性恋父亲，还是个女儿，你让她今后怎么办？"

顾昂说："他应该受到惩罚！我看他一个人带着孩子怎么生活！"

姚遥有点生气，说："我也是母亲，我也有个女儿。如果我离婚了，我第一个要坚持的就是要女儿！你把女儿扔给他，是惩罚他还是惩罚孩子？"

顾昂离开以后，姚遥一直在捏自己的头。失眠之后，紧跟着困扰姚遥的就是偏头痛。姚遥尝试着服用了止疼片，但是效果并不好。不仅头痛没有缓解，反而加重了胃的负担。服药不到一个小时，姚遥就觉得恶心难受。姚遥托晶晶去给她买一点酸的东西，晶晶奇怪地问姚遥："你又怀孕啦？"

姚遥哭笑不得地说："瞎说什么！我就是胃里难受，反胃！"

晶晶跑出去给姚遥买了一袋话梅，吃了没两颗，姚遥就开始往洗手间跑。午饭没有吃，早饭也是胡乱对付的，就喝了一杯牛奶。结果，翻江倒海吐了好几次，姚遥才摇摇晃晃地从洗手间里出来。晶晶不放心，在洗手间门口等着，看着姚遥已经脱了相，就搀着她说："回家去吧！要不就去医院看看？"

姚遥摆摆手，说："我没事。吐出来头就不疼了，挺好。"

回到办公室，晶晶把百叶窗给拉下来、门关上，让姚遥在沙发上躺一躺。姚遥径直坐到椅子上，翻出安东的电话打过去。安东很惊讶，说："姚遥！找我有事？"

姚遥有点虚弱地笑笑说："只许你烦我不许我烦你吗？"

安东笑着说："不敢不敢！有什么事尽管说！"

姚遥这才把顾昂的案子详细地讲述了一下，她问安东："在法律上，顾昂和焦健的案子我无法界定，你说焦健是过错方吧，法律上并没有明确规定。和同性出轨这到底算什么？你是心理专家，同性恋这种事是偶尔为之呢，还是品质问题？焦健对顾昂是有意欺骗呢，还是他得了心理疾病？"

安东沉默了一下，说："这两个人我都没见到，我只能按照你所说的简单理理头绪。姚遥，我得告诉你，同性恋在我们的生活中并不是少见的，只不过大多数人迫于压力不能公开他们的性取向。而且同性恋不是心理问题，你知道阿尔莫多瓦吧，他说过一句话'异性恋不是正常而是普通'，换言之同性恋不是不正常而是不普通。我们不能说同性恋的人品质有问题，这和道德不划等号。"

姚遥问："那焦健为什么要结婚？还生孩子？"

安东叹口气说："你知道，很多同性恋也是双性恋。这个很难讲。或者还有另外一个可能，就是他对自己的同性取向一直有压力，他试图去尝试人们普遍认可的那种正常生活。所以他结婚了，并且也真的想去过这种生活了。如果没有他这个男朋友从中作梗，顾昂和他不还在继续生活吗？"

姚遥叹气说："那我怎么办呢？顾昂现在充满了报复心理。骨子里想让焦健倾家荡产身败名裂，还要把孩子甩给他！这于情于法都说不通。我今天试着和顾昂说了一下，但是我觉得她很固执，尤其是在孩子的问题上，她居然不要孩子，要把孩子扔给焦健。我觉得这太难以接受了。"

安东笑着说："我们的姚律师开始用感情思考问题了！"

姚遥不高兴了："你是在取笑我吗？"

安东说："我真的没有！我一直觉得法律的前提是道德和情感。这三样东西很难割裂。我建议你把焦健也找来协商一下，我没见过这个人，但是根据他在婚姻中对他自己性取向的隐瞒来看，他还是渴望正常婚姻的。有这一点前提在，这个人现在应该是有愧疚感的。有愧疚就好谈。但是我觉得你那一点说得对，一定要想办法让顾昂抚养孩子，不然对这个孩子以后的人生是太不负责任了。"

姚遥放下电话告诉晶晶，让她通知顾昂，第二个预约日一定要把焦健带来，只有这样才能进行协商。

十七

房子和孩子，要哪样？

焦健出现在事务所的时候，前台小姑娘的眼睛都亮了。晶晶嘟嘟囔囔地说了一句什么，姚遥正在整理资料，没听清楚，就问晶晶在说什么。晶晶赌气地说："这么帅的男人都是 GAY，这摆明就是让我不要嫁人了！"

姚遥笑着说："别吃着碗里的看着锅里的。你们家那位不错，长得哪儿差了？"

晶晶不错眼珠地盯着焦健，说："人比人气死人。你看看他，金领一个，还长成这样，全北京的男的都别活了！"

姚遥说："赶紧让人家进来吧！别发花痴了！他再好也跟你没关系，人家对女人没兴趣！"

晶晶满不情愿地走过去，可还是笑容满面地问焦健喝什么。焦健很礼貌地探了一下身，说了一句什么，晶晶就朝着姚遥的办公室一伸手，让焦健先进来，自己屁颠屁颠地跑去倒茶了。

姚遥也禁不住打量了几下焦健，的确可惜了，这么帅的男人，看上去又谦和礼貌，修养很好，却是同性恋，那只能叹天下女人没福了。姚遥对焦健说："您就是焦健？"

焦健点点头。姚遥接着说："您到早了。我约顾昂是十一点，她跟您说的是……"

焦健说："是。她告诉我是十一点。但是我想早点来，有些情况我想先跟您了解一下。我知道顾昂已经找过您了，我也不意外，出了事情以后我们基本上就没有正常交流过。她一直在外面住，也从不主动跟我谈这些事。我了解她，这段时间我一直在等律师函，我相信她一定要离婚。"

姚遥点点头，说："您现在跟我说的话有可能要作为法律上的证据。您不介意我录音吧？"

焦健犹豫了一下，说："您能保证我们的谈话只限于我们两个知道吗？能不上法庭吗？"

姚遥肯定地说："这个您放心。我有义务为每一个当事人保护隐私。我会尽量避免你们两个人在法庭上唇枪舌剑。毕竟夫妻一场，凡是来找我的人，我都尽可能给他们协商解决。不过，就算是上了法庭，我们也可以申请不公开审理，除了你们两个人和律师，其他人不会出现在法庭上。这个您放心。"

焦健又想了一想，看了看姚遥，下决心地说："好吧。我相信您。"

姚遥打开录音笔说："那咱们开始吧。顾昂来找我是想以最快的速度离婚，但是她对于你们之间财产的分配和孩子的抚养要求很极端。她说她什么都不想分给您，但是孩子她不要。我已经告诉她，她这种要求法律并不支持，但是她当时在我这里的时候并没有表现出让步。所以，您要有个思想准备。您打算怎么样？"

焦健想了想，说："如果走正常的法律程序，会怎么样？"

姚遥说："首先要界定哪些是婚前财产。原则上婚前财产属于自己，婚后的共同财产要进行相对均衡的分配。有的人在分配的时候并不在意财产本身的价值，而是某一种东西。比如，很多男士一定要电脑，女士更愿意要电视机、冰箱……等等吧。但是我觉得这些东西都是次要的，主要是孩子和房子。我听说你们的房子是全款买的，是婚后共同出资，而且你们不止一套房子。顾昂说她都要，这个显然不现实。但是作为女人和律师，**我理解她的心情**。我认为这些事情都可以协调，关键看您的态度。"

焦健说："不瞒您说，她的心情我也理解。我知道是自己对不起她，这件事上我有过错，是我伤害了她。当时她在上海出差，我和小金……我们本来要去他那儿的，不知道为什么他后来非要到我那儿。在我洗澡的时候，他看见顾昂在MSN上跟我说话，就……把一切都捅破了。当天小金告诉我他对顾昂说了，我还以为他在开玩笑，我们一直有协议的，就是只能是情人，他不能威胁我的家庭。后来他给我看聊天记录，我就知道一切都完了。其实当天我就跟小金分手了。我们之间的关系并没有那么稳定，**说实话**，感情也并没有那么深厚，只不过认识的时间长一些，是我相对固定的一个男朋友。第二天一早，顾昂坐头一班飞机回来，质问我。我无言以对，只能实话实说。我记得很清楚，顾昂当时把家里很多东西都砸了，我没拦着，她想发泄就发吧。我甚至都想到，如果她捅我一刀，我都认了。当时她发疯似的说要把我的事情告诉所有人，我那时候有点怕了。我求她想怎么样都可以，她说让我滚，我说我们还有孩子，孩子怎么办呢？她就什么也没说，自己走了。直到昨天，她告诉我，她找了律师，她让我净身出户，还让我把孩子带走。姚律师，说实话，这个我很难接受。孩子我可以带，我确实也舍不得。像我这样的人，一旦离了婚就绝不可能再结了，孩子是我的，我可以给她相对好的生活。但是我想要一处房子，我和孩子得有个栖身之所吧！"

姚遥说："你们是不是真的没有可能复合了？"

焦健很坚定地摇摇头："从上中学时开始，我就意识到我和别的男孩子不一样。那时候班里就有女生对我表示过好感，没用。那时候不知道，就觉得我没兴趣。我也不觉得男人经常说的'班花''校花'有什么漂亮的。我第一次知道我喜欢男人是上体育课，莫名其妙我就是喜欢我们的体育老师，是特别喜欢的那种。我们那老师特别帅，为了他我苦练短跑，就想被他招进田径队。可是后来发现，人家有女朋友，当时都已经谈婚论嫁了。我当时情绪特别低落，又没有人可以说。那个时候才知道，自己喜欢的是男人。"

姚遥禁不住埋怨他："那你为什么要结婚呢？"

焦健很不情愿地在回忆，吞吞吐吐，内心挣扎得似乎很厉害。他请求姚遥："您能先把录音笔关了吗？"

姚遥按他说的做了。焦健这才说："上大学以后我很清楚我是异类，但是我不知道我会永远这样还是说我能改变自己。我试图去接近女生，但是我没办法跟你说清楚，当有一天晚上，我们下了晚自习，我约着女生一起从教室往宿舍区走。我能想到的就是跟她说话，没有别的。而且我们不能靠得太近，我真的特别特别紧张。结果有一次，那个女生突然间在没有灯光的地方把手塞进了我的手里。你肯定不能理解，我当时的感觉是恶心，就像你看着两个男人在街上手牵手一样。你会自然地接受吗？"

姚遥被焦健带进了他描述的情景中，想象着如果真的看到两个大男人在缠绵，自己的鸡皮疙瘩都起来了。焦健看出了姚遥的神情，说："对，我就是这种感觉。所以，我不可能爱上一个女人。但是我越是发现我的这个问题，我就越恐慌。大学四年，宿舍里只有我一个人没谈过恋爱，他们开玩笑问我没毛病吧。我紧张坏了！我生怕人家知道了，说我有毛病！"

姚遥说："于是你就和顾昂结婚了？"

焦健说："顾昂是我读研究生时的导师给我介绍的。当时我已经找到了工作，马上就要就业了。顾昂是他朋友的女儿，比我小一岁。条件太好了，聪明漂亮，一直没看上什么人。家长们觉得我们很合适，我也承认，顾昂是我见过的最聪明、修养最好的女生。当时我还在犹豫，是我的导师对我说，今后我的前途会很好，我需要一个上得厅堂带得出去的太太。我觉得导师说得对，我们就结婚了。老实说，婚后的生活很平静。我努力工作，把自己想象成普通人。可是，后来我又认识了几个男孩子，有的处过一段时间，有的无疾而终，有的就是一夜情……我没办法，克制不住。我也不想偷偷摸摸过一辈子。中间有几次我都想跟顾昂坦白，可是，那时候她怀孕了。一想到孩子我就真的心疼，我特别喜欢孩子，我这样的人也能有孩子！我不能离婚，我要当爸爸……"

姚遥说："那现在呢？离还是不离？"

焦健苦笑着说："别无选择！"

姚遥办公室的电话响了，是晶晶，她告诉姚遥，顾昂也到了。姚遥看了一下表，提前了十分钟，就跟焦健说："顾昂到了。一会儿协商的时候我希望你们都能冷静，还是那句话，伤害已经造成了，就不要再往伤口上撒盐。"

焦健微微笑着说："您放心，我们都是受过教育的，顾昂就是再气愤，她也不会当着外人的面发作。"

姚遥放心地站起身，打开门让进顾昂。顾昂一眼看见正在起身站立的焦健，眼睛里划过一丝怀疑。姚遥说："你们俩真守时，前后脚到了，都提前了十分钟。"

焦健悄悄地用感激的眼神看了一下姚遥，姚遥装没看见，直接就拉过一把椅子让顾昂坐下。焦健坐在姚遥办公桌对面的沙发上，顾昂坐在距离办公桌触手可及的地方，一杯普洱就被放在了办公桌角上。

姚遥开门见山地说："今天请两位一起来就是要协商一下离婚的细节，主要是孩子的抚养权和两处房产以及你们积蓄的分配。顾昂的诉求我现在清楚了，她的离婚起诉书里写得很明白，但是男方——也就是焦健先生，你的需求我也需要了解，如果今天你们二位能协商出一个双方都认可的方案，我马上就可以给你们出协议签字，之后走法律程序就行了。"

焦健很配合地说："我们之前并没有直接谈过这些内容，您能先给我介绍一下吗？"

姚遥心里笑笑，觉得焦健太善解人意了，就说："顾昂的要求很简单，你们两处房子、所有存款，大概是五十七万元，这包括了一部分基金和外币，她认为都应该归属于她。孩子的抚养权她放弃。"

焦健沉吟了一下。姚遥以为他会和顾昂对视，但是发现两个人都没有这个动作。顾昂从落座以后就再也没有看过焦健，焦健也一样，顾昂的眼睛始终盯在材料上，焦健一直在看着姚遥。

焦健仔细地想了想，说："我同意要孩子，但是房子能不能给我一处？我们有两套房子，一处已经还完贷款，还有一处是有贷款的。我要那处有贷款的，行不行？"

焦健问这话的时候看着的是姚遥，可是问的却是顾昂。姚遥并没有直接征求顾昂的意思，而是接着问："那存款和其他财产呢？"

焦健说："存款我可以不要。其他的东西……这样行吗？给我一些生活必需品，能让我和孩子保证正常生活的就可以。"

姚遥也不征求顾昂意见，自顾自地问："你们的孩子现在两岁是吧？上幼儿园了吗？"

焦健回答："上了。"

姚遥问："幼儿园离家远不远？"

焦健说："在我们现在住的地方，下楼就是。离有贷款的那处房子，有些远。一个在东四环一个在西三环。"

姚遥问："那你怎么送她上幼儿园呢？"

焦健觉得这个问题和离婚无关，有点摸不着头脑，他说："不行我就给她换一个幼儿园吧。或者我天天接送，跑跑路也没问题吧！反正我有车。"

姚遥笑着说："你知道在北京每天从城东到城西要用多久吗？冬天天不亮你就得把孩子从床上拉起来，孩子多受罪啊！换幼儿园，现在转园的费用在三万左右，你可以立即拿出这笔费用？"

焦健没有想到这么现实的问题。姚遥接着说："幼儿园以后还要上学，那个时候打算怎么办？"

焦健很疑惑地问："姚律师，您的意思……"

姚遥看着顾昂，说："这些事情以前都是你考虑的吧？我看了你们现在住的这处房子，楼下就是片区里最好的小学和幼儿园。这是你们买房的时候你就考虑好了的吧？"

顾昂没说话，默许。

姚遥接着说："另一处房子也很不错，CBD外延，升值前景很好，投资价值很大。这两处房子真的都很完美，的确哪个都不想放弃。可是孩子怎么办呢？我也有个女儿，我很难想象把她丢给她爸会是什么样。"

顾昂还没说话，焦健抢着说："姚律师！我真的很想要孩子，这一点我很坚决。你是不是觉得孩子的抚养权不应该给我？"

姚遥说："不！我相信性取向和父爱无关。我只是觉得你们的家庭是三个人组成的，现在你们两个人坐在这里谈离婚对孩子来说已经是一件相对残忍的事情了。而且我在你们的诉求里还看不到对孩子的规划和安排，我觉得这个是不理智的行为。我再重申一次，作为女人，我特别理解顾昂的感受，但是作为母亲，顾昂，我不能接受你对孩子抚养权的放弃。当然，这只是我从情感出发作出的判断。从法律角度上讲，这是你的权利，只要焦健同意，我无权干涉。我只是想劝你一句，你怎么恨焦健、怎么不愿意回首你的婚姻，都可以，但是你不能无视你的孩子。你这一辈子都是她的母亲，不能因为憎恨她的父亲就回避这个事实和责任……"

　　顾昂猛地打断姚遥，说："可以了！别再说了。孩子我不会要，我一想起这是我和一个……一个那样欺骗我的人生的孩子，我就从心底里厌恶！不过你说得对，我是她妈妈，我逃不掉。"

　　顾昂把头转向焦健，说："现在住的房子留给你。我搬到那处房子去。反正房本上也是我的名字，不用过户。不过我有一个要求，留给你的房子，你要过到女儿名下。我不是为你放弃，我是为了孩子。就算我送给她的，以后我尽不了多少母亲的责任了，房子就算是一点补偿吧！"

　　姚遥等了几秒钟，确认顾昂把意见表达完了，才对顾昂说："我理解。不过我还得提醒你，抚养权可以不要，孩子的抚养费还是要支付的，具体数额……"

　　焦健打断姚遥，说："姚律师，孩子我养得起！"

　　姚遥说："这是法律程序。我相信你们两个人任何一个都有能力单独抚养孩子，但是这是责任，法律赋予的责任，不能逃避。如果顾昂抚养孩子，你同样也要付出。"

　　焦健说："那就把这套房子作为顾昂给的抚养费吧！我只希望，

顾昂你能经常回来看看孩子。她还太小，我没办法跟她说妈妈去哪里了。"

　　顾昂的眼泪开始冲刷她的脸颊。顾昂本来化着精致的妆容，高档次的化妆品在脸上看不到涂抹的痕迹，但是泪水经过，浅粉被冲出一道印记，憔悴的脸色裸露出来。

十八

这就是传说中的后院起火

　　姚遥发现庄重已经完全沉迷在《天龙八部》的网络游戏里了。每天对着电脑不愿意说话，不会动地方，甚至还会傻笑。姚遥有几次走到庄重的后面，想看看他究竟在玩什么笑什么。看见的是有人在跟庄重聊天，仿佛认识了很久的样子，庄重打字的速度很快，聊得很开心。

　　姚遥对他们的谈话内容没有好奇心。对于网络游戏，姚遥自认为是个白痴。但是，庄重目前的状态已经很明显地影响到了姚遥的生活。回到家里，姚遥仿佛面对的是空气。琪琪回家，姚遥希望一家三口能在周末的时候去看场电影或者去趟公园，庄重的回答依然是："还用我亲自参加吗？"

　　姚遥很压抑，但是没有反抗。庄重不去，就自己和女儿去呗。琪琪听一起滑冰的小朋友说，《冰川时代》很好看。姚遥就去订了票，下班之后去姥姥家接了琪琪去看电影。

　　电影院里还真上座。姚遥给琪琪买的是第五排的票，进门要戴眼镜看。琪琪第一次这么近距离地看 3D 电影，戴上眼镜以后就东看西看。一会儿电影开始了，电影院里顿时被孩子们此起彼伏的笑声给充满了。琪琪开心地笑着，每个镜头，每个故事她都看得懂。姚遥跟着女儿一起开心，平均每一分钟都要笑一次。电影院里都是家长带着孩子来的，孩子们的笑声肆无忌惮，姚遥也跟着开怀大笑。片子放映了两个多小时，姚遥和琪琪就开心地笑了两个多小时。散场以后，姚遥和琪琪都笑累了，回到家，琪琪的眼皮都打架了，跟依然在玩游戏的庄重亲了一下，就一头倒在了床上。姚遥顶着睡意，给琪琪生生拽起来洗了一个澡。琪琪撒娇地说："妈妈，你要是陪我睡我就洗澡。"

姚遥说："好好好，陪你。赶紧洗！"

琪琪洗澡的时候，姚遥把空调打开，屋里比外边凉快不了多少，琪琪爱出汗，一到夏天就睡不踏实，姚遥干脆就开着空调让孩子睡个安稳觉。

琪琪洗完了，水都没擦干净就跑上床，拉着姚遥的胳膊就撒起娇来。姚遥笑着把琪琪拉在自己怀里，像小时候一样轻轻地拍着。琪琪的眼皮早就打架了，没几下就睡着了。姚遥也在琪琪身边躺下，迷迷糊糊睡了。

大概过了两个多小时，姚遥的枕头震动起来，把她从睡梦中惊醒了。姚遥迷迷糊糊地把手探到枕头下，摸到了庄重的手机。姚遥下意识地按了一下，一条短信蹦了出来："老公！我好想你啊！"

姚遥条件反射地从床上坐起来，她几乎不敢相信这是真的。姚遥在短短三秒钟之内问了自己三句"你睡醒了吗？""你不是在做梦吗？""这是真的？"待到确认这一切都是真实发生的，姚遥本能地又调出了庄重手机里的其他信息，她确认，这一切都已经发生很久了。庄重和一个叫莹超的女人已经交往了很久，两个人一直在以老公老婆相称。女的发的每一条短信都很肉麻，都是在深更半夜；庄重回复得就更肉麻，一口一个"老婆想我啊"。姚遥顿时觉得天地塌陷，她在脑海里蹦出的第一个词是"取证"，但是她很快被情感打垮了。这个时候了，取证了又怎么样？这个共同生活了八年的男人已经和别的女人建立了那种关系，自己还有什么好取证的！

姚遥毕竟是律师，尽管内心已经翻江倒海，但是脸上还是平静的。她拿着手机走到打怪兽打得兴致正浓的庄重面前，说："你能解释一下吗？"

庄重看到大半夜的姚遥忽然从卧室里出来，还拿着他的手机，就明白了一半。他不太情愿地放下鼠标，咬了一下嘴唇，说："来老婆，坐。"

姚遥没有吵没有闹，顺从地坐下来，听庄重解释。

庄重说："老婆，你能不能当什么都没看见？"

姚遥反问："换了你，可以吗？"

庄重说："其实我从一开始就知道，早晚有一天你能发现。从这件事的第一天起我就知道会被你识破。"

姚遥想听的不是这些，她是律师，更是女人，她要迫切地了解庄重，这个目前从法律上还是自己丈夫的人到底和那个女人是什么样的关系。庄重说："姚遥，你就把它当成一个游戏，这就是我在玩这个游戏中的一部分内容。我在网上要组队，打怪兽，也要结婚生孩子。这就是我在网上的老婆，她跟你不在一个时空，她不会影响到你的生活。"

姚遥愤怒了，结婚八年，姚遥第一次面对庄重爆发："你不觉得这么说很无耻吗？她怎么能不影响我的生活？如果你们仅限于在网上谈情说爱，我也许还能睁一只眼闭一只眼。我可以告诉自己，每个人都需要有自我发泄的渠道，因为我们上有老下有小，因为我们工作压力大，因为我们每个人都不是为自己在活着……可是你！你告诉她你的电话、工作单位、MSN，你们在电话里卿卿我我，在短信中谈恋爱。你让我怎么睁一只眼闭一只眼？你让我怎么接受？我问你，换了是我，做出这样的事，你会怎么样？"

庄重低声说："姚遥，你别吵醒女儿！我知道我伤害了你，这都是我的错。可是我一个男人，我不抽烟，我不赌博，我也没有和什么女人发生实体的关系。但是这不代表我不需要。我特别希望有人能表扬我赞美我夸奖我，在网上，她出现了，一个女大学生，就是喜欢我，你让我怎么办？"

姚遥气得发抖地问："那你有没有告诉他你是有家有孩子的人呢？"

庄重没作声，过了一会儿说："姚遥！你要证明什么？你是要把我往外推是吗？你非要证明我和那个女人怎么样了是吗？我是伤害了你，可我没有背叛你呀！"

姚遥已经是泪流满面了，说："我认为这就是背叛。你想过吗？如果是我做了这样的事，你会怎么样？"

庄重想都没想就说："你不会做这样的事！我的性格有弱点，我把握不住，我有这方面的需求……可你没有。我绝对绝对相信你，你一辈子也做不出来这种事！"

姚遥怒吼道："于是你就肆无忌惮地欺负我是吗！你就这样对待我是吗！"

庄重伸出手想拉住姚遥的手，姚遥狠狠地给了他的手一巴掌，庄重说："你要是打我能放松点、心情好点，你就打，使劲打。老婆，我只能说我对不起，我知道会伤害你还这么做，可是我的确不知道会把你伤成这样！"

姚遥几乎是号啕大哭，多年以来，姚遥从来没有这么失控过。

庄重很紧张地把姚遥拉到楼下的房间，生怕把琪琪吵醒。姚遥的脑子里一片空白，只管哭着。庄重看着姚遥倒在琪琪的小床上，身体蜷缩，像个婴儿，可是哭泣的声音又是那么绝望，自己的心里也不好受。

天都快亮了，姚遥昏昏沉沉地停止了哭泣，她看看一直站在床边望着她的庄重，问："你可能和她断吗？"

屋里没开灯，但是姚遥还是清楚地看见了庄重无可奈何的眼神。姚遥的心彻底凉了，说："如果断不了，我们就考虑离婚吧！"

庄重觉得姚遥的话有点突然，很不负责任，他生气地说："为什么？我们为什么要离婚？你不能为了一个莫须有不存在的人就跟我离婚吧！"

姚遥说："她存在！我不管她此时此刻在哪个县城肮脏的网吧里，在跟你谈什么，我告诉你，你和她都伤害我了！我没办法照你说的，睁一只眼闭一只眼。我看见了听见了还被刺到了。是你先出轨，你犯了错，我为什么还要纵容你？"

庄重说："姚遥，你想一想，离了婚你就能快乐吗？琪琪怎么办？你不要她了？"

姚遥说："我当然要带琪琪走。我只要她！"

庄重说："那我爸我妈呢？你爸你妈呢？我们怎么去跟他们说？我们不是为自己活着的呀！"

姚遥逐渐把愤怒归于平静，说："这是你的事！"

庄重在姚遥的床边徘徊了很久，说："我去跟她断，好吗？"

姚遥冷冷地看着庄重，说："我跟你生活八年了。我太了解你了，你断不了。就算你现在答应了，你也是在骗我骗自己。我知道，你断不了！"

庄重几乎是哀求地说："那姚遥，我出去住一段时间，我知道我当着你再玩这个游戏是在刺激你，但是我确实……我确实现在戒不了。我出去住，这样你看不见我，心里可能会好受点。周末我回来，你放心，琪琪在家的时候我再回来。"

姚遥站起身说："不用了。我走。这个家到处都是你的气息，我留在这会发疯的。我走。"

天适时地亮了。姚遥起身上楼，从储藏室里找出一个箱子，把衣柜里常用的衣服一件一件码进去。庄重在旁边看着不知道应该做什么，他突然觉得姚遥的举动有点滑稽，是在示威吗？还是吓唬吓唬就完了？

姚遥此时此刻已经没有任何想法了，从身体到头脑都是机械的。整理完衣服还有洗漱用品，还有睡衣、内衣、拖鞋和其他鞋子。渐渐的，一只皮箱已经装不下了。姚遥又翻出第二只，把常用的法律书籍和材料，以及带回家的案宗都塞进去，还有录音笔、笔记本电脑……又是一个箱子。两只皮箱整理完，姚遥打开自己的挎包，把电卡、水卡、煤气卡、信箱钥匙都拿出来，又在便签上写了一串号码，递给庄重说："这是水电煤气，看到电表上不足五十个字了，就要去买电充值。知道在哪儿买电吗？北京银行。这是水卡，如果水忽然停了，就是报警快没水了。你要把卡冲外刷一下，水就能继续使。但是要及时充值，这个要到物业办公室去买。每天早上八点到下午五点可以买。知道物业办公室在哪儿吗？101楼一单元地下室，去了就看见了。还有煤气卡，现在煤气卡里还有余额，一旦没有了，要记着去建行买，买好以后要在煤气表上先放上四节五号电池，然后再充值，才能充进去。这是物业电话，有什么不会的不知道的找不到的，就找他们吧。我走了。"

庄重看着姚遥拖着两只皮箱出门，自己一屁股瘫坐在沙发上。看着茶几上的一堆卡片和电话，庄重才清清楚楚地感受到，这么多年来，自己只是这个家庭的享受者。现在一直付出的那个人，走了。

十九

放了他?

姚遥直到把行李放进车后备箱的那一刹那,都还不知道自己能去哪里,应该去哪里。她开上车,想找一个距离事务所最近的如家酒店先住下来,但是,都停在饭店门口了,姚遥犹豫着,没有勇气下车。那种感觉,姚遥说不清,但是就是觉得自己是条丧家犬,内心里充满了凄凉和惶恐。

姚遥拿出手机,在通讯录上搜索着,看看有谁能在这个时候有可能帮自己一把。也许就是下意识,姚遥把电话打给了安东。因为是早上,安东的声音还显得有些稀松,背景静静的,姚遥张口说了一句:"安东,你能给我帮个忙吗?"就再一次泪如雨下了。

安东迅速在那边激灵了一下,问:"姚遥,你怎么了?你在哪?出什么事了?"

姚遥没办法把事情在电话里叙述清楚,只能说了自己的地点。安东只说了一句:"你别动,等我!"就放下电话打车来了。

姚遥的车孤零零地停在路边的停车场里,安东跑过去敲了一下车窗，姚遥抬起头，安东看见了一个从来没见过的姚遥，陌生，惶恐，紧张，无助。安东拉开车门扶着姚遥的肩膀，急切地问："出什么事了？"

姚遥摇着头，咬着嘴唇，什么也说不出来。安东把姚遥拉出驾驶室，送到副驾驶的座位上，自己坐在驾驶位上，说："先跟我走吧，回去再说！"

一路上，姚遥的脑子一片空白，安东也不知道应该问些什么。车开了半个多小时，两个人的车厢里就寂静了半个多小时。除了汽车行驶带来的风声和引擎加减速的声音，车厢里的空气基本上是凝固的。

安东把车开到自己家楼下，没去管后备箱里的行李，而是径直把姚遥搀下车，乘电梯上楼。在安东的客厅里坐下来，姚遥把身体陷在宽大的沙发里，眼睛有些疲倦地闭上了。安东去给姚遥倒水，他稍稍犹豫了一下，想煮一杯咖啡，但是从厨房的门向外看，安东看见了姚遥背对着他的视线，头完全塌在沙发椅背上，安东改变了主意，把茶盘器皿端出来，在电水壶里接满水，一同端出来放在了茶几上。

姚遥感觉到安东出来了，强着睁开眼睛，挤出一丝笑容，充满歉意地对安东说："真不好意思，这么大清早地骚扰你。没吓到你吧？"

安东笑着说："还好你不是我的病人！要是我的病人这个时候给我打电话，那就是出大事了。怎么了姚遥？遇到什么事了？情绪这么差？"

姚遥苦笑着说："老实说我根本说不清楚，也不知道自己为什么会给你打电话。"

安东摇摇头，笑了笑，说："姚遥，我不知道你出了什么事，但是我知道，你打电话给我是因为你潜意识里认为我能帮你，你才会这么做。既然相信我，那就尝试一下，说说看。你别忘了，在学校的时候，咱俩可称得上是无话不说吧！只不过毕业时间长了，联系才少了。以咱们从前建立起来的信任基础来看，你找我一点也不奇怪。"

姚遥沉吟了一下，半开玩笑地说："给病人保密是心理医生的职业道德吧？"

安东大笑着说："当然！这跟你要保护当事人的隐私一样。怎么，现在心理脆弱到这种程度？连这个都不相信了？"

姚遥说："那你就把我当成一个心理病人吧。我老公网恋了，我应该怎么办？"

安东沉吟了一下，说："这得具体问题具体分析。你能告诉我他到什么程度了吗？"

姚遥把昨天晚上发生的一切原原本本地说了。说的时候，姚遥在不知不觉中又经历了一次梦魇，昨晚所有的愤怒和屈辱还有伤心又都回来了。一边说，眼泪一边无法自控地流下来。安东也不插话，一边听一边思考一边在心里分析。

姚遥把事情叙述到今天早上的时候，眼泪已经流了一车了。安东说："姚遥，你能告诉我你现在的感觉吗？是觉得自己遭到了背叛？还是觉得恶心？还是仇恨？"

姚遥把眼泪擦干，说："刚开始是震惊，然后是伤心，后来是愤怒……现在，我不知道。"

安东说："你和庄重提到了离婚？"

姚遥说："是。"

安东问："那你想好离婚以后的事情了吗？比如孩子的抚养权，财产的分配……这些你是专家，你筹划好了吗？"

姚遥实话实说："我没有心情。我无法做到工作状态中的那种理智，我没办法给自己协议离婚。我只知道，一旦离婚，我只想要女儿，其他的都可以不要。"

安东问："你要净身出户？这不像一个律师说的，这太不理智了。"

姚遥的眼泪又流下来了，反问安东："你让我怎么办？跟他坐下来谈财产分配吗？就算他净身出户，我还能像以前那样住在那个家里吗？"

安东说："所以姚遥，我觉得现在对你来说，离婚不是最好的选择。你想过用其他方式解决吗？"

姚遥绝望地摇摇头："我没想过。我只知道我做不到庄重说的睁一只眼闭一只眼。"

安东说："姚遥，你稍微冷静一点，听我给你分析。我认为从根本上庄重不想离开你。他说的有一句话是对的，'这就是个游戏'。当然，我们不排除他这是在给自己找借口，可是他为什么要找这个借口呢？因为他现在沉浸在这个游戏中，这是他性格中不成熟的表现，但是作为成年人的那一部分责任感又在提醒他，他这样做是不对的。他也说，他知道你迟早会发现他的秘密，但是他都没有把手机里那些短信电话删除，这是为什么？"

姚遥努力让自己平静下来，仔细听安东讲话。

安东看着姚遥的眼睛说："他潜意识里甚至希望你能发现这个事情，他甚至希望引起你的愤怒，这样对他从游戏中抽离是一个很好的外力。但是他又很矛盾，因为那个网络游戏中有吸引他的地方，他需要借助那个虚拟世界进行逃避。这一切，就如他所说，是个游戏，有开始，就有结束。你想象一下，如果现在在网上结婚生子谈情说爱的是你的孩子，不是老公，你会怎么做？引导他？

还是离家出走？"

姚遥生气地说："可他不是我儿子！他是成年人！"

安东说："姚遥，任何一种性格都有弱点。你有他也有。只不过在职场和成年人的生活中，他的性格弱点更突出地暴露了。你想想，是不是从你们开始认识到现在，他都是这样，有任性，有霸道，但是你一直在扮演一个母亲的角色，在宽容。包括对他，对女儿，甚至对他们家里人。"

姚遥有点在哭喊了："所以我更觉得我心里不平衡！我做了这么多，得到的却是这个结果！"

安东说："他之所以能这么放纵，就是因为他有你这个坚实的后盾！他跟你说，他绝对不相信你能做出他这样的事情。为什么？这句话传递了两个意思，一是他清楚地知道自己在做错事；二是他离不开你。他对你的信任和依赖是百分百的，别人无法替代。他那句话说得对，他不抽烟不喝酒不赌博，唯一的爱好是在游戏中寻找另一种人生。你可以以此认为他对现实生活厌倦，但是，你也可以认定他是觉得现实生活太平静太美好了，他需要受受虐待。姚遥，你把他当做一个有心理疾病的孩子，他的青春期再一次萌动了，但是他身体里有另外一个成熟的小人儿，会一直在提醒他不要过界……"

姚遥打断安东，问："什么叫过界？他这样算不算过界？"

安东说："所有男人都有一个通病，就是要不停地蠢蠢欲动，无论是在心里还是在行动上。你既然接受了男人这种动物，就要接受他们的动物性。精神出界和身体出界，你更能接受哪一种？"

姚遥都要绝望了，说："所以我想离婚！"

安东笑着说："姚遥，如果你真的那么想离婚，你就不会来找我了。你会径直走进你的办公室，写好律师函，直接通知他签字。

你办不到，也不要勉强自己去做。前一段在你那里听案子的时候，我就对你说过，不是所有找你的夫妻都非离不可。有些，只需要做出一些改变，就应该能改善彼此的关系。"

看见姚遥并不认可的神情，安东笑了笑，说："姚遥，你还记得在你那里让我给搅和黄了的那个案子吗？"

姚遥想了想，说："迟明他爸妈的那个？那不是你给搅和的，是我没法接这个案子。那两人谁都不请我代理，儿子找我算怎么回事？"

安东说："这个先不说。你知道吗？这一家人现在还在和我联系，尤其是李秀英，她现在过得很好。"

姚遥提起了兴致，问："他们没离婚吗？"

安东说："李秀英一开始就知道了迟左达的出轨，可是为什么不离婚呢？"

姚遥说："很明显，离婚之后李秀英一无所有，连孩子的监护权都有可能拿不到。她没有职业没有收入来源，吃的住的都是迟左达的，她怎么离？"

安东说："这只是事情的一面。我跟李秀英深谈过，他们这段婚姻，从一开始就没有牢靠的基础，所有的激情都来自女方，男方呢，只有报恩。这就造成了从一开始两个人的隔阂就无法避免，这一点，婚后不久李秀英就察觉到了。女人嘛，不管有没有文化，是不是念过书，都对精神层面的交流有很强的需求。李秀英这点上得不到满足，迟左达比她好一点，在家里得不到，在外面还可以找到。但是李秀英不行，所以她会选择用争吵这种激烈的方式来对抗，希望以此能实现两个人的交流和沟通。她跟我说过，迟左达回家之后，通常一句话不说，这种冷暴力让李秀英根本无法承受。所以她就选择了语言上的热暴力，但是效果更差，迟左达干脆不回来了。但是，事情就是这样奇妙。当她发现了迟左达在外面有人的时候，她感觉到了迟左达的变化。首先这个男人开始回家了，然后就是回家后跟她说话了。"

姚遥鄙视地说："这是他内心有愧。"

安东递给姚遥一杯茶，说："你说的没错。迟左达就是内心有愧，他开始下意识地补偿李秀英。本来这是两个人建立协调关系的开始，但是这种开始因为被迟明发现了父亲的外遇而再次被打断。所以，你现在能理解迟明告诉李秀英真相之后，李秀英的所作所为了吧！她打了儿子，为什么？因为儿子的举动破坏了她刚刚享受到的幸福感。"

姚遥不解地说："那迟左达呢？他既然有了更好的选择，为什么不离开？"

安东拿过一张纸，用签字笔在白纸上画了一个三角形。他指着这个三角形对姚遥说："你看，三点一面，这是最稳固的几何图形。其实婚姻也是这样，三条边，各有一个意义。"

说完，安东在三角形的三条边上写下了三个词：激情、责任、承诺。他指着三角形对姚遥说："我们中国人的婚姻大多如此。激情，从恋爱开始，都应该有，它包括精神的也包括肉体的。责任，构筑婚姻的前提是双方都要承担对家庭的责任。还有承诺，两个人决定相守一生一世，是需要相互承诺的。但是其实，在我们现实生活中，婚姻通常会有所缺失，但是这并不意味着有缺失的婚姻就一定不能存在。比如，缺少了激情。这很常见，结婚一段时间以后，激情必然少了，但是大多数人的婚姻还是能继续，为什么？就是因为有责任在，有承诺在。迟左达的婚姻从一开始就没有激情，但是责任和承诺是一直就有，从来没有消失过的，而且，迟左达对家庭的责任感还是非常大的。所以我断定他们能走下去。

还有的婚姻缺少了两条边，激情和责任，或者是激情和承诺，这个，通过改善和协调，也能有一部分婚姻续存下去。最怕的是只有激情，因为激情一旦消失，两个人就如同路人甲和路人乙，绝不可能维持一个家庭了。"

姚遥感同身受，问安东："那我呢？是哪种？"

安东说："我也认识庄重，但是就这件事上我没有跟他接触过。不过听你的转述，我认为你们的责任和承诺都在，甚至庄重也没有觉得你们之间的激情全都消失了。如果听我的建议，我认为你应该积极去修复这段婚姻。毕竟你们没有遇到实质性的问题。"

姚遥像个上课的学生，她问："什么问题是实质性的？"

安东笑着说："这个你比我更清楚吧！比如家庭暴力，比如恶习，吸毒、赌博、嫖娼，再比如有外遇……"

这个词刺激到了姚遥，她又有点激动了，说："他这不叫外遇吗？"

安东又笑了，说："姚律师，如果从法律角度判断，短信内容和通话记录能作为外遇的证据吗？我想至少不充分吧！从心理学角度上说，这个在不同空间无从见面的人，似乎也够不上外遇的条件。姚遥，修复的关键是你，你能不能放下。"

姚遥有点发呆，脑子里又恢复了空白，她看着安东家里灰色的窗帘，答非所问地问："李秀英的问题你是怎么解决的？"

安东说："很简单，让她去做自己喜欢做的事。当一个女人所有的生活内容都只有一件事，就是老公、儿子的时候，她就应该当心了。所以我劝迟左达，同意李秀英回到村里去，喜欢种菜就种菜，喜欢卖菜就卖菜。后来李秀英把家里的大棚又给支起来了，种了两大棚水果蔬菜，那天跟我说有草莓，有芦荟。迟左达和迟明，每个周末回村里看李秀英，一家人吃农家饭，过得很好。"

姚遥问："那迟左达的外遇呢？"

安东说："迟左达很清楚，那就是在一个特殊的时间遇到了一个特殊的人。我跟他说过，世界上没有一个女人肯安心做一辈子情人，激情过后，她必然要求承诺。得不到的话，要么她会离开，要么她会不择手段。迟左达很清楚，所以，那个红颜知己，正在逐渐淡出他的生活。"

安东又开始新一轮的泡茶，洗茶，澄水，然后沥出一杯，端给姚遥，说："现在再来说你，姚遥，离家出走不可取。不管是你们俩当中的谁，都不要。只要还在一个屋檐下，你们就拥有一种平衡，一旦有一方离开，这个平衡就会被打破，会失衡。失衡久了，修复起来就很难。不是我不帮你，我希望你能勇敢地回家去，去解决问题。"

姚遥说："想走的是他。我太了解他了，一旦出去，就很难回来了。"

安东说："所以你选择了你走？他为什么要走？"

姚遥说："他说他当着我的面玩游戏，在网上还要继续跟那个人谈情说爱，他觉得愧对我。"

安东说："所以啊姚遥，这个男人已经被你宠惯了，你就再宠他一次吧。回家后心平气和地跟他谈，告诉他，就让他玩吧。你要从心底接受这件事，他就是在玩一个游戏。这样，你就可以换一个角度来面对这个问题。"

姚遥说："可他还不肯跟那个女人断。"

安东突然问："姚遥，你害怕离婚吗？"

姚遥有点愣，她没想过这个问题。安东说："我猜，你不想离婚，但是如果真的离了，你怕吗？你会从此成为一个祥林嫂一样的怨妇无法生活吗？"

姚遥明白了，说："不怕！"

安东说："那就好。你就对自己说，你有工作、有女儿，有社会角色和家庭角色，你什么都不怕，还会怕一个根本不在一个空间里的人吗？你放庄重一马，让他去，只要你们都还生活在这个家里，你们就是正常的、合法的夫妻。你们要履行所有夫妻父母应该履行的义务，你把这件事放下，就像庄重说的，睁一只眼闭一只眼，你就会发现，自己解脱了。"

姚遥听从了安东的建议，但是她仍然不想回家。她无法想象自己怎么才能当着庄重的面，对他在网上继续谈情而无视。安东也体谅姚遥的心情，大方地拿出一把钥匙，是自己另一套房子的钥匙。安东这两套房子都在一个小区，本来是打算把父母接过来住的，但是父母始终不愿意来北京，那一套就这么搁置着。姚遥充满感激又有点愧疚地说："我给你交房租吧，不然我这么住着，心里不安。"

安东笑着说："咱们四年同学，这点交情还是有的。这样吧，你每天回来吃饭吗？我吃盒饭是吃腻了，你要是肯帮忙做顿晚饭的话，那可是幸福死了。"姚遥笑着说："一言为定！不过不管我做什么，你都得吃！"

二十

一个死都要离，一个死也不离

姚遥只能在借住的房子里当一天怨妇，第二天，就得打起精神去上班。一想起办公室桌子上，有一堆一堆痴男怨女的问题等着她去解决，姚遥就头疼。这是工作七年里她从来没有发生过的情况。上周五离开的时候，因为急急忙忙要带琪琪去看电影，就没仔细听晶晶给她安排的一周的预约情况。不过姚遥知道，周一她出现在办公室的时候，晶晶一定会把资料整理好放在她的桌上。

果然，一进门，晶晶已经到了，怀里抱着一沓子案宗正在进她的办公室。姚遥从后面叫住晶晶，晶晶仔细看看姚遥，关心地说："又没睡好？有点浮肿哎！"

姚遥说："放心，脑子还算清楚。有什么要交代的？"

晶晶说："没事！就算你迷瞪也不要紧，一会儿要来的这位，保准你见了就醒了。完全是惊着了！"

姚遥问："什么情况？"

晶晶说："女的呢，死也要离；男的呢，死都不离！女的来预约的，刚跟我说了没二十分钟，男的就追过来了，生拉硬拽要把女的给拉走。女的一屁股坐地下，死都不走。你没见那天，我们这几个人连哄带拽，总算把这位姑奶奶给弄起来了。男的灰头土脸，说老半天嘴里边就一句话："咱们有什么话回家说行吗？"哎哟那窝囊的。女的说非在这说不可。我一个劲儿说姚律师今天不在，我给你们登记上，到预约日再来……这才把这俩活宝弄走了。后来才听说，这男的还是一老师呢，大学老师！你说这不是中邪了？"

姚遥一边听晶晶活灵活现地介绍，一边低头翻看卷宗，她问姚遥："那女的说离婚要求了吗？"

晶晶说："说了，倍儿狠，让男的净身出户。我猜这男的一定是有短儿攥在人家手里了，估计是泡上哪个女学生了。"

姚遥笑着说："又编故事！我先进去了，看看材料，一会儿人到了叫我。"

过了大概四十分钟，晶晶一路小跑地冲进来，姚遥被吓了一跳，说："被警察追呀？跑成这样！"

晶晶有点气喘地说："来了来了！"

姚遥头都没抬，说："来就来吧！你给带进来不就行了吗？"

晶晶说："是俩人一块来的。这回又有好戏看了，你得做好思想准备啊，指不定怎么闹呢。不行赶紧叫我，我叫保安！"

姚遥小瞪了一下晶晶，说："哪有那么夸张。你赶紧给倒水去吧！"

晶晶说："我看免了吧，要是俩人动起手来，这都是武器，再把你给误伤了！我就让他们干坐着吧！"

随即，一女一男鱼贯而入。姚遥站起来迎接，女的器宇轩昂，打量了一下姚遥，说："你就是姚遥律师？"

姚遥习惯了别人称呼自己的时候，把姓氏的"姚"念成重音，后边一个"遥"念成轻声。今天来的这位女士有点奇怪，念的是双重音，似乎是"姚姚"，让姚遥听着还得现适应。

短暂地适应之后，姚遥说："是，我是姚遥。您是周韵？"

周韵"嗯"了一声。姚遥看着跟在她后边的男人，穿得挺像样，气质也不错，脸上的表情是祥和里面有点尴尬，他看见姚遥看着自己，赶紧介绍说："我叫邢斌。周韵的爱人。"

"拜托！前夫好不好？"周韵怒气冲冲地一屁股坐在转椅上，冲着姚遥说，"你们事务所还是个大事务所呢？连杯水都不给？"

姚遥笑着说："我们的规矩是当事人先坐好，然后我们会问你们想喝点什么。我这里有玫瑰花茶，有普洱，有龙井，还有咖啡，纯净水也有，你们想喝点什么？"

周韵有点含糊，说："随便吧！"

邢斌也说："我随意，您不用太麻烦！"

姚遥冲着窗户外面一直在观察他们的晶晶招手，示意她倒茶，晶晶赶紧去了。一会儿茶端上来，姚遥说："咱们边喝茶边了解情况。离婚是周韵提出来的是吧？能说说为什么吗？"

周韵气哼哼地说："有什么可说的！我就是要离，我关心的是怎么能离得又快又好！"

姚遥笑了，问："什么叫又快又好？"

周韵说："就是让他在最短的时间里离开我的视线，搬出我们家，一刀两断！"

姚遥说："如果这样，您就更得跟我说说离婚理由了。我得根据法律来判断，你们双方在婚姻存续期间是否有一方有过错，错的严重程度；还有就是看看有没有非感情因素，比如家庭琐事、婆媳关系……"

周韵不耐烦地打断姚遥说："哪有那么多废话！我就是要离。

原因是吧？你问他！"

　　姚遥耐着性子，心里又觉得好笑，只好又去看邢斌。邢斌看看周韵，实在没办法了，只好开口，说："我们都是二婚……"

　　一句话还没说完，邢斌就被周韵闷了回去，吼他："你说这干吗？有用吗？"姚遥赶紧圆场，说："您都让他说了，咱们就先听听，好吗？"

　　周韵算是给了姚遥一个面子，没再吭气。邢斌看了周韵一眼，确认她的嘴巴闭上了，并且看到她把身体转了一个方向，面朝了书柜一侧，这才开口对姚遥说："我们在一起三年多了，我觉得我们没什么实质的矛盾，其实都是些鸡毛蒜皮的小事，所以，我不同意离婚……"

　　周韵气得又把身体转过来，双脚没有离开地，用屁股和腰带动坐的转椅往前蹭，凑到邢斌跟前说："什么叫鸡毛蒜皮！你跟你头一个老婆根本就没断！你别以为别人都是瞎子聋子！你当我是死人啊！你们三天两头通电话，你动不动就往她那跑！你以为我不知道？好啊！我成全你，赶紧归置归置滚蛋！我一分钟都不想跟你过了！"

　　姚遥问邢斌："是这样吗？您和您前妻还有来往？"

　　邢斌无可奈何地说："本来离了以后就没什么来往了，连电话都没打过，就是这半年，可是我们是有原因的，不是她想的那样！"

　　周韵快凑到邢斌鼻子底下了，说："不是哪样？你们在她们家楼下磨磨叽叽那么长时间，是不是让我当场抓住了？我问你，你偷着从咱们家拿走三万块钱给她，有没有这事？我告诉你姓邢的！"周韵边说边从书包里掏出一个本子，一篇一篇地翻，一篇一篇地念，"今年三月三十一号，你借口加班，实际上去地坛公园，你们一家三口逛公园去了！对不对？今年五月四日，你又借口加班，跟她去新世界陪她逛街！这事有没有？……"

邢斌苦着表情说："你跟踪我？！"

周韵理直气壮地说："废话！我不跟踪你我能抓你现行吗？我告诉你我就差踹门捉奸了！你也别逼我到那一步，咱们也过了三年，我也给你留点儿脸，赶紧麻利儿离婚。我就告诉你一样！这家里连张纸片儿你都甭惦记，你一分钱也拿不走！"

邢斌的脸苦得都成苦瓜了。

姚遥问邢斌："这里面是不是有什么误会？还是说，周女士说的都属实？"

邢斌伤感地说："她说的这些都是真的。可是我真是有原因的，不是她想的那样。"邢斌把脸转向周韵，"周韵，你听我说，当初人家都说你是第三者破坏了我的家庭，其实我明白，不是这样的。我跟我前妻当时已经过不下去了，就是没有你我们也得离婚。只不过，你的出现让我更加坚决。我真的想跟你好好过，你比我年轻那么多，性格又外向。我……我跟你我真的高兴啊我！我也不愿意她来找我！可是，没办法，这不我闺女病了嘛！她一个女人家，自己带着孩子过，真的挺不容易的。当初咱们结婚的时候我征求过你意见，你说不让我要孩子，我没要！可是现在孩子病了，我总得去看看吧！你拍拍良心说，这三年，我闺女跟你见面的日子不超过三回吧！我知道你心里膈应，我就不把孩子带回来！可是就算不带，就算平常看不见摸不着，可那也是我闺女啊！她一辈子都得叫我爸！她有灾有难的我得管呐！"

姚遥问邢斌："孩子得的什么病？"

邢斌眼圈都红了，说："白血病！"

姚遥一惊，问邢斌："你们没有交流过这个问题吗？周韵你知道吗？"

出乎意料，周韵淡淡地说："我知道！"

二十一

七年了，第一次

晶晶一直在外边时不时地观察着姚遥办公室里的动静。其实不用太仔细，周韵在房间里的声音就能很清晰地传递出来。本来写字楼里隔间都不太隔音，同事们接个电话都能听到。邢斌的声音不大，是有意压低的；姚遥的声音也不大，是在办公环境里习惯性的小声。但是周韵可不管不顾，声音一波一波地传出来，晶晶又听了个全套。

晶晶一边听一边干自己的事，突然，周韵的声音没有了，邢斌的大概也没有了，姚遥激动的声音突然响了起来："周韵，既然你知道邢斌的孩子是这种情况，我觉得，作为女人和妻子，你应该去理解和体谅邢斌这种行为。你是担心他们旧情复燃吗？还是你就是不能容忍邢斌这样去关心自己的女儿？"

晶晶赶紧放下手里的活计，跑到办公室门口，从玻璃门外观察姚遥。晶晶看见姚遥少见的激动，不知道是为了什么，只好敲敲门进去探了个头，用眼神给姚遥传递了一个提醒。姚遥心领神会，坐回了自己的椅子上，晶晶这才出去了。

姚遥坐下来尽量平复了一下自己的情绪，对周韵说："你是什么时候知道这件事的？"

周韵说："两个月前吧！姚律师！你别以为我多不讲理！他女儿病了，你问问他，他刚告诉我的时候我是怎么跟他说的？我跟他说咱们可以帮！他一个当爹的，这时候伸手是应该的。你问问他，钱我给没给？东西我买没买？可他呢，他一句实话都没有啊！他前妻，我太了解了，当初跟他离婚是心不甘情不愿，逢人就说当初自己太大方了，给我这个狐狸精腾了地儿，现在拿着他闺女这事，天天打电话找他。你知道，我看过他们俩的短信，一点都不带顾忌的，发十条有一条跟他闺女有关吗……"

周韵再说什么，姚遥已经听不见了。周韵说到了短信，姚遥的心里顿时紧了。她走神了，眼前出现的是庄重的手机和短信，是一字一句的"老公老婆"，姚遥的眼前开始发黑，本来是站着的，但是突然有一种世界颠倒的眩晕感刺激到了她，一头倒下了。

周韵还沉浸在自己的情绪里滔滔不绝着，邢斌发现了姚遥的异样，他刚站起身，姚遥就倒下了，邢斌赶紧去扶她。周韵也吓得闭上了嘴巴。邢斌赶紧把姚遥架到沙发上，对周韵说："赶紧出去喊他们的人！"

周韵慌慌张张地跑出来找晶晶，惊慌失措地对晶晶说："姚律师！她晕了！"

晶晶赶紧跑进来，看见倒在沙发上的姚遥脸色刷白，晶晶下意识地抄起电话拨通120，正等待回音的时候，邢斌喊了一句："醒了，醒了！"

晶晶扔下话筒跑过来，姚遥睁开眼睛看着大家，仍然觉得天花板有点异样，似乎还在眼前晃动着。姚遥对邢斌说："对不起。

我今天不太舒服！我躺一下就好，让我的助手给二位再安排时间吧，我一定尽快帮你们办理。"

晶晶明白姚遥的意思，她想一个人躺一会儿。晶晶带着两个人出来，邢斌和周韵先出去，晶晶最后，临出门的时候，晶晶体贴地把玻璃窗的百叶窗放下了，然后回头问姚遥："你真的可以吗？不要去医院？"

姚遥笑了一下，说："不用。就是头晕，没事的。对了晶晶，你约周韵单独来，明天就可以，上下午都行。我想跟她单独谈谈。"

晶晶不放心地问："明天？你确定？"

姚遥笑着说："我确定，没问题的。"

第二天，下午，周韵如约而至。姚遥捧着一杯冒着热气的姜茶，跟周韵促膝长谈："你到底在介意什么？我仔细看了你提交的材料，没有证据表明邢斌有出轨的行为。即使你跟踪过他，也只是能证明他和他的前妻以及女儿在公共场合一起共度过。这个显然构不成他过错的证据。如果无错，你的这种要求他净身出户的诉讼请求就无法达成。法律不支持的！"

周韵看见姚遥的脸上依然没有什么血色，双手紧紧握着热气腾腾的杯子，心里有一点不忍。姚遥接着说："凭我多年的经验，我觉得邢斌没有撒谎，他真的很想跟你生活下去。你看你昨天那么生气地跟他大吼大叫，他连一句反驳的话都没有。我觉得这至少从一个侧面证实了他对你的感情。另外，关于他的女儿……"

周韵打断了姚遥，但是语气已经不似昨天那样的犀利刻薄："姚律师！我真的是没办法了！你知道吗，当初我们俩在一起有多难！人人都说我是第三者，说我是狐狸精，他前妻骂我骂得有多难听！昨天邢斌说我们俩结婚我的条件是不要他女儿，我怎么要？第一他老婆根本不给！第二那孩子恨死我了，怎么可能跟我一起过呢？"

姚遥说："可是现在这种情况，你跟邢斌提出离婚，不管找哪个律师来代理，到了法庭上，都不会作出对你有利的判决。因为邢斌占了同情分，而且他没过错！就算要离，你也不能要求他净身出户，反而因为他的特殊情况，他极有可能分得更多的财产。这个你能接受吗？"

周韵抿了一下嘴唇，说："当初我跟他在一起的时候，他离婚来找我，就是一个人孤零零地拎了几件衣服。他什么都没要，全留给他前妻了。他说他对不起他女儿，尽管他爱我，但是也愧对前妻。好，我什么都没说，倒贴，嫁给他跟他过日子。现在，我们有了房子，有了积蓄，凭什么我要分给他？如果当年没有我的存款我自己的嫁妆，他能有今天吗？姚律师，你知道吗？我们结婚，一没摆酒，二没戒指，我连婚纱都没穿过……现在，我凭什么要跟他一分为二？"

姚遥看着周韵从昨天的蛮不讲理到现在的心痛，自己也跟着一起难受。姚遥又开始想自己，止不住地想，同样也是没穿过婚纱，没办过婚礼，没要过戒指……姚遥看着周韵哭了，自己的眼睛也湿了。但是很快，姚遥掐了一下自己，工作呢，怎么能想和工作无关的事！

姚遥拉回自己的思绪，苦口婆心地跟周韵说："既然那么难的时候都过来了，现在还有什么不能过的呢？你为什么一定要离婚呢？他的孩子现在是这种病，也许能生存都是奇迹了，你不能豁达一些吗？"

周韵盯着姚遥的眼睛，把姚遥盯得都有些发毛了。周韵说："换了你，能豁达吗？邢斌第一次跟我说的时候是年初，我当时就把我自己的私房钱拿出来，两万块。我说你送过去，去医院看看孩子。他当时很感动，说了好多让我也感动的话。我甚至说，万一孩子有了什么不测，我再给你生一个！你知道吗？结婚之前，我是从来没想过要孩子的，我不想要，我也不喜欢。但是我看见邢斌的痛苦了，我觉得我可以为他作牺牲。可结果呢？医院去了，钱也送了。开始跟我商量，孩子化疗之后他要每个月去一趟，我同意了。后来改两周，后来每周都去。我刚想问，他就开始撒谎！再后来，深更半夜的来电话，平常接电话也躲着我！偷拿我们的存款……我受够了！我去查了他的手机，一天之内能打四个电话，发八条短信，你知道他前妻说什么，说她后悔离婚，现在发现还是他好！我养虎为患，我受够了！就算我当初是第三者，我是小三，我也受够了。当初我为他吃了那么多苦，我跟家里都断了来往，可他给了我什么？凭什么所有人都要求我豁达？都要求我付出？一顶小三的帽子我要顶多少年？"

姚遥已经把感情的天平倾斜在周韵一边了。她知道，这是律师的大忌，怎么能在代理案子的过程中融入个人感情呢？可是她今天克制不住，她就是同情这个女人。不过，姚遥仍然在苦劝："邢斌一定不想离婚，他这么做也许有他的用意或者苦衷。比如，他怕伤害你。或者怕你多想……总之你们能不能沟通一下，看看还有没有挽回的余地。"

周韵长吁了一口气，说："我知道，你一定认为我是一个小肚鸡肠的女人。没错，我是天蝎座的，我多疑，我对男人要求高，我记仇……但是姚律师，我必须要告诉你，我能做的该做的都做了。你知道他们现在为什么这么频繁地见面吗？我看了他们的聊天记录，他前妻想跟邢斌再生一个孩子！你明白这件事的意义吗？他前妻的理由冠冕堂皇，他们需要再生一个孩子来拯救现在这个女儿。姚律师，你我都是女人。换了你是我，你怎么办？你现在能明白我的感受了吗？"

姚遥的第一反应是"安东"。姚遥觉得周韵和邢斌两个人之间的案子已经超越了法律的范畴，应该由道德和伦理专家来评判，自己帮助他们离婚还是不离，都是不道德的。他们应该去找安东寻求帮助。

姚遥自己已经快崩溃了，看着周韵哭，姚遥自己的眼泪也跟着一块流。姚遥给周韵递上纸巾，问她："那邢斌怎么说呢？他打算怎么处理这件事？"

周韵哭着说："他没告诉我这件事，是我自己查出来的。我也去问过医生，这好像是救他女儿最好的办法了。他根本就不想告诉我，他就是想自己偷偷去，什么时候他前妻怀孕了什么时候才算完。我问过他，他根本不承认！"

姚遥说："那他确实是不想伤害你。这件事，从他的角度来讲，也许，你不知道是最好的。"

周韵喊着："可是我知道了！我已经知道了！你让我怎么能装作什么都不知道！我不可能当什么都没看见！我也后悔！我特别特别后悔，我为什么要去跟踪他！为什么要看他的手机查他的聊天记录……如果我现在什么都不知道我该有多好！可是全晚了！"

姚遥深切地感到自己的心在颤抖，似乎还在滴血。周韵的话是那么似曾相识，女人啊，为什么这么相似？当周韵跟踪她老公、孜孜不倦地检查她老公的一切信息的时候，她想证实什么？自己也那样做过，自己又想证实什么？

姚遥看着对面的周韵，仿佛看到的是另一个时空里的自己。姚遥强逼着自己作出判断，邢斌怎么办？他爱周韵，不想离婚；周韵怎么办？看着邢斌再次去跟前妻走到一起？邢斌的女儿怎么办？一个还没成年的孩子，要夹在父亲、母亲还有父亲现在的妻子中间，等待他们三个人为她作出生命的判决。

姚遥强忍着泪水，在便签上写下了安东的名字、地址和电话号码。她把它塞到周韵的手里，周韵的手心冰凉，却又带着虚弱的汗水。姚遥说："周韵，对不起，现在我不能给你们办离婚。如果那样，有一天你会后悔，邢斌也会非常痛苦。你们的爱情依然存在，我不能这样做！但是我也不能劝你们任何一方作出让步，这对你不公平，对邢斌的女儿就更残忍。这是我的一个朋友，他应该能帮到你们。你尽快去找他，就说是我让你们去的。相信我，至少是现在，不要作出任何决定。因为任何一种决定都意味着伤害，或者伤害你，或者伤害邢斌，或者，伤害的是一个弱小的生命。"

晶晶看着周韵哭着从姚遥的办公室离开，赶紧跑进去问情况，发现姚遥的眼睛居然也是红的。晶晶不明所以，只好怯怯地问："你没事吧？还不舒服？"

姚遥勉强笑了一下，摇摇头，说："我没事。"

晶晶问："办好了？离了？"

姚遥看着晶晶，笑容里带着闪光的泪花，说："没有。我不能给他们办，他们不能离婚。"

晶晶惊骇得下巴都要掉了，看着姚遥，半天，冒出一个词："七年啊！"

姚遥不解地问："什么七年？"

晶晶说："你打了七年离婚官司，这是我第一次听你说'不能离婚'。姚律师！你怎么了？"

二十二

是该反思了

安东微笑着看着姚遥，姚遥可笑不出来。安东递给姚遥一块德芙，半开玩笑地说："我以为你是为自己的事来找我的，原来是这个。"

姚遥像是在对安东，也像是在自言自语，她出神地说："周韵走了以后，我每时每刻都在想，周韵真的就是我的一面镜子。虽然我们面临的情况不一样，可是我们的举动却是出人意料的一样。说实话，从一开始，我见到周韵的第一眼起，我就不喜欢她。她完全不顾忌他人的感受，放任自己的情绪，甚至……"

安东笑着接下茬说："甚至觉得她没教养吧！"

姚遥诚实地点头，说："是。我真的很奇怪，当初邢斌怎么能为这样一个女人放弃了自己的家庭。但是等她平静以后，我就开始同情她了。我真的觉得她很不容易，我也相信，当初他们是真心相爱的，他们经历了那么多波折才走到一起，而且相守得又是那么艰难。我第一次从感情上认定，他们不能离婚，可是我又没有办法。我第一次觉得自己怎么这么多情、这么懦弱。我没勇气给他们办离婚，我又不知道怎么办，我只能让他们来找你。你一定比我有办法，是不是？"

安东看见巧克力一直在姚遥手里攥着，就伸手把它要回来，剥开，再递给姚遥。安东说："你把它吃了，甜食对稳定情绪有好处。"

姚遥很听话，吃了一口，丝滑的甜味弥漫在嘴巴里，姚遥扑通通狂跳的心脏也跟着一起享受了一下，渐渐有所缓和。

安东说："姚遥，你能用感情思考问题是个好事，但是我要提醒你，不要受感情的困扰。你必须要找回从前的冷静和理智，周韵哭的时候你不能哭，你都无法自拔了，谁还能客观地分析理智地判断呢？"

姚遥奇怪地说："你怎么知道我哭了？"

安东说："周韵来过了。她也很听你的话，你让她来找我她就来了。这个举动说明，她其实也不想离婚，她内心纠结得很厉害。一方面，她放不下。周韵很清楚放任事情发展下去会怎么样，虽然她很愿意相信邢斌不可能再爱上他前妻，但是如果他前妻要求和他再生一个孩子，他不能拒绝，因为他不能做杀害自己女儿的刽子手。他是父亲，他必须要和前妻上床，可能还不止一次。这个念头在周韵的头脑里存续了太久，她真的快崩溃了。所以她想选择逃跑，我不得不说，这个女人很善良。"

姚遥几乎是恳求地说："我知道，我了解。那么，他们该怎么办？"

安东说："周韵走了以后，我约邢斌谈过了。这个问题的解决关键要看他的态度。邢斌说了很多，他和周韵结婚这三年来过得非常开心，他说他的第一次婚姻真的是个错误，最大的错误是还有了孩子。他觉得自己不可能离开周韵，他也离不开，但是说这一切的时候他并不知道周韵已经对所有的事情了如指掌。我告诉他，周韵都知道了，并不是他一直想的那样只是在猜疑，没有证据。

其实，周韵跟你也没说，她和邢斌的前妻见过面，周韵跟我说这次见面的时候，眼神里完全是绝望。第一，她知道邢斌别无选择；第二，她看出了邢斌前妻依然对邢斌恋恋不舍。这个很好解释，离婚这三年来，邢斌的前妻始终没有找到伴侣，她对那段婚姻也没有客观冷静地思考过，她认定自己婚姻失败的所有原因都是因为周韵。从道德上去评判，这个女人这么想没有错，但是从心理学上去分析，一定是他们的婚姻出问题在前，才会有周韵后来的事情。"

姚遥无奈地说："可是现在说这些还有什么用？邢斌的前妻也很可怜，现在就算告诉她这些，也是雪上加霜。"

安东说："所以，这段感情何去何从要看邢斌。我已经很清楚地告诉他，不能再要求周韵一味地付出了，这不公平。如果邢斌的前妻在周韵面前所表现的只是想拯救自己的女儿，周韵有可能迈过自己那道坎儿；可是偏偏他的前妻刺激了周韵，这是问题的关键所在。"

姚遥急于知道结果，问："周韵现在怎么样？"

安东说："我给她的建议是把心里想的一切都跟邢斌说出来。而且只能说过程，不许讨论结果。周韵只需要告诉邢斌自己的感受就可以了，不要急着去判定自己是不是真的只有离婚这一条路。她答应回去跟邢斌说。"

"那邢斌呢？你说你也见过他了。"

安东接着说："我给邢斌的建议是，不管你对女儿和前妻有多大的愧疚，你一定要作出选择。这两个女人到底要谁？邢斌在我这里表现得很坚决，他说他要周韵。我说那好，你回去就去跟你前妻谈，生孩子可以，但是别的不可以。"

姚遥说："上床之后的事情你能控制吗？这个男人答应得再好，他一而再再而三地去上前妻的床，我不相信他会没有想法！"

安东笑着说："你说得对。我也不相信一个男人能对上过几次床的女人无动于衷，更何况还是前妻。所以我建议他去寻求医学上的帮助，比如，人工授精。"

姚遥惶惑了，说："你说什么？"

安东说："我不是搞临床的，但是我也要学习临床医学的常识。如果这个办法可行，那么邢斌就只需贡献一枚精子。周韵的纠结在于难以接受自己的男人和别人发生关系，但是她和邢斌一样想救这个孩子，所以，一枚精子，对于周韵，应该可以接受。"

姚遥半信半疑地问："你确定他们三方都能接受这个方案？"

安东开玩笑地说："这个嘛，要分三步走！首先，医学手段可以实现；第二，邢斌要明确地把自己爱周韵并且只爱周韵的信息传递给前妻；第三，说服周韵同意。我认为，在目前胶着的状态下，这是唯一可行的办法。"

姚遥说："那要是行不通呢？"

安东摊开手说："那就要看是在哪个环节上出问题了。如果问题在她前妻，我可以帮忙；在周韵，我相信你可以帮忙；在医学的话，我们就真的没有办法了。他们只能离婚。因为只有这样，才能让周韵心里好过一些。不过你也别担心，就算他们离婚了，我相信，邢斌还会有可能把周韵追回来。这要看这个男人的诚意了。一个女人，忍辱负重跟了他这么多年，他做什么都是应该的。"

姚遥叹口气说："那我们就静待佳音吧！我真希望现代医学技术能帮助他们！"

安东说："到时候你还会有事做！我想作为律师，你有义务提醒他们为两个孩子的抚养和治疗作出分配，邢斌仍然要尽很大的义务。这个，你要跟周韵说清楚。既然选择了这个老公，就得陪着他一起承担。"

姚遥看看安东，说："我相信周韵可以。"

姚遥打算告辞，出门的时候安东送她到电梯口，对她说："我没有赶你走的意思。这些天我在你那儿蹭饭蹭得很开心。但是有一样，我希望你和庄重的分居不要超过两周，你们应该好好谈一谈。如果你不好说，我可以约他，反正我们也认识。"

姚遥站在电梯间门口，并没有伸手按按钮，她说："老实说，我不知道应该说什么。这么多天，我们之间连一个电话都没有。他或许很解脱吧，不用再当着我的面跟另一个人谈情说爱，可以放纵自己。"

安东低着头，说："姚遥，女人在家庭里应该学会示弱。你要传递给他明确的信息，你需要他，因为他是男人。如果在现实生活中他感受不到你的这种传递，那么他就会在别的渠道去找。所以这个世界才会有那么多不想离婚的男人却又出轨，因为他们需要别的女人给他们肯定和赞美，让他们有满足感。你也要好好想一想，自己在家里是不是太强势了？很多事情是他不愿意做还是你不想让他做？这就和养孩子一样，他第一次做不好，你必须让他做第二次，否则他永远不会做。你要相信，没有你，他也能做好。并且，有些事，他必须做，因为你不能做，只有他能做！"

姚遥深深叹了口气，说："我在反思。从见到周韵开始，我就在反思了。"

电话响了，安东笑笑说："是庄重吧？找台阶下了？"姚遥拿出手机看了一下来电显示，笑了一下说："不是！是他爸妈家。可能老头老太太又有事情了。"

安东看着姚遥接电话，听着姚遥的声音从平静转为焦急，然后匆匆说了一声："现在怎么样？我马上过去。"挂了电话，姚遥说："我得走了，我婆婆摔了一下，大腿骨折，我得去医院。"

二十三

老夫老妻要离婚

姚遥赶到医院的时候，婆婆已经在急诊室的病床上了，公公正在旁边手忙脚乱地忙活着，护士看着老爷子一个劲添乱，有点不耐烦地说："您家里还来了别人没有？您在这什么忙也帮不上，您还是先出去吧！"

老头刚要说什么，姚遥一个箭步冲上去，说："有人有人，您有什么事跟我说吧。"公公看看姚遥，可来了救星了。

医生走过来说："等会儿吧，刚去拍了片子，等片子出来才能看结果，看这个样子是骨折。要是骨折的话呢，你们得作好准备，要么住院，要么就回家护理。"

姚遥还没说话，床上的婆婆说："我不住院！我回家！"

姚遥走过去安慰老太太："妈，咱们听大夫的好不好？人家让咱们住，咱就住；人家说不需要，咱们就回家养着。"然后姚遥在婆婆耳边低声说，"到了医院就得听人家大夫的，要不人家不给咱们好好治。"

转身从病床那儿走出来，姚遥问公公，刚才在哪里照的片子。公公想了想，囫囵说在二楼，哪里也分不清楚了。姚遥嘱咐老爷子："您就在这坐着，哪也别去，我妈要叫您就过去。我现在上二楼等片子，应该差不多了。"

姚遥上楼取片子。大夫先给看外伤，一边看一边问老太太："您这是怎么摔得呀？"老太太气哼哼地说："我们俩遛弯，老头子走在前头，走得贼快，我叫他他听不见，我说紧赶两步吧！嘿，踩在一张塑料纸上了，就是小孩吃的冰棍纸，一屁股我就坐地下了，这疼得我呀！要不是人家过路的叫他，他还听不见哪他！"

大夫乐了，说："行，您精神头还好。现在哪不能动啊？"

老太太说："这屁股、大腿都不行，一动就疼。"

大夫说："反正啊，伤筋动骨一百天。一会儿片子出来我给您看看，能打石膏咱就打石膏，不能打，就只能卧床。您要想回家养着呢也没问题，我把药给您开好了，按时吃药，不过您得请个护工，要不然，您这在家里想上个厕所都上不了！"

老太太刚要说话，姚遥拿着片子跑进来，赶紧给大夫看。大夫把片子放在灯箱上，看了一眼，说："挺明显的，大腿骨骨折。还不错，尾巴骨没事，也算万幸吧，要不然连坐都不行了。你是闺女是吧？"

姚遥说："是儿媳妇。您说吧，我们是不是办住院？"

医生说："这种情况住院不住院都差不多。我建议老人回家静养，这样她能自在点。不过你们最好请个护理，给她擦擦身、洗洗弄弄、做个饭什么的，要不你们都上班，白天怎么弄啊？"

姚遥回头看看老太太，老太太一脸的不乐意，说："我不要保姆，弄一个生人来家，我更不自在！"

医生笑着说："那您就住院吧，这儿有护士，有什么事你还可以找护工。"

老太太说:"我可不花那冤钱!姚遥,咱们还是回家,我没事,不就躺着吗?我躺着还要什么侍候?"

姚遥没辙,让医生给做好了固定,和老头一起把老太太抬进了车里。开车到楼下,老头又叫了几个老邻居,连抬带搬,把老太太弄到床上了。人家都走了,公公才说:"我给庄重打电话,他没开机,他是上班呢?"

姚遥含混着答应着,跟公公商量:"爸,要不我搬回来住吧!每天早饭晚饭我来弄,中午饭您给妈凑合一顿。早上洗脸刷牙换衣服我都给弄好,晚上回来我给擦身子,中午您就盯着点,给妈接个大小便什么的。刚才我问大夫了,一个月之内我妈还下不了床,大小便都得在床上解决。我这就出去,去买便盆,我再弄个轮椅回来。两个月后就可以坐轮椅,您就能推着我妈走走了。"

公公说:"姚遥,那你还得上班还得侍候她……"

姚遥笑着说:"那就看您的本事了,什么时候能劝我妈同意找个保姆,咱俩就都能解脱点儿。"

姚遥又心急火燎地出去买便盆、买轮椅,之后又跑回安东家,跟安东说马上就搬走。安东说:"这么快就和好了?"

姚遥苦笑着说:"不是。我婆婆骨折,她不想住院又不肯找护工,我只好搬过去,先照顾她两个月吧!"

安东说:"庄重呢?"

姚遥说:"我公公给他打电话了,没开机。所以才找我!算了,回头他爸会告诉他的。安东,谢谢你收留了我这么多天,我先走了,也没给你收拾收拾!"

安东摆手说:"咱俩之间就别说谢了。想想我跟你说的,这件事你不要大包大揽,毕竟是他母亲受伤生病,要让他承担起来。

他得长大了。"

姚遥感激地说："谢谢。我明白。"

等到姚遥把大包小包搬到婆婆家，已经晚上十点了。姚遥给公公示范了便盆的使用方法，又把轮椅给支好，告诉公公怎么用，而且一再强调，现在还不能用，要等到两个月以后，才可以下床。公公婆婆催姚遥赶紧睡，姚遥进了盥洗室，婆婆跟公公嘟囔："庄重怎么回事？你又给他打电话了没有？他们俩是不是有事啊？"

姚遥听见了，不愿意他们再猜来猜去，就故作镇定地出来，俩老人只好闭嘴了。

第二天早上，姚遥把牛奶热好，烤了面包片，煮了鸡蛋，然后过来给婆婆洗脸，又把婆婆摘下来的假牙洗干净，让老太太用盐水漱了口，装好假牙，开始吃饭。

这边吃着，姚遥在那边厨房里忙活着。把锅碗瓢盆洗干净，公公嘴里嚼着面包过来说："我来洗我来洗，你赶紧上班吧！"

姚遥说："今天中午您先凑合做一点简单的，晚上我回家带菜，明天您中午再做点我妈爱吃的吧。"公公低声说："姚遥，你和小重没怎么吧？"

姚遥镇定地笑笑，说："没怎么。我上班了，您跟我妈在家要当心，我妈躺着不能动，心情肯定不好，您别较劲！"

姚遥出门的那一刹那，眼泪喷薄而出，可是正是上班的时间，姚遥来不及找纸巾，赶紧用手背拭去泪水，开车上班了。

办公室里，一对老夫妇正等着姚遥。晶晶把他们迎进了小会议室，给老人泡了茶，像往常一样，晶晶需要先帮姚遥做一些案头工作。要把当事人的来意、目的和希望解决的方式方法记录下来，供姚遥有一个初期的了解。但是当晶晶作完自我介绍的时候，老夫妇俩对视了一下，老太太说："您不是姚律师？"

晶晶重申："我是姚律师的助手。您二位可以先跟我谈，姚律师今天会晚一点到，她家里老人病了，她说要晚到半小时左右。您把情况先跟我谈，我会给她汇总出来。"

俩人又对视了一眼，老头很慈祥地说："不是我们不信任您，我们还是等着姚律师吧！她说晚一会儿，我们就多等等。您这要不方便，我们就到楼下去转转。"

晶晶无语，只好退出来。这俩人也真是奇怪，也不说来干什么，就说要跟姚遥咨询；问他们怎么知道姚律师的，说是街道推荐的。晶晶暗笑，姚律师的名字都传到街道了，这妇联的作用真是大啊。

姚遥比估计的时间早到了十分钟。晶晶看见她进来，又是一副没睡好的样子，就关心了一下："老太太怎么样了？"

姚遥说："骨折。不过还好，只是大腿，医生说在床上静养就行了。岁数大了，打石膏也受罪，别的方式也没有，我就给侍候几天吧！"

晶晶说："这人老了就是容易遭罪！对了，那俩老头老太太来了，就是我跟你说的那个，在电话里吞吞吐吐什么都不肯说，非要见你！刚才我说去问问吧，嘿，还是不说！打死也不说，就等你呢！你赶紧去吧！"

姚遥说："你也一块来吧。现在我的脑子不好使，咱俩一块记，省得落下什么。"

晶晶给姚遥带着笔记本、录音笔先后脚地进会议室了。会议室里鸦雀无声，两个老人坐在椅子上，连窝都没动。晶晶还以为俩人走了呢，一推门，看见俩人就那么坐着，互相之间连话都不说。

姚遥先进门，说："我是姚遥，您两位是？"

两个老人同时站起来，可是又看见了跟在后面的晶晶，老头伸出的手停在了半空中，姚遥看见了，赶紧说："这是我的助手，晶晶。都是我们事务所的工作人员，她是帮我整理材料的，按照规定，她可以参与情况的了解。你们别担心，她和我一样，在这个房间里看到的听到的，都属于你们的隐私，如果外泄，我们是要负法律责任的。"

老头这才把手向前伸了伸，姚遥上前握住，感受到了一只满是沧桑老茧的手。四个人坐下，姚遥问："两位老人家，你们找我是想解决什么问题呢？我主要负责的是婚姻诉讼，其他的家庭纠纷、财产纷争、儿女赡养我也可以帮上忙。您两位是……"

老太太没说话，从随身带的布袋子里掏出一张纸，手写的，字体很大，内容很简单：

"我叫方菊花，今年六十七岁。我老伴叫刘友国，今年七十一岁。我们结婚四十三年，有一儿一女。现在我们自愿离婚，房子给我，儿女都已经成家单过，不用抚养。"下面是两个人的签字，还有手印。

这是姚遥见过的最简单、最言简意赅的离婚诉讼了。姚遥看过之后，把纸放在桌子上，问："方阿姨，我能问问吗？您和刘大爷已经生活了四十多年，生儿育女，经历了这么多，为什么要离婚呢？儿女们同意了？"

方菊花老太太一脸慈祥宁静，点点头，说："都跟他们说好了，都同意了。本来嘛，也没什么，我还住在家里，他爸住外面，就是过年过节周末的时候他们辛苦点，要多去一个地方看看。我那俩孩子都还孝顺，我给他们分派好了，闺女来看我，儿子就去瞧他爸，到下个礼拜的时候，再换过来。过节也是这样，一家来我这儿，一家去他那儿。挺好！"

姚遥小心翼翼地问："那您能告诉我，你们离婚的原因是什么吗？"

老头看了看老太太，老太太说："这个也要写在上面吗？"

姚遥说："是啊！不管是协议离婚还是到法院提起离婚诉讼，第一条就得问离婚原因。您看现在小年轻们，有的是闪婚，互相了解不够，所以婚后不合；有的是婆媳关系处不好；还有的呢是第三者插足、家庭暴力，您两位这离婚原因上怎么写呢？"

老头显然没有想过还有这一条，又看着老太太，老太太问姚遥："姚律师，那他们来办离婚都写什么？写什么人家给判呢？"

姚遥实话实说："一般写'感情破裂'的多。但是那大都是青年夫妻，像你们这样结婚四十三年的老夫妻，这个理由我不知道能不能被认可。您知道，咱们的法院也好，民政部门也好，遇到离婚诉讼，第一反应就是调解，调解不成才判离……"

老爷子突然说话了："我可不要调解。这一调，不是街坊四邻都知道了！"

姚遥说："所以，您二位要是真的想离婚，就要如实地告诉我想离婚的原因。"

晶晶听了半天，实在憋不住了，问："你们是不是因为拆迁呀？想多分点钱？"

老太太显然被激怒了，站起来说："姑娘！你怎么能这么说话？我们拆迁都好几年了，现在我有房子住，我儿子姑娘都有房！我们可不是那种人！为了钱什么都干得出来！"

姚遥赶紧给老人赔礼道歉，说："您千万别生气。因为之前我们确实代理过这样的案子，还不止一例。虽然我代理一起案子就有一笔收费，但是对这样的情况我们还是得说'不'。第一，我们不能欺骗政府；第二，我觉得这也是对婚姻的亵渎。我相信您二老一定是有原因的，但是我也希望您能回去再仔细考虑，毕竟都快五十年的婚姻了，多不容易呀！如果有相处上的问题、沟通上的问题，我可以给您推荐专家来解决，不必非要离婚。"

方菊花被姚遥这么一说，逐渐平静下来，说："我们真的就是想离婚。确实是因为我们感情不和，这么多年了，眼看黄土快埋脖子了，都不想再将就了。想在临死之前过几年自己想过的日子。没别的，就是想，睁眼闭眼一辈子，别临走临走留下什么事，眼都闭不上。"老太太说最后一句话的时候，看了老头一眼，老头低了低头，眼泪花直转。

二十四

离婚也是因为爱

晶晶不明白姚遥为什么要把简单案子复杂化。送走老两口以后，晶晶拿着老太太留下的那张纸问姚遥："你干吗非要把他们儿女的电话要来？这么简单的案子，直接给他们做协议，签字离婚不就完了吗？"

姚遥看着晶晶，淡淡一笑，说："你不懂！百年修得共枕眠。俩人都过了四十多年了，有什么过不去的非要离呢？这里肯定有事！"

晶晶看了姚遥半晌，说："你快成林黛玉了！多愁善感的还干不干了？"

姚遥低头收拾东西说："谁说当律师就得做冷血动物？要这样你还嫁得出去吗？"晶晶说："我不跟你争！我就问一句，电话要来了，你打算怎么办？"姚遥说："你帮我约他们俩，不能一起来，来一个也行，甭管是儿子还是闺女，越快越好。我一定要弄清楚，到底他们老两口是怎么了。"

晶晶去打电话了，姚遥抬手看了看表，距离下班还有二十分钟，跟晶晶打了招呼，说先走一步。事务所知道姚遥家里老人病了，都获准她迟到早退。

姚遥开车就往婆家奔，下了车，先不上楼，而是走到最近的超市买菜买肉。晚饭的口粮置办齐了，又去冰柜那里买了酸奶牛奶豆浆面包，还买了一些速冻的馄饨、饺子和主食。这样中午自己不在的时候，老爷子可以简单点儿对付过去。

姚遥大包小包地把东西搬上楼，到门口的时候双手都被袋子给勒紫了。姚遥实在没手再掏钥匙了，就直接按门铃，门开了，伸手接过去姚遥的大包小包的，是庄重。

姚遥愣了一下，没想到庄重来了，什么也没说把东西递给他，就进屋换鞋。庄重跟在后面想跟姚遥说点什么，姚遥径直就进卧室，去问婆婆的情况。婆婆精神不错，腿呢只要不搬动就不会疼。可是老太太利落惯了，不让动弹实在是憋得慌，看着老头干点什么又不顺眼，一会儿说桌子没擦干净，一会儿说洗手的水滴了一地，老头脾气好，说什么笑笑就过去了。老太太觉得所有唠叨都泼在了石头上，很不爽。

看见姚遥回来，老太太觉得可有人听她说话了，随即开始点评老头一天的得与失。姚遥笑着听，笑着答，说："这好办，您要是觉得我爸照顾您太不专业，咱们就请个专业护工来。怎么样？"

这么一说，老太太也乐了，说："我可不要。弄一个生人在家，我更别扭。你爸我还能说他，来个生人，我怎么说呀！"

姚遥笑着说："那您就享两天福吧，哪天把我爸说得也身体不舒服了，我可就没辙了。"说完，姚遥系上围裙就去厨房了。老爷子跟过来说："都上一天班了，我做吧！"姚遥说："您别管了，中午就是您做的，晚饭我来吧！"

庄重把他爸拉出来，悄没声地进厨房，偷偷在姚遥耳边说："谢谢老婆。"姚遥的眼圈顿时红了，什么也没说。庄重一边剥葱一边说："我爸给我打电话，手机没电了，今天才找着我。你怎么也不跟我说？"

姚遥说："我这不是住过来了吗？告诉你，有用吗？"

庄重说："老婆，你还是回来吧！这么多天你住哪了？我想给你打电话，可是又不敢。你不生气了吧？"

姚遥说："生气？我有资格生气吗？这几天我一直在反思，我对你的确是太放纵了。你不想做的事，我替你做；你不想承担的责任，我替你承担。可是这么做对你对我都没有好处。你呢，是习惯了逃避，反正凡事有我！我呢，心里越来越不平衡，觉得所有的付出换来的居然是背叛……"

庄重严肃又恳求地说："老婆，我真的没有背叛你！你怎么才能相信我呢？"

姚遥把菜洗好，开始切，一刀一刀切下去，说："关键就在这儿。我过不去自己心里这道坎。我也想当什么都没发生过，我问过自己不止一百遍，没错，我不想离婚，离婚了我不会快乐，琪琪也是，离婚后我的孩子会受到伤害。可是我不知道应该怎么做。就算我回家了，我再看你的手机怎么办？我再一次自己伤害自己怎么办？我也知道，我应该放了你，我应该相信你说的，这就是个游戏，它不会穿越时空来影响我。可是我目前做不到。所以，正好有妈这件事，我就先住在这里吧，你看见了，妈现在离不开人，爸一个人应付不来，找保姆他们又不肯。反正我住在这儿你也没什么不放心的。"

庄重说："那好，我跟你一块搬过来。"

姚遥说："你过来，琪琪就也得跟着过来。咱们这是来照顾人啊还是来添乱？你要是真想帮我分担，就在家里带几天琪琪吧，还有一个星期她就该开学了，等她住到学校，你愿意过来就过来。不过呢，我白天上班晚上在这儿，琪琪所有的事情你尽点儿心，快开学了，带她去买点儿新文具，再买一条新红领巾。衣服我妈那里会给收拾好，你晚上回家多陪陪她。"

庄重帮着姚遥给做好饭，陪着自己爸妈吃完了饭，就被姚遥赶回家去了。姚遥知道，他心里还想着游戏，就让他赶紧走了。不是纵容，而是姚遥不想在这种情况下强迫庄重做任何事。庄重心里很清楚失去了姚遥他会怎样，他也知道如果姚遥下最后通牒，让他与网上那个女人断了来往，甚至戒掉这个游戏，他最终也得妥协。但是他很清楚姚遥不会这么做。

姚遥拒绝了和庄重回家的要求，但是心里好受了些。她觉得，开诚布公地说出自己的想法，比在内心深处自己折磨自己要强多了。不管这段婚姻的最终走向怎么样，庄重目前还是她合法的老公，安东说得对，当一天老公就要负一天的责任。孩子、老人，该是他承担的时候了。

第二天一早，姚遥在路上接到晶晶电话，说方菊花和刘友国的闺女今天到。本来昨天约好十点钟直接来事务所，可是人家临时有事，想提前。姚遥说没问题，她可以找个距离她最近的地方。晶晶说她在亮马河大厦那边，姚遥说："那你告诉她，我半小时后到亮马大厦正门，她在那里等我就好。"

姚遥提前到了五分钟，找地方停好车，姚遥一眼就看见门口站着一个穿着整齐的女孩子，那模样和方菊花像极了。姚遥就径直走过去，到人家跟前了才想起来，自己也没问晶晶人家的名字。女孩子看着她冲自己过来，就试探地问了一句："您是……姚律师？"

姚遥伸手说：“是，我是姚遥。您怎么称呼？”

女孩大大方方地说：“我叫刘佳，是刘友国的女儿。咱们进去说吧。”

刘佳把姚遥带进大厦的一个茶室，要了两杯龙井，对姚遥有点歉意地说：“对不起，本来昨天跟您的助手约好，今天要去您那里的，结果我们临时通知十一点有个会议，美国的大老板要来，所以我就不敢走太远。”

姚遥说：“没关系。那咱们就长话短说。昨天你的父母到我们事务所来，找我，想让我给他们办理协议离婚。不瞒你说，他们二老是我做律师这么多年来见过的最奇怪的一对儿。首先是这个年纪来离婚的就不多见，有少数是属于黄昏恋之后，发现彼此性格不合的，但是那些都是婚龄很短的老人。您家这二老不属于这种情况。我的助手昨天也冒失了一下，问他们是不是因为要拆迁来办假离婚，您母亲很生气，我也看出来了，的确不是。所以，我想从侧面打听一下，他们到底为什么？”

刘佳抿了一口冒着热气的龙井，说：“不瞒您说，姚律师，这是我们家的私事。我昨天接到您助手打的电话我就猜到了。我和我哥商量了一下，本来是想一起来，但是他今天要出差，就只能我跟您谈了。”

姚遥说：“如果涉及家族隐私，您完全可以不说。我只是觉得，凭感觉看，您父母的感情还是挺深厚的。作为一个年轻人，一个晚辈，看着他们互相搀扶着来办离婚，真的很心酸。另外，我征求过他们的意见，如果想用最快的方式去离婚，可以上法院，一个当被告一个当原告，那样的话，只要没有财产纠纷，当时就能办理离婚，拿到判决书就生效。但是他们很不愿意这么做，他们希望用最平静最不伤害感情的方式分手。那这样的话，我就要写离婚理由。当然，我完全可以写个'感情破裂'之类的话，但是……"

刘佳打断了姚遥的话，说："我理解。姚律师，这件事从一开始我也觉得不能接受。我和我哥哥都认为他们疯了，但是我妈把事情原委告诉我以后，我又觉得，他们这么做有他们的道理。"

姚遥说："是谁提出离婚的？你妈妈？"

刘佳说："是。我爸我妈是从小定的娃娃亲。听着很可笑吧？可是那会儿就是不知道我爷爷和姥爷是怎么想的，俩人喝着喝着酒就把这事给办了，也不问问人家愿意不愿意。听我妈说，我妈还没什么，当时还小，后来嫁给我爸的时候也没什么想法。我妈从小在农村长大的，后来才跟我爸进到城。可我爸不一样，年轻的时候自己有个心仪的对象，好像就是我爷爷家的邻居，据说那个女的也特别喜欢我爸。我爸我妈结婚的时候都解放好几年了，那阵我爸要是不同意，完全可以找政府，把这门亲事给退了。可是我爸偏巧又是个孝顺孩子，别别扭扭地跟我妈去登记结婚了。这可是把那个女的给害惨了，那么多年，一直没嫁人。我爸结婚那天，听说那女的还上吊来着，幸亏家里人发现得早，给救下来了。我爸婚礼当天就听说了，就一直觉得心里愧对人家，结果，我爸和我妈那几年的感情一直不太好。你看他们都那么大岁数了，我哥才三十，我二十八，就是因为头好几年，我爸跟我妈都分居。直到我爷爷生病，瘫痪在床，连续几年，全是我妈端屎端尿地给侍候，听说是侍候了三年，后来我奶奶也是，都是我妈给送的终。我爸这才跟我妈过上了正常的日子，后来有了我哥和我。生我们以后，我们一直觉得他们感情很好。我妈勤快能吃苦，别看是农村出来的，可是特别明白事理。我爸可能也觉得愧对我妈吧，所以这么多年一直过得相安无事，我们也没听他们说过以前那些事。可就在前两个月，我爸也不知从哪听说的，他以前那个对象，得乳腺癌了，老太太说什么都不治。你想，一辈子没嫁人，家里就是哥哥嫂子，都这么大岁数了，谁还能照顾谁呀？听说老太太已经进了养老院，就等着死了。我爸先是自己偷着去看了一回，回来伤心难过了好几天。后来我妈知道了，也跟着去看了几次，看完之后，就跟我们说要和我爸离婚。"

姚遥听得眼睛湿了，她插了一句："你妈妈这是要成全他们吗？"

刘佳也泪眼婆娑，说："是啊！我开始还给我妈做工作，说你要是觉得她可怜，咱们可以给她治病，帮她。可我妈说，怎么帮？她的病在心里，她这一辈子没跟你爸过上一天，她死不瞑目。我妈还说，都是女人，我爸不回家的那些日子，我妈心里藏了那么多委屈，她很清楚这个女人这一辈子心里有多苦。所以，我妈跟我爸说，离婚！离婚之后，你去养老院陪着她住。我妈还说，要是那老太太走在前头呢，就让我爸还回家；要是我妈先走了，他们就可以踏踏实实地再过几年……"

刘佳哽咽着说不下去了，姚遥的泪水也滴到了茶杯里。姚遥问刘佳："那你父亲同意了是吗？"

刘佳擦着眼泪说："开始不同意，后来同意了。我跟我哥也是，我们觉得我妈太不容易了。我和我哥也去看过那个老太太，的确很可怜，养老院的大夫说，拒绝治疗的话，可能只有半年了。所以我妈这才着急要办手续，要我爸能跟她名正言顺地在一起，要看着他们结婚。"

姚遥擦干眼泪，对刘佳说："你回去跟二老说，明天一早我就把离婚协议送到你们家里。今后想办复婚手续，随时可以找我。"

二十五

打成这样还不离？

晚上，姚遥烧了热水，用一块新毛巾给婆婆好好擦了擦身子。躺在床上动不了，让干净惯了的老太太很难受。擦完身子，姚遥又和公公一起把老太太放躺下，头搁在床沿外头。姚遥端了一盆热水，放在椅子上，她左手抬着老太太的脖子，右手给老太太洗头。公公在旁边瞧着，想帮忙又插不上手。最后都洗完了，姚遥才说："爸，您帮我拿条毛巾。"老爷子这才反应过来，赶紧递毛巾，帮着把老太太头上的水擦干净了，让老太太舒舒服服地靠在床头，看电视。

忙活完了，姚遥回到自己屋里，发现手机上居然有三个未接电话。一个是安东打的，姚遥打过去，安东笑着说："没事，就是问候一下。回家了吗？"

姚遥把目前的情况说了说，安东沉默了两秒钟说："你注意身体，别太累了。等琪琪上了学，你一定让庄重跟你一起回去住，受伤的是他妈，必须让他负起这责任来。"

姚遥又和安东聊了两句，挂了。第二个电话是晶晶打来的，晶晶说："妇联张部长说给你打电话你没接，就打到我这来了。说让你明早一定给她回电话。"姚遥再一看，果然里面的一个电话是张部长打的，就赶紧给张部长回拨过去。张部长心急火燎地说："姚律师！找你半天了。我们今天紧急救助了一个外地妇女，跟着她老公在北京打工的河南人。家庭暴力，被她老公打得基本上是体无完肤了。居委会本来想报警，这女的不让，就给送我们这儿来了。我们一看这情况，赶紧给送医院了。你看你是不是帮帮她？"

姚遥说："没问题。她在哪家医院？明天一早我就过去！"

张部长说："行。明天一早，和平里医院，我在门口等你。你几点方便？"

姚遥说："我几点都行。早点儿吧，一般早上八点查房，八点半，我在那儿找您！"

第二天早上，姚遥由张部长陪着，进了外科病房。从医院大门口到病房这一路，张部长用一贯的飞快语速向姚遥介绍情况："这女的叫于小凤，跟她老公来北京三年了。她老公是收废品的，她在她们家门口的一个小饭馆里洗盘子搞卫生。听她们那儿的居委会说，她老公打他不是一天两天了，有时候打急了，她就往那胡同边上的公共厕所跑，躲在女厕所里不敢出来。这回又是，居委会的给瞧见了，死活把那男的给拦下了，本来就要报警，这于小凤不让，还差点给这几个老大妈跪下。这男的一看这样，转身就跑了。当时这于小凤给打得已经走不了路了，居委会的人打电话叫我们来，我们一看，赶紧叫车就给送医院来了。一会儿你看看就知道了，浑身上下一块好肉都没有了。我说让你来给她做做工作，这样的老公赶紧离婚，咱们该法办法办，判他几年，看他还打不打！"

姚遥走到病房门口，里面大夫查房还没有完。张部长冲着最里面的一张病床努努嘴说："你看，就是她！"

姚遥循着张部长指的看过去，一个又瘦又小的女人躺在床上，蜷缩着身体、穿着病号服；身体冲着墙，背对着姚遥她们，看不见脸，一头不太长的头发蓬松着，显得乱糟糟的。

姚遥小声问张部长："昨天妇联的同志跟她谈了吗？"

张部长说："谈了！开始我们送她来医院她都不肯，说家里没钱。我们说我们出钱，这才来的。到了之后，医生跟我们说她这伤不是一天两天了，是长期受虐待的结果。我们当时就跟她说，给她找律师，告她老公。她死活不同意。后来我们说，那就离婚吧，我们给你找律师，免费给你代理。嘿！她还不同意！说什么都不行。我这不没辙了给你打电话，你见的家庭暴力多了，你又能说，你去给她做做工作！怎么这样还不离啊？这不是等死吗？"

姚遥说："她肯定有自己的难处。我试试，要是她自己不离，咱们也没办法。"

正说着，医生查完房出来了，姚遥迎上去问医生于小凤的情况，查房医生领头的是个男的，看见有人问，就停下来说："你们是她什么人？"

张部长赶紧说："我们是妇联的，昨天就是我们把她送来的。"

男医生点点头，说："难怪！这病人太奇怪了，不能见男大夫。我们给她做检查，必须是女医生她才做，男的不行，哪怕就是看看胳膊上的伤都不行。拧得很。她身上至少有两根肋骨骨折，我们有个女医生给她检查了后背和大腿，有好几处陈旧伤，还有一处像是烫伤，已经溃烂了，我们昨天给她做了处理，身上多处软组织受伤。我听说是她丈夫打的，如果是这样的话，这男的可以判了。"

姚遥点点头，谢了大夫就跟着张部长进去了。于小凤还是后背冲外躺着，张部长拍他肩膀："小凤儿！我们看你来了，今天还疼不疼啊？"

于小凤缓慢地转过身，姚遥看到了一张消瘦、泛黄的小脸。于小凤的五官蛮端正，就是鼻子眼睛都小小的，像是没长开的样子。身子骨也瘦小得可怜，好像从来就没发育好。于小凤看着张部长，又看看姚遥，含混地"嗯"了一下，显然不知道应该说些什么。

张部长给姚遥拽了一把凳子，姚遥坐下来，张部长坐在床尾的位置，对于小凤说："小凤，这是咱们妇联自己的公益律师，姚律师！我跟你说，姚律师可厉害了，凡是妇联找她的官司她都能给打赢喽！去年，我们接到好几个像你这样的，媳妇被老公打的案子，我们都是找姚律师给代理的。姚律师不收钱，还能给咱们打赢官司。有几个被打的女同志离婚的时候还得到了不少赔偿呢！"

于小凤的眼神里还是怀疑和惊恐。

姚遥说："小凤，你有什么难处可以跟我讲，有什么要求也可以提，你别害怕！你老公不知道妇联的同志把你送到医院了，他一时半会儿也找不到你，有什么话你可以跟我们说。张部长你认识了，你应该知道妇联是干什么的吧？"

于小凤终于开口了，一口浓浓的河南腔："知道！"

姚遥说："那你老公打你多久了？"

于小凤垂了一下眼皮，说："三年。"

姚遥说："那你们结婚多久了？"

于小凤还是那句话："三年。"

姚遥说："也就是说，从结婚到现在你一直在挨打？"

于小凤不说话，点点头。

姚遥问：“他打你有原因吗？是因为你们感情不好？还是他有什么恶习？”

于小凤摇摇头，半闭着眼睛，说：“没有。他爱喝酒，喝多了，想打就打。”

姚遥说：“那你还想跟他过吗？我可以帮你跟他离婚，离开他。”

于小凤的眼泪吧嗒吧嗒掉下来，说：“俺不离！俺走了就没地方去了，俺不走！”

姚遥说：“你不是在餐馆里打工吗？你也有收入啊！如果不行，你还可以回家去，你爸爸妈妈在老家吗？你可以回家去找他们。”

于小凤哭得可伤心了，说：“俺不能回去。俺爸妈把俺嫁给他，让俺跟他好好过日子，俺回去了，俺爸俺哥也得打俺。”

张部长在旁边插话说：“那怎么可能呢！闺女是爹妈的心头肉，哪有闺女在外边受了委屈，回家反挨打的道理！傻丫头，不可能的。”

姚遥拿出纸巾给于小凤擦眼泪，一边擦一边看着于小凤那张小脸。姚遥突然问：“小凤，你多大了？”

于小凤抽泣着说：“二十。”

姚遥深吸了一口气，说：“你说你结婚三年了，那就是说你十七岁就跟你这个老公结婚了？”

于小凤点点头。

张部长说：“你们那边的民政局怎么审查的，你不够法定年龄怎么能让你们结婚呢？”

于小凤说：“俺没领证。村上说俺岁数不够，没登记。俺公公婆婆请客把俺娶过去的。”

姚遥拉着张部长走出病房，说：“大姐，他们这根本不是合法夫妻，连结婚证都没有，怎么离婚呢？"

张部长也是一筹莫展，说："那你说怎么办？就让她出院以后接茬回家挨打？刚二十，还是个孩子呀！"

姚遥想了想，转身又进来，跟于小凤说："小凤，你在老家的时候上过学吗？"

于小凤说："念过初一。"

姚遥说："好，那我就给你讲讲。咱们国家规定，男的也好女的也好，必须要到法定年龄才能结婚。女的结婚年龄是二十岁。什么才是合法的结婚呢？就是你要到你们老家的民政部门，领取一个红色的小本，那上面写着'结婚证'。结婚证一式两份，你和你老公一人一个，这样才行。那上面有你们两个人的合影，还有钢印，这样才能证明你们是合法夫妻了。但是，你刚才说了，你们没有领结婚证，也就是说，你们根本不是夫妻。这三年你们的关系是非法同居。这样的话，你想离开他随时都可以，因为你们相互之间没有法律义务。但是鉴于你目前被打成这个样子，你们又在北京以夫妻的名义在一起生活，这在法律上叫事实婚姻，你还是可以申请赔偿。我能帮你打这个官司，帮你要回一部分补偿。让你能够在北京继续找个住处、继续工作，以后遇上好人，再谈恋爱、结婚。你看怎么样？"

于小凤一边听一边用牙咬嘴唇，听到姚遥说今后可以"谈恋爱、结婚"的时候，于小凤哭出了声，说："俺不！俺不走！"

二十六

网恋算不算出轨

离开医院，姚遥送张部长回妇联。一路上，两个人百思不得其解，谁也想不出来为什么于小凤就是不离婚。姚遥说，在一起生活了三年，于小凤已经和那个男人有了感情，要不就是那男的不喝酒的时候还算正常，只有喝了酒才施暴。

张部长想了想说不太可能。张部长分析可能是于小凤家里当年贪图了男方的彩礼，现在要是于小凤离开这个男人，老家那边对男方家里不好交代。姚遥想想，觉得这个分析靠谱。张部长说："嗨，甭管怎么说，咱们该说的该做的，全都说了做了。过两天，我再让我们那儿别的同志去劝劝，劝得动呢最好，劝不动咱们也没辙。你说，她不走，咱们能怎么办？总不能我们妇联出面去告那个男的吧？"

姚遥说："是啊。我把名片留给于小凤了，要是她能想明白，最好能给我打电话。其实，这孩子真是够可怜的，只要她自己下决心，我一定帮！"

回到事务所，姚遥一上楼晶晶就迎上来，推着姚遥就钻到办公室。姚遥不解地问："怎么啦这是？"

晶晶说："刚才转过来一个急茬儿的案子，我正想帮你推了，你怎么这么快就回来了？"

姚遥说："别提了。跟着妇联去了医院，那小媳妇被打得体无完肤，还跟她老公压根儿就没登记。我说帮她打官司，她还不肯。我也没辙了，就回来了。你这儿是什么急茬？"

晶晶说："一对儿闹离婚的，本来都去法院了，到法官那儿女的又变卦了。这不，找咱们来了。"

姚遥问："为什么变卦？财产分配不均？还是孩子的抚养权？"

晶晶偷偷说："女的忽然不想离了。"说完晶晶往外努嘴，姚遥这才看见玻璃窗外面有两个人。女的坐着，背对着玻璃窗；男的站着，确切地说是在来回踱步。看女的仰头的角度，似乎是在注视着男的，但是男的眼睛可没往女的这边看，显然是不想看。

姚遥看了他们一会儿，说："那就给他们办呗！躲得过初一躲不过十五，你看他们在外面待着，别的律师也没有过问的意思呀！把他们带进来吧，好离好散。"

晶晶嘟囔着："怎么好离好散啊！女的死也不离，男的打死都要离……你说他们不会闹出人命来吧？"

姚遥戳了晶晶额头一下，说："乌鸦嘴！还嫌人家不够惨是吧，你赶快带他们进来吧！"

晶晶听话地出去了，姚遥看着晶晶出去对两个人说话，女的听了以后，慢慢站起身，整理了一下衣服，等着男的；男的听见了，立马张望，晶晶给他指了一下办公室，男的自顾自地就走过来了。晶晶似乎话还没说完呢，有点尴尬地站在那儿，只好把女的引进来。姚遥看到男的起身过来了，就赶紧摆好了一把椅子，凭经验，姚遥觉得这两个人是不可能坐在一张沙发上了。

果然,男的大步流星地走进来,见了姚遥就问:"您是姚律师?"

姚遥伸手,说:"是。您怎么称呼?"

男的说:"陈政。"

姚遥还想听点别的介绍,没了,只好让座,说:"您请坐吧。"说着,女的也进来了,晶晶对姚遥说:"这位是邱凤华。"姚遥也问了好,邱凤华一眼看见男的已经坐在了沙发上,立刻自觉地坐在了椅子上。姚遥问:"两位想喝茶吗?还是别的什么?"

男的一挥手,有点焦躁地说:"什么都不用。您快点给办吧,别耽误工夫了。"女的抿了一下嘴唇,想说什么又没开口。姚遥给了晶晶一个眼神,晶晶退出去了。

姚遥坐在自己的椅子上,在办公桌上摊开记录本,打开录音笔,说:"那咱们就闲话少叙,开始正题。因为你们没有预约,所以我要从基本资料问起,二位要尽可能地详细回答。咱们女士优先。姓名?年龄?职业?"

邱凤华说:"邱凤华,三十六岁,我是全职太太,没有工作。"

姚遥记录了,又看着陈政。陈政说:"我叫陈政,三十八岁,急行网技术总监。"

姚遥说:"你们的学历?"

陈政说:"我硕士,她本科。"

姚遥领教了干网站的技术精英,真够麻利脆的,接着问:"你们什么时间结的婚?"

这回是邱凤华说的:"我们结婚七年。有一个孩子,三岁,是男孩。"

陈政看了邱凤华一眼,眼神里表达的意思分明是:"人家问了吗?你就说!"姚遥看懂了,笑笑说:"没关系,挺好。我接着问,你们去了法院，没离成，为什么？"

陈政瞥了邱凤华一眼，那眼神在姚遥看来，那么让人心寒，完全没有夫妻的情意。陈政说："本来都说好了，结果到了法院她又反悔！基本的诚心都没有！"

姚遥没说话，而是看着邱凤华。邱凤华小声说："我想了一下，为了孩子，还是……"陈政一口打断了邱凤华的话，大声说："你少提孩子！你干的那些事只会让孩子觉得羞辱！你到底什么意思？在法院你吞吞吐吐耽误时间，到了律师这儿你最好实话实说！是不是嫌给你的钱少啊？"

姚遥赶紧拦着陈政说："您先别生气。你们结婚七年了，这么多年的感情，你让任何一个女人来选择，都不是想放下就能放下的。既然在法院不好说，没关系，咱们就在我这儿说。你们双方都可以提要求，对孩子的抚养权、财产的分配还有什么争议都可以提出来。咱们协议解决。"

陈政抢着说："姚律师我问你，如果一方存在过错，犯错在先，这种情况下我起诉离婚行不行？"

姚遥想了想，说："当然行。不管哪一方存在过错，甚至根本没有过错，也都可以起诉离婚。关键是，究竟是什么过错，或者说，您所认定的过错，在法官那里是不是也能得到认定，这就是个问题了。"

陈政说："网恋算不算过错？"

姚遥被刺到了。是啊，如果网恋算过错的话，自己是不是也应该考虑离婚呢？邱凤华终于出声了，还挺大："我都说了，那不是真的！那就是我在家闲极无聊在网上瞎聊的，你怎么就不相信呢？"

陈政愤怒了，说："不是真的？我在你QQ上下载了你所有的聊天记录，你别以为你做了什么别人都不知道！你也不想想我是干什么的！就你那点上网知识还跟我藏！我告诉你，我用了三秒钟就破译你的登录密码了，你那个什么'江湖一哥'跟你聊得真不错是吧！'老公老公'叫着多顺口啊！你叫的时候早把我和儿子忘到九霄云外了吧！"

姚遥没再说话，陈政的愤怒引燃了姚遥自己内心的伤痛，她完全把自己屏蔽了。

邱凤华带着哭腔说："那都不是真的，那些话只属于网上，不是现实世界。他跟你没法比，我从来没想过要和他怎么样，我真的不想把他带到现实生活中。我求求你，看在孩子的分儿上，你不要……"

邱凤华离开了椅子，跑过去，半跪在沙发边上，去拉陈政的胳膊。陈政用力甩开了邱凤华，说："你还有脸说呢！我要是你就麻利儿离婚。我给你的条件够优厚了，两套房子分了你一套。你说你不能失去孩子，可以！我让步，孩子抚养权给你，我每月给两千元的抚养费。你还要怎么样？我告诉你，你去问任何一个男人，遇到你这种人，我该不该离？我是不是已经仁至义尽！我告诉你，你还提醒我了，房子给你可以，但是名字必须是儿子的。你以后想干吗干吗，想跟你那个什么'一哥'过你就去！但是儿子名下的东西你动都别想动！"

姚遥在自己的心事和陈政的厉声斥责中左右牵扯，一会儿掉进来一会儿跳出去。邱凤华的哭泣声传到姚遥的耳朵里，姚遥不得不回到现实中来。刚才姚遥的眼前已经是白茫茫一片了，现在伴着邱凤华的哭声，姚遥看清楚了眼前的一切，陈政的怒不可遏，邱凤华的委曲求全，两个人男的站着，女的半跪着，姚遥在心里叹责这个女人：早知今日，何必当初呢！

两个人就这么胶着着，姚遥说："陈先生是不是还有事？"

陈政说："对！公司里一堆事等着我呢！"

姚遥说："那这样吧，您先走，我和邱女士再谈一下，她这种状态你们也没办法平静地协议分手。我谈出了什么进展就及时通知您，我理解您的心情。我相信你们双方都想尽快解决这件事情，对吗？"

陈政一听这话，立刻掏出一张名片，放到姚遥桌子上，说："有消息通知我。"然后转身就走了。姚遥看着他出去，也没有起身送送，而是抽出一张面巾纸，递给邱凤华说："擦擦吧，你这样不解决问题。你得相信我，我办了七年离婚案子，从你先生一进门我就看出来了，他已经铁了心要跟你离了。你能不能理智点儿接受这件事情？"

邱凤华抽泣着说："我知道我上网跟男人聊天是我不对！可是我真的没做什么！我就在网上跟他结了婚。我只在网上叫他'老公'……"

姚遥打断她说："我个人认为这和现实中的背叛没什么区别。"

邱凤华看着姚遥，说："你上网吗？"

姚遥说："我不上，我也理解不了你们在网上的这种关系。"姚遥说这话的时候眼神是冷冷的，邱凤华觉察到了一丝寒意。她慢慢地跟姚遥说："我在家当了三年的全职太太，从生下我儿子起，我就没再上过班。生孩子之前，我也是白领，当初也是因为工作上的合作才认识陈政的。可是，生了孩子我的生活就全变了，我每天的内容只有一个，孩子！后来孩子上了幼儿园，我每天一送一接就可以了，我跟陈政商量想出去上班，可是出去了才发现，这个社会已经没有我的位置了。我只能再回来，上网、打游戏，于是就进了聊天室，就认识了一些人……我知道，我做的这些迟

179-

早会被陈政发现，他对网络太熟悉了，轻而易举就能知道我在网上都干了些什么，可是我真的克制不住啊。每天家里空空荡荡，只有网上那些人能陪我说说话，你让我怎么办？"

姚遥问："那你想怎么样呢？"

邱凤华又哭上了，说："我真的不想离。"

姚遥叹口气，合上了本子，说："对不起，我真的帮不了你。"

晶晶看着邱凤华哭着离开，内心深处的同情心被激发了。她跑进来问姚遥结果，姚遥有点疲倦地说："就是你说的，男的要离，女的不离。你说怎么办？你给陈政打电话吧，告诉他如果要离婚，尽快去起诉，别耽搁了。"

晶晶不解地看着姚遥，说："你怎么了？前几天你还说，你要改变方式，能劝和就不离的，今天这是怎么了？"

姚遥把陈政的名片和录音笔放在晶晶手上，说："那也要看是什么情况！像早上于小凤那样，不离迟早会被她老公打死！邱凤华这样的，明明已经出了轨，还在死扛，还有什么过下去的意思？"

晶晶诧异地问："出轨？邱凤华？看她那样子不像啊！"

姚遥说："是啊，是网恋。我问问你这个80后，网上跟别人结婚，互称老公老婆算不算出轨呢？"

晶晶含糊地说："法律上不能认定吧！"

姚遥说："是啊，法律上无法认定，但是情感上呢？"

晶晶想了想说："我不知道。不过要是我老公敢这样，我一定跟他拼了！"

姚遥笑着说："那不结了！所以这个案子没法接，让陈政起诉吧。如果法官认定他老婆这样算出轨，会判离的。"

晶晶转身出去打电话了，没一会儿就进来回复姚遥："不是个好消息！陈政说，他要委托你打这个官司！"

二十七

最后还得上法院

姚遥也说不清楚，自己为什么要接这个案子。如果单纯地从女性角度出发，姚遥非常愿意去同情邱凤华。但是如果从个人情感出发，姚遥当然对这个女人充满了鄙视。调节无聊的办法有很多种，不需要非得和另一个人谈情说爱吧。在网上怎么了？庄重就一直在强调"这只是个游戏"，但是那是对深陷其中的人来说的，对陈政和自己来说，这怎么能是个游戏？不是只有肉体的出轨才叫出轨，精神的背叛就不算吗？

姚遥在陈政的楼下纠结了半天，但是还是强迫自己从个人情感中剥离出来。她不得不提醒自己，"我是律师"，律师在办案的时候最大的忌讳就是融入个人的情感。

陈政已经在办公室里等姚遥了。陈政这回的身份变了，一是变成了姚遥的雇主——至少他自己这样认为；二是此时此刻是在他的地盘，陈政的傲气比上次在事务所的时候又陡然增加了。姚遥通过秘书的禀报，才被允许进入了陈政的办公室。姚遥理解，这么大的一个网站，陈政是技术方面的总裁，作为知识精英，他的不可一世是可以理解的。

姚遥平静地坐在陈政的对面。陈政的脸色不错，一改前几天见面时的怒气和灰暗，想必已经从羞辱感中走了出来。陈政拿出一个大信封，对姚遥说："姚律师，咱们开始吧。这是我在邱凤华的聊天记录中下载的内容，你先看看，可不可以成为证据。"

姚遥耐心地看了几页，的确内容很暧昧，越往后越露骨，姚遥理解陈政第一次看到这堆东西的时候内心的愤怒，那一定是怒不可遏。这个家，是陈政一手打拼出来的，在他看来，邱凤华是个不折不扣的享受者，吃他的住他的还背叛他，任何一个男人也接受不了。

姚遥大概看完，说："现在法律对网络恋爱这块还没有明确的界定，但是有这个，起诉离婚应该不成问题。但是陈总，我多一句嘴，那天你走了以后，邱凤华一直在哭。她跟我说了很多她很后悔的话，而且我看得出，她的本意并不想利用网恋来影响你们的关系。你有没有想过，对于一个曾经的职业女性，在家里待了三年带孩子，那种无聊寂寞和苦闷，这也许是造成她网恋的一个原因呢！"

陈政很不屑地说："你是不是认为我在家很专横？我告诉你姚律师，我之所以请你来打这场官司，就是因为我不想让你只听她的一面之词。还有就是我了解你经手的离婚官司成功率非常高。我没有太多财产的要求，要不是我考虑到她三年待在家里带孩子，我连那一套房子都不给她！我跟你说，第一，留在家里带孩子是她自己的决定。我从来没有强迫过她，这个你可以去问；第二，孩子上幼儿园以后，我鼓励她出去重新开始，但是她已经适应不了了，这个也只能怪她自己。现在竞争这么激烈，你要出去就必须从头开始，你不愿意，那也没办法。她试了一圈之后又说还要回家，我说那好，那就在家当太太嘛！我觉得我作为一个丈夫已经是仁至义尽了。可她呢！她一定跟你说，她只是在网上瞎聊对吧！我告诉你，她去见过网友。我开始并不知道她上网干了这些事，我之所以怀疑，是因为我发现我们的电脑上被安上了一个摄像头。

"你知道吗？那种感觉很不好，完全是第六感在告诉我，出问题了。于是我发现了他们网络聊天的视频。她那个什么'一哥'向她提出来见面的邀请。你能想象吗，那样一个阿飞，专门在网上骗女人上床的阿飞，你一看就知道，都挂着相儿，这样的人约她能干吗？

"她以为我不知道，其实我什么都知道。看见她聊天内容的时候我并没有发作，直到我发现她出去见了网友还跟我撒谎，我才忍无可忍的。也不瞒你，当天我就打了她一个耳光。我真是恨哪！她要是跟一个正经人有了外遇，我可能还要反思一下我自己有什么问题。可她跟网上那么一个下三烂，我觉得这完全是对我的侮辱。"

姚遥说："你见过那个男的？你确定他们之间发生了什么？"

陈政又在抽屉里翻出几张纸，是视频的截图，姚遥看了看，的确如陈政所说，一个带着痞气的青年男子，一看比邱凤华要小好几岁。这样的男人怎么会对邱凤华产生吸引力呢？

陈政说："本来是要给她留点脸面，现在看来也不用了。她不仁，我还讲什么义。你看看哪，他们约的地点是宾馆，你说他们要做什么？小男生小女生见网友还知道先去麦当劳呢！他们直奔主题！回来开始不承认，我把我调出来的东西给她看，她又说去是去了，可什么也没干。她把我当傻子吗！再说了，就算什么也没干这种女人我也不想要了！我现在一想起那个男人我就恶心！"

姚遥说："那你现在打算怎么办？给她一套房子？写孩子的

183-

名？你为什么不要孩子？"

陈政说："说实话，就为这事我想了很久。从心里说，我希望孩子跟着我，总不能跟着她和那个瘪三过吧！可是你看见了，我上下班根本没点儿，我不知道怎么照顾他！尤其是这么多年，孩子一直是她带，跟她感情深，我也没办法。不过，你一定帮我，房子我要写孩子的名字，一旦大了，就让她滚出去！"

姚遥说："这个我还得和邱凤华谈。就算法院认定她有过错，这个内容也最好先跟她沟通，如果能同意最好。"

陈政说："那你就辛苦吧！反正我们现在不住在一起，你去找她吧。我对她真是一天都不想再看见。"

姚遥只好再次约见了邱凤华。这一次，邱凤华一进来就神经兮兮地说："姚律师，你说是不是因为我老公外边有人了，他才非要跟我离？"

姚遥哭笑不得地说："他有没有人我不知道，可是他提供的证据足以证明你在外头有人了。"

邱凤华像上一次恳求陈政那样又开始恳求姚遥："姚律师，我真的没有！我就是在网上玩了一个游戏，认识了一些人而已。"

姚遥说："可是你们有通话记录，你们有手机短信，你甚至还去见了他，在一家宾馆，我说的对吗？"

邱凤华哭了，说："我真的不想离婚，我不想。我是骗了我老公，我只是……只是不想让他往坏处想，不想让他受伤害。我是去见了他，可只有一次，而且我发誓，我什么都没干！我没跟他上床！"

姚遥把半跪在自己面前的邱凤华拉起来，耐心地说："你知道不知道，从你踏出家门进入宾馆的那一刻起，陈政就下决心跟你离婚了。你在宾馆里和网友做什么已经不重要了，重要的是，你为了一个从未谋面的人，欺骗了你的家庭。你是成年人，在做这一切的时候应该想到后果。你说你一定要孩子，可是你在去见那个男人的时候，你想过孩子吗？他知道了会怎么想你这个妈妈？"

邱凤华还是那句哭诉："我不想离，我不想离……"

邱凤华被晶晶死说活说地劝走了。姚遥觉得这一天被弄得筋疲力尽，给公公打电话，说今晚可能不回去了。公公说："没事没事！你忙吧，我晚上熬了粥，现在天凉了，你妈也说不用天天擦了。你忙吧！"

姚遥又给安东打电话，说今天还要去他的房子里借住一下，安东笑着说："钥匙在你那儿，随时可以去，不用跟我汇报。对了，你晚上吃什么？"

姚遥说今天累了，实在不想做饭了。安东说："那我带点儿东西过去找你，一块儿吃热闹。"

安东说到做到，姚遥到小区的时候，安东已经在楼门口等着了。俩人在饭厅里摆上了一桌盒饭，都是安东从外边湘菜馆里外带回来的菜。香香辣辣，姚遥闻着很有食欲。

安东一边扒拉饭一边问："今天怎么这么累？连婆家都没回？"

姚遥简单描述了一下邱凤华和陈政的离婚案子。安东想了想，说："你是不是触景生情了？"

姚遥咬着筷子说："是。虽然我很不喜欢陈政那个人，颐指气使的样子，在家里也应该是蛮霸道的。但是我还是没办法同情邱凤华，我实在不理解，她为什么要这么做！你没看见，她第一次来的时候几乎是给陈政跪下了，说不想离婚；今天又快给我跪下了。可是我能怎么办？陈政手里有足够的证据证明她出轨，陈政肯把孩子让给她已经是恩赐了。"

安东问姚遥："姚遥，如果没有你和庄重出现的类似的这样的问题，你去想一想，会不会觉得邱凤华的精神状况有些问题？"

姚遥没听懂，问："什么问题？"

安东说："如果成年人陷在这种网络的虚拟环境里不能自拔，那他一定是在现实世界中找不到自我，换句话说就是太空虚了。在这样的状态下上网是一种依赖，是现实生活感受的缺失。我倒是相信她和那个网友之间什么也没发生。"

姚遥说："那她为什么要去？如果只是在网上谈情说爱也就罢了，她为什么要亲自去见呢？"

安东说："不排除这种因素。去的起因是好奇和寻求新的情感寄托。她很可能想找一个新的人，这个不排除；但是，如果那个人真如你描述的那样，她见了之后一定后悔，所以她很有可能什么也没做。如果是这样，她老公应该做的第一件事是给她找个心理医生，把上网这件事彻底解决一下，而不是在她情绪这么不稳定的情况下谈离婚。我觉得她老公做得太决绝了。"

姚遥说："这个我无能为力了。你没见过陈政，他现在一说起这个老婆，除了厌恶就只有憎恨，我感觉他是情感上有洁癖的人，根本不能忍受这种事情发生。他现在已经认定自己戴上绿帽子了，他现在唯一的想法就是离婚，越快越好。"

安东问："那你下一步要做什么？"

姚遥说："我会走程序，向法院提起诉讼，提交相关证据。我想，不出意外，一周之内，邱凤华就可以接到传票了。"

安东停了几秒，突然说："姚遥，你也讨厌邱凤华吧？"

二十八

为什么会这样？

　　晶晶帮姚遥掐算着日子，法院的传票应该已经到达了。距离开庭的时间越来越近，姚遥开始莫名地紧张。她在办公室里仔细地核对材料，想了几种邱凤华不同意离婚的应对方案。还有陈政始终强调的房子，现在的房子写的都是陈政的名字，而且陈政的收入证明和邱凤华的无业证明足以说明问题。

　　开庭当天，姚遥提前一小时就到了法院。一路上，姚遥莫名其妙地心慌和紧张，竟好像第一次出庭一样。到了法院门口，姚遥并没有急着进去，而是在外面徘徊。她希望能在法庭外面先见到邱凤华，她觉得自己有必要安慰一下这个女人。虽然在接到传票之后，陈政给姚遥打过电话，说邱凤华去找过他了，明确表示不会再闹了，就按照陈政的意思办。

　　当时接到电话姚遥立刻就表示，要不要撤诉，这样协议离婚也是可以的。可是陈政没有任何犹豫地说："她这个人就是这样，不见棺材不落泪。现在是见了传票才这么说，我只要撤诉，她就会觉得我又给她台阶儿了，转身就不是她！姚律师，咱们官司照打，我就要法院当庭宣判，一刀两断，不想再废话了！"

当时，姚遥听到这些话的时候，真的很替邱凤华心寒。

时间一分一分地过去了，到距离开庭半小时的时候，陈政的车到了。陈政下车之后跟姚遥打了个招呼，说："进去吧？"

姚遥说："再等等邱凤华吧。你没和她一起来？"

陈政说："我们俩早就是单独个体了，她又没要求搭车，我干吗要上赶？"

姚遥没说话，陈政自顾自地点燃了一支烟，抽着。姚遥有点着急了，按照规定，当事人要提前十五分钟到庭的，这个已经跟邱凤华交代得很清楚了。姚遥低头看表，就差数秒了。陈政也有点不耐烦，嘟囔着说："什么人呀，定好了时间不出现！"然后，陈政很不情愿地拿出电话给邱凤华打，家里电话没人接，手机，通了一下就挂掉了。陈政说："估计快到了，刚通一声就挂了，不用接了吧！"

此时，姚遥的手机响了，是一条短信。姚遥手机里没有存储这个号码，但是内容把姚遥吓坏了："姚律师，我今天不会出现了。以后永远也不会了。请你转告陈政，让他带好孩子，孩子现在在我母亲家里。我不能离婚。"

姚遥拿着手机叫陈政："你赶紧看看，这是不是邱凤华的电话号码？"

陈政看了一眼，愣了，说："是她的。"

姚遥焦急地说："你再给她打，看看她在哪儿，别让她做傻事！"

陈政拿起电话再拨，已经关机了。姚遥说："什么也别说了，先去她住处吧，一定要先找到人！"

陈政狐疑地说："是不是她又在搞什么花样？"

姚遥怒了，说："你还是不是男人！现在你们还没离呢！她还是你老婆！"陈政被骂了一句，赶紧掏车钥匙开车，跟姚遥说："坐我车吧，一起去。"

两个人匆匆忙忙开车往陈政家赶，正赶上早高峰的尾巴，一路上堵得不亦乐乎。姚遥提醒陈政："你有你们家物业的电话吗？让他们先去个人敲敲门，我接着给邱凤华打电话。"

一句话提醒了陈政，赶紧调出来物业的电话，颠三倒四地说："我是2号楼803住户，你们能现在去看看我们家里有人吗？"

物业很负责地核实了陈政的业主姓名，说马上就去。电话挂了，陈政这才想起来自己也没给人家留手机号，有人没人看了也告诉不了他啊。姚遥这里始终打不通电话，急得手心都出汗了。

过了五分钟，两个人的车在三环上连一个桥都没过去。陈政不得已又给物业打电话，物业说已经派保安去敲门了，可是没有人应门。正说着，忽然电话那头乱糟糟的，接电话的女孩问那边："怎么了？"陈政的电话一直举着，也听不清那边在说什么，陈政焦急地"喂喂"了好几声，那边的女孩子才犹犹豫豫地说："陈先生，2号楼顶上有个女士好像要跳楼。"

陈政的脑子"嗡"了一下，惊慌失措地对姚遥说："他们说我们家楼上有人要跳楼，会不会是她？会不会？"

姚遥说："你跟那边说，让他们赶快报警，咱们赶紧赶过去看。你再问问，他们有没有认识那个跳楼的？"

陈政的车已经开始"画龙"了，姚遥见状一把抢过手机，自己跟物业说。物业那边也慌慌张张的，姚遥听见他们在找值班经理，姚遥冲着电话大吼："你们赶紧报警！打110还要打119，他们会来救人。你们保安有认识她的吗？"

189-

物业那边说："是是，我们报警。"就把电话挂了，姚遥放下电话，看见陈政的车已经开在应急行车道里了，一路风驰电掣地往前奔。

车还没进小区，姚遥就看见了大门口外围着一堆人。陈政按了几次喇叭，人群都没有散开的意思，全在那里仰头向上看，指指点点。连旁边路上的行人、骑车的，都停下来看热闹。陈政气得直骂人，姚遥说："先停车吧，咱们跑进去。"

从车里出来，两个人一路小跑到2号楼跟前。消防队的已经到了，正在楼下充气垫；警察也已经上楼了，隔着楼顶太远，谁也不知道那个人到底是谁。姚遥跑到维持秩序的警察面前，出示自己的证件，询问情况。警察看看姚遥说："现在确切情况不知道，就知道她是这楼的住户，在上面站了一段时间了。我们让保安去找人了，看看能不能有人认识她。"

正说着，一个小保安气喘吁吁地跑过来，说："警官！我们在对面楼拿望远镜看了，门口值班的保安认识她，说是咱们2号楼8层的住户，她老公挺有钱的，是个老总什么的。这女的没工作，在家带孩子。以前老看见她带孩子出来。"

姚遥的心里"咯噔"一下，对警察说："那就是我的当事人。今天应该是她和她老公去法院离婚的日子，可能一时想不开，您让我和她老公上去看看吧，让她老公劝劝她，没准能管用！"

警察说："她老公来了是吧？赶紧赶紧！让他上去！"

姚遥回头就拽陈政，陈政竟然不自觉地往后退了一步。姚遥看着他，眼睛里都要冒火："人命关天，你躲什么？"

陈政说："我不是躲，我是不知道上去了跟她说什么。"

警察说："说什么都可以，说你不和她离婚了，说你想跟她继续过，说点对未来生活的美好畅想，总之先把她劝下来再说！"

姚遥说："你先上去跟她说说话，稳定稳定情绪。我给我一个心理专家朋友打电话，让他教教我应该怎么说。你上去吧，我跟你保持通话。"

陈政被警察带上去了。姚遥火急火燎地拨通安东的电话，一边拨一边心里念叨："赶快接赶快接……"

安东一接电话，还没来得及说话，就听姚遥说："安东！快快！邱凤华要跳楼，我就在她们家楼底下，我怎么才能把她劝下来？"

安东反应了几秒钟，才说："邱凤华？那个不想离婚的？"

姚遥说："是是，就是她。怎么办啊？她已经站在楼顶上了。"

安东说："她老公在吗？让她老公上去好好跟她说，千万别提离婚！先告诉她，所有以前她做的事都是情有可原，是老公对她关心不够，以后好好过日子，不上网了……"

姚遥说："好好！我马上上去跟她说！"

安东说："你不行，你要是上去也只能说，她老公决定不打官司了。其他的话让她老公说，必须的！"

姚遥说："好的，我现在……"

安东听不到姚遥说话了，急忙叫："姚遥！姚遥！怎么样？你在听吗？姚遥？"

电话里沉默了几秒钟，又有一阵嘈杂声，安东叫了几声，姚遥没有回音，电话却还在连线中。几秒钟以后，安东听到了姚遥的哭声："她跳下来了！气垫没接住！她跳了……"

安东心里"砰"地响了一下，第一反应是姚遥应该目睹了她跳下来的全过程，姚遥一定是受到了刺激。

安东猜想得没错。陈政颓废地从顶楼上走下来，姚遥冲上去揪住了他的前衣领，哭喊着："你到底跟她说了什么？你为什么没有留住她！"

一旁的警察过来把姚遥拉开了，说："算了算了，你尽力了。"

999 的急救人员上去做了例行的抢救，但是没有用，他们过来跟陈政说："你是家属？跟我们回去办手续吧，人已经死了。"

姚遥再一次爆发了，揪着陈政喊："你到底说了什么？你对她说了什么？"

警察用自己的胳膊拦住了姚遥，冲着陈政说："跟你说了，不要提离婚，先让她稳定情绪。她问你还离不离，你说不离她就不会跳！你干吗非要说离！你以为她吓唬你呢是吧！这回看见真的了！"

姚遥看着楼门前那一摊血迹，瘫倒在台阶上。

二十九

无法释怀

安东焦急地给姚遥打电话，不接。安东又给姚遥的办公室打电话，响了半天，晶晶进来接的。晶晶说："姚律师？她今天出庭，要下午才能来。"

安东说："我是安东。刚才姚遥给我打电话，说她那个女当事人跳楼了。我担心姚遥受了刺激，你看看有什么方法可以联络她？我给她打手机一直没接。"

晶晶惊骇地张大了嘴。她缓了半天神才说："那我怎么找她呢？手机不接，我也接着打吧。"

安东说："你那里有没有那个男当事人的电话？这会儿他们还应该在一起的，找他试试。"

晶晶被提醒了，说："好，我这就打电话。"

安东说："如果有事，你就给我打电话，没事也告诉我一下。"安东把自己的手机号留给晶晶，晶晶赶紧去找陈政登记的电话。打了一通，陈政也没接。晶晶有点着急了，翻手机里的通讯录，看还有没有办法联络到姚遥，找了一圈，晶晶翻出了庄重的电话，急忙给庄重打过去。

庄重在家刚刚睡醒，昨晚又在游戏上鏖战了半宿。听见晶晶慌张地说，姚遥的当事人跳楼了，庄重一下子从床上弹起来，睡意顿消。晶晶慌慌张张地说："姚遥可能是看着那女的从楼上跳下来的，跳之前姚遥还给她同学打电话，咨询怎么劝她，可是那女的就在她眼前跳了。我们给姚遥打电话，一直不接。她那同学说，担心她受了刺激。怎么办呢？我联系不上她！"

庄重迅速调整思路，跟晶晶说："她和代理人去了法院，然后呢，那女的在法院跳的楼？"

晶晶说："不是，好像是那女的没去，他们去家里找，那女的在他们家跳的楼。"

庄重说："晶晶你赶快查一下，这俩当事人在你们那里登记的地址是什么。我这就出门，马上赶过去。你查到了就告诉我。"

庄重立刻起床洗漱穿衣服。他清楚，姚遥做了这么多年律师，从来没有遇到过这种情况。最烦人的时候，无非是孩子的抚养权纠缠不清，财产分配不均，双方各自提出古怪要求。这次不一样，这次出人命了。庄重太了解姚遥，入行十年，每一个案子都能在姚遥的心里留下影子。每一次哪怕是一丁点冲突，都能让姚遥唏嘘几天。按理说，打离婚官司的律师，早就应该领教了世态炎凉，对感情、亲情也应该有了完全理性的认识。但是姚遥始终做不到这一点，尤其是在面对女方寻死觅活的时候，不管旁观者如何看得清楚，对姚遥来说那都是要挟，姚遥也会就范。假的都能刺激到她，何况是真的！

就在庄重换鞋出门的时候，晶晶的短信到了。两个地址，都是陈政登记的住址。按照协议，离婚之后，有一处是要留给邱凤华和孩子的。晶晶拿不准，好像邱凤华住的地方是地址乙，庄重看了一下，两个地址相距并不远，赶紧开车去了。

姚遥就那么一个人在台阶上坐着，陈政办完手续，通知了邱凤华的父母。邱凤华和陈政都不是北京人，但是为了帮忙带孩子，五一以后，邱凤华的父母就在北京住着，就等着孩子上了幼儿园，老两口再走。邱凤华似乎从来没有跟老两口透露过他们夫妻的事情，老头老太太接到消息以后，带着孩子赶过来，老头揪着陈政问是怎么回事，老太太抱着孩子几乎哭晕过去。

姚遥被他们的哭声震碎了心灵，看着老太太哭天抢地地伤痛，她赶紧从台阶上站起来，过去抱住了几乎从老人怀里掉下来的孩子。老两口实在不知道女儿为什么会寻短见，警察和保安怕老人孩子受到刺激，已经把尸体运走了。老人来看到的，就剩下了楼门前的一摊血迹。

陈政被老丈人揪着，说不出话来；老太太跑过来捶打着女婿的前胸，用湖北口音说着："为啥子？为啥子？"

姚遥抱着孩子，看着这一切，眼泪止不住地流下来。陈政被声讨得没有办法，只得向姚遥求救："姚律师，你帮我跟他们说说，这不怪我！"

姚遥噙住泪水上来劝两位老人，旁边的保安和物业工作人员也来帮忙，姚遥的大脑里一片空白，只能说："您二老节哀。"

老太太看见姚遥，这才注意到姚遥刚才把自己的外孙子接过去了，就上来扯住姚遥，一把抢回孩子，怒视着说："你是哪个？是哪个？"

姚遥只好坦白交代："我是律师。您的女儿和女婿在办离婚，您女儿可能就是因为这个想不开……"

姚遥话还没说完，老太太上来就给了姚遥一记响亮的耳光，声音之大，让在场的警察都吓了一跳。陈政也没想到丈母娘来了这么一下，也过来拽老太太。老太太愤怒至极地说："啥子律师？宁拆十座庙，不毁一桩婚。你作孽！你害死了我女儿！"

姚遥下意识地捂住了左脸，火辣辣的疼痛让姚遥刚刚止住的泪水又喷薄而出。警察过来拉着老太太说："您打人家干吗？您女婿非要离婚，上去的时候还说要离呢，您女儿这才跳的。您打律师干吗？"

老头子也过来拽住老太太，上去劈头盖脸就给陈政两耳光。陈政被打急了，大声嚷着说："是你女儿自己不自重！她在网上找第三者，还出去跟男的开房！给我戴绿帽子，我离婚有什么错？她自己不想活了，跟我有什么关系？"

老头老太太更疯狂了，更猛烈地追打陈政。孩子被扔在一边哇哇大哭，保安在现场死命地拦着这三个人。庄重赶到的时候，正好看到了这一幕。姚遥在角落里痛苦地捂着左脸颊，旁边一个穿物业制服的女孩子在陪着。庄重跑过去，拉开姚遥的左手，看见脸上红肿得可怕，忙问："怎么了？"

姚遥看见是庄重，再也控制不住，趴在庄重胸前大哭起来。庄重看着现场的混乱局面，又看见了那一摊扎眼的鲜血，明白了大概。他问姚遥："有人打你？"

姚遥哭着摇头，不说话。庄重清楚这里不是讲理的地方，就拽着姚遥的手，揽住姚遥的肩膀说："咱们走！"不由分说地把姚遥拉到了车里。

庄重把车开出小区，找了一个路边停下来，揽住姚遥说："受委屈了是不是？想哭就哭，不用忍着。"

姚遥趴在庄重的腿上很伤心地哭了。庄重抚摸着姚遥的头发说："这不怪你。两个人离婚，一方不想离，一时想不开做出极端的事情，是可以理解的。你没有刺激到她，你尽力了，发生这一切都是因为你遇到了两个极端的人。迷信一点说，这是个人的命，你没有办法能改变别人的命运。"

姚遥哭着说："如果我不给陈政做代理，她也不会死。"

庄重说："别傻了。你不代理，陈政也是要离婚的。她自杀是因为她老公要和她离婚，不是因为你这个律师帮她老公打官司。"

姚遥还在哭，哭着说："如果邱凤华不上网，没有网恋，没有去宾馆约会网友，这一切就不会发生。陈政也不会非要离婚。现在怎么办？孩子三岁，还有父母！"

庄重明白了大概，沉默了一会儿说："网恋是错，可错不致死。问题最大的关键是，她老公已经不爱她了。不管因为什么，他已经不爱她了。"庄重抬起姚遥的脸庞，看着姚遥，"我比那个女人幸运。我知道，我也犯了错，可是我的老婆还依然爱着我。她自己伤心，自己难过，但是，她还爱着我。所以老婆，我们要珍惜彼此。我真的会好好爱你，没有人可以替代你，你相信我。"

姚遥的脑子里混乱至极，但是被庄重拉到怀里的时候，姚遥还是感到了温暖。自己狂跳了很久的心脏，也一点一点慢下来，似乎重新又回到了属于自己的心房。

庄重发动车，直接把姚遥带回家。庄重还没忘给晶晶打了电话，说一切都还好，就是姚遥的精神状态很差。庄重请晶晶替姚遥请几天假，晶晶答应了。放下庄重的电话，紧接着安东的电话又进来，询问情况。晶晶说："没事了。我打电话给庄重，去现场把姚遥接回家了。就是姚律师现在的精神状态不太好，庄重让我给她请几天假。"

安东想了想说："晶晶，我不方便再给姚遥打电话了。你要是方便的话去看看她，如果觉得她的精神状态不好，就陪她来找我一趟。通常遇到这种情况，人的心理都会受到损伤，是需要应急治疗的。这个时间越短越好。当然，如果姚遥没事那最好。"

晶晶说："我知道，今天下班我就去看她。什么情况才是不好呢？"

安东说："沉默，不愿意说话；或者焦躁，或者思维混乱，乃至于还沉浸在那个场景中不能自拔，老是要想和你说……这些都有问题。她要是有，你就带她来找我。别说是看病什么的，跟庄重也别说，就是散散心之类的。我到时候会给庄重打电话。"

姚遥在家躺了两天。两天里，晶晶来看过她，看到精神状态还可以。安东给庄重打电话，建议庄重让姚遥来心理门诊看一看，进行一下心理干预。庄重婉言谢绝了。庄重觉得没有那个必要，当年念书的时候就觉得心理学系的人都神叨叨的，玩儿的都是感性。庄重觉得姚遥不需要那个。

两天里，庄重天天待在家里陪着姚遥。琪琪已经开学了，两个人难得过了两天二人世界。庄重每天早上带着姚遥去买菜，回来讨论中午吃什么，怎么做；晚上做什么，怎么吃……姚遥完全沉浸在家庭的氛围里，其间两个人只出过一次门，就是去庄重家里看老太太。老太太已经有了好转，可以坐轮椅来回指挥老爷子干活了，甚至已经到厨房去切菜做饭了。庄重趁机把姚遥放在婆家的衣物打包整理好，一股脑儿拉回家里。他再也不想让姚遥离家出走了。

第三天，姚遥请的假还没休完，但是姚遥还是打开了手机。庄重笑着说："待不住了是吧！对你来说，工作就是最好的疗伤方法。想上班就上吧！"

姚遥说："就是心里不踏实，真要上班，也不想。现在想起案子来，还是觉得烦。"庄重说："那是肯定的。所以，也别勉强自己，想干就干，不想干的话，就干脆把年假休了。我陪你，咱们可以出去散散心。"

姚遥突然觉得庄重对自己有点儿不一样了，有点儿想要照顾自己的感觉。姚遥说："我又没生病，你不用对我这么紧张。"

庄重说："老婆，那天看见你的样子我真的很心疼。我也知道，你在办这件案子的时候肯定想到我了。所以，对不起，老婆，现在我知道了，很多事情我做得一定不好，不然，你那天不会那么崩溃。"

姚遥一时语塞。

三十

丧偶三个月，老头要续弦

电话打开了，铃声就不断了。一个许久不见的中学同学打电话给姚遥，说："姚遥，我是李欣啊！你忙着吗？"

姚遥有点意外，说："李欣？咱俩有十几年没见了吧？怎么想起找我了呢？"

李欣的声音有点着急，说："姚遥，你现在还当律师吗？我记的大学刚毕业的时候咱们中学同学聚会，你说是做律师的。现在还做吗？"

姚遥说："做的。你有事？"

李欣说："哎呀，别提了。我在电话里三句两句也说不清楚，咱俩约个地方，我找你一趟得了。"

姚遥想了想，干脆约在自己家附近吧，就说了一个商场附近的星巴克，两个人约在第二天中午见。

李欣和姚遥是高中同学，上学的时候关系不错，大学以后联系就少了。一个学法律，一个学外语；一个在海淀，一个在朝阳，那会儿没地铁，中学同学想串个大学去会友可是难死了，大把时间都得耗在路上。后来毕业以后，李欣还出国了两年，这一下关系更断了。这回来电话让姚遥还真是惊讶。

李欣先到的约会地点。姚遥从远处就看见了李欣一身套装坐在玻璃窗边的沙发上，姚遥赶紧推门进来打招呼。李欣的脸上一丝惊喜，看着姚遥说："姚遥！你没变样啊！听说你孩子都有了？几岁了？"

姚遥说，上二年级了，七岁。

李欣羡慕地说："你看你多好，什么都没耽误。我可追不上了，到现在还没嫁出去！"

姚遥笑着说："你这么一个成功海归还愁嫁？眼光太高了吧？"

李欣摇摇头，吸了一口星冰乐，说："你喝什么？"

姚遥说："你不用管，我自己来。你找我什么事啊？这么急三火四的？"

李欣脸上的喜悦立刻变成了愁容，看着姚遥说："你说我怎么办哪！摊上这么一个老爸！"

姚遥问："怎么了？你爸出什么事了？"

李欣说："咳，今年四月份，我妈没了。说来呢，我们也都有心理准备，去年查出来的，胃癌。因为老太太岁数大了，而且一直身体就不好，医院建议做保守治疗，什么化疗放疗的都没做，说对老人损伤太大，进去就出不来了。我和我妹一商量，就听大夫的吧，就把我妈接回来，找了一个保姆，天天侍候着。去年年底复查的时候，大夫就跟我们说了，让我们有心理准备。当时我们姐俩犹豫半天，还是没跟我爸说。他们两人感情一直不错，我妈心里跟明镜儿似的，还跟我说，说她自己知道是怎么回事，还嘱咐我们别跟我爸说。她是怕她走了，我爸也不行了。我们那会儿还跟我妈说别胡思乱想什么的。结果人家大夫预测得真没错，今年四月份，老太太说不行就不行了。开始就说是不舒服，我们赶紧给送到医院，第二天人就没了。"

姚遥同情地说："好在老人走得没受罪。你爸还好吧？"

李欣生气地说："好着呢他！当时我妈走的时候，我妹在身边。给我打电话，我跑过去的时候人已经不行了。回来我们还想了半天怎么跟我爸说，结果，我爸哭了一场，就说后事都交给我们办了。等我们办完后事，又开始看墓地，想给他们找一块好点的地方，以后把两个人的骨灰埋在一块。这不！前两天我和我妹刚说回家跟老爷子商量墓地的事，老头给我们来了一个晴天霹雳，告诉我们他要结婚！你说说姚遥！我妈四月份刚走，他八月份就要结婚，前前后后不到四个月，我妈的骨灰现在还在殡仪馆存着，老太太还没入土，尸骨未寒！你说现在的老头他怎么想的！"

姚遥想想说："是不是老头跟老太太一辈子生活惯了，现在忽然一个人，特别受不了，所以才想再找个伴儿？"

李欣说："那这也太快了吧！哦对了，你说他要是找个门当户对的，我们也就罢了，他要娶的是我们家那保姆！当初我妈病的时候，我们给我妈找的这个保姆，给他们俩做饭，给我妈洗洗涮涮什么的。这我妈前脚走他们俩后脚就要结婚！你说让我们姐俩怎么接受！我跟你说姚遥，我现在很怀疑我妈还没走的时候他们俩就搭个上了。"

姚遥也觉得这件事匪夷所思。既然像李欣说的那样，她父母从前感情很好，为什么老伴刚走老头就要急不可待地续弦呢？这也太不可思议了。姚遥问："那我能帮你什么忙呢？"

李欣说："我和我妹合计了半天，我们觉得这保姆就是冲着老头的钱来的。可是我们怎么说，老头都不听。你是律师，有没有什么办法不让他们结婚？"

姚遥笑着说："李欣，你真是给气糊涂了！咱们都是受过高等教育的，你觉得可行吗？他包办婚姻是违法，你拦着他再婚也违法。这事没辙！"

李欣想了想又说："那我们能不能采取点措施，万一这保姆露出狼子野心了，我爸我妈那点积蓄不都成她的了吗？"

姚遥给李欣出主意："那只有一个办法，就是做婚前财产公证。尤其是房子，那保姆在北京肯定没地方住，今后要是有什么情况，离婚也好，老爷子走了也好，不公证的话，这房子都有她一半。"

李欣杏眼圆睁："凭什么啊？这房子是我爸我妈的，就算俩老人都走了，也是我和我妹的，有她什么事儿啊？"

姚遥耐心地说："这就好比你找了一个有房的老公，以后不管遇到什么情况，只要你们登记结婚了，这房子就有你的份了。如果公证为婚前财产，到离婚的时候就不必均分，按照之前的公证协议分配就好。"

李欣着急地说："那你赶紧帮我拟个协议吧！我看这俩人是一天都等不了了。"

姚遥说："我帮你拟协议没问题。这只是房子，还有积蓄什么的，你都要搞清楚，你们家老太太走了以后究竟有多少固定的不固定的资产。拟定之后要去公证，就可以生效。但是有一个问题，婚前财产公证必须是当事人来做，也就是说必须要你父亲提出要求，那个保姆也得认可才行。你有把握他们会同意做这个公证吗？"

几句话说得李欣犯了难。她拉着姚遥说："这可够难的。之前我和我妹列举了那么多这保姆动机不纯的事实，老头干脆就视而不见。现在跟我们的关系还挺僵，他除了那个保姆的话，别人的话都听不进去。要不是我妹长了个心眼，把他户口本和身份证都给偷出来了，俩人现在早登记了。哎，姚遥，你说这样行不行。我说他们要是不做公证，我们就不给他们户口本、身份证，他们就甭想结婚！"

姚遥有点哭笑不得，说："李欣，这话可不像是一个海归说的！这是法盲说的！你想想，就算你不怕他去告你，硬扣着证件不给，他们只要生活在一起，而且告知街坊四邻他们是夫妻了，那在法律上就叫事实婚姻。就算没有那张结婚证，以后老头一走，这家产也有人家一半。到时候，人家会说都是你们阻拦他们注册登记，才逼得俩人非法同居。那样的话，你可是两头不讨好，法也违了，舆论还不站在你这一边。你可要想好了！"

李欣泄气地倒在沙发靠背上，长叹："我可怎么办啊！"

姚遥问："那保姆什么背景啊？你们在哪找的？别回头她家里有老公你们都不知道！那要是来北京骗婚的，你爸可就危险了。到时候失财事小，坑了身体可就不值当了。"

一句话提醒了李欣，说："还真是！我一定是给气糊涂了！这么重要的事情都没想到！我得去家政市场问问。当初找保姆，我问他们是要小姑娘还是要年纪大的，他们老两口都说要岁数大的，说年轻的靠不住、不安分。这回好了！真够安分的，都要在我们家安家了！"

姚遥笑着说："你先回去调查清楚。不过李欣我也提醒你，咱们说了这么半天，一直都是小人之心，都是把人家往坏处想的。也不排除这种情况，万一人家真的是两情相悦，你还真别拦着。"

李欣气鼓鼓地说："要是真那样，我拿出婚前财产公证来，她就应该签！我要是她，就用实际行动证明给这一家人看，我到底要的是人还是钱！"

姚遥说："这倒是！不过还有一个问题，你们家到底连房子带积蓄大概能有多少钱？这个数字老头清楚不清楚？那个保姆是不是也知道了？"

李欣说："我妈走得突然，所有存款都是我妈负责的。她这一走，具体数字还真不知道。我妹帮着我爸整理过一次存折，所有存款国债加起来不到二十万。这个还好。主要是房子。我们家那房子在二环里，房龄长点，可是单价高，我去咨询过了，现在我们家那房子总价在一百五十万左右。我和我妹都有自己的房子，这处房子我们谁也没惦记过，就想着给老两口养老用。我们原来还合计过，要是有人动不了了，我们就去给他们到老年公寓买房养老，这房子租出去给他们看病、赚零花钱就完了。可是你看，这人算不如天算，冒出这么一个狐狸精来，气死个人！"

姚遥劝李欣："回家之后还是先耐心跟老爷子谈。我觉得你那个理论可行。她要是真冲老头的感情来的，那财产什么的她就不应该在意，这么一来，不也能试出这个人来吗？不过我还得提醒你，李欣，我以前办过这样的案子，老年黄昏恋的成功率相当低，而且一旦离婚，纠纷特别多。房产、存款……好几次两家的孩子都险些动手打起来，互相都觉得自己的爹妈吃了亏。所以，千万别跟老爷子闹僵，老头们在这个时候都很拧，可真出了问题又往往没主意，不知道该怎么办。你呀，回去先查保姆背景，然后再跟老爷子谈，有什么情况你随时给我打电话。"

三十一

上班可以疗伤

　　第三天，姚遥上班了。庄重说，上班也好，干点事情可以遮盖一下心里的阴影。但是庄重不知道，姚遥还有一个原因是庄重，她在这两天里和庄重朝夕相对，内心的确感受到了温暖，但是也感到了紧张。

　　因为没有通知晶晶要在哪一天上班，所以晶晶并没有给姚遥预约什么案子。姚遥在办公室里很难得地享受了一天轻松。中午饭是晶晶给订的，晚饭，姚遥忍不住给安东打电话，约着出来吃。

　　饭桌上，安东看着姚遥，笑着说："不错，气色还好。想跟我说点什么吗？"

　　姚遥有点犹豫，咬着筷子说："我也说不清楚。邱凤华那件事，我觉得我应该能过去，应该只是时间问题吧。但是，出了这件事之后，庄重对我，倒是非常关心，给我做饭、陪我说话，可是我心里还是很别扭。我好像再也做不到像以前那样自然地和他相处，我老是有一种想逃离的感觉。"

安东皱皱眉，问："你是什么感觉？能说得具体些吗？是见到他就烦？还是再也不想跟他过了？还是……"

姚遥摇摇头说："都不是。那天我看着邱凤华从我眼前跳下来，一个人从那么高的地方掉下来，摔在水泥地上，原来只会发出'噗'的一声闷响。开始并没有血，迟了一会儿，才有鲜血慢慢地流出来。我当时特别想喊、想哭，可是又喊不出、哭不出。后来，邱凤华的父母来了，他们对陈政又骂又打，邱凤华的孩子也在，刚三岁的小男孩，被吓得哇哇大哭。邱凤华的母亲还打了我一耳光，指责我，说要不是我给他们打离婚，邱凤华不会死……我当时真是绝望得想自杀。这个时候庄重来了，他把我带回家，安慰我，说了很多话。那些话我记不住本来的句子了，可是我记住了大概。他说他比邱凤华幸运，邱凤华犯了错，直接导致陈政不再爱她，所以她绝望了。但是他不一样，他也犯了错，可我依然爱着他。在以后的两天里，我一直在想他说过的话。我还爱着他吗？他依然在玩那个《天龙八部》，我怀疑他依然跟那个莹超有联系。我看见他的手机，还是有冲上去检查的冲动……你说，我该怎么办？邱凤华跳楼的那一幕始终在我眼前重放，而对庄重的怀疑又好像让我总也不能释怀。安东，我觉得自己快要窒息了，我有几次甚至想，邱凤华的选择是对的，虽然是一种自私的举动，但毕竟是一种了结。"

安东心里起了波澜，但是脸上尽量保持着平静。他问姚遥："你现在睡眠怎么样？"

姚遥说："我睡眠一直不好，我有神经衰弱。这两天，眼睛都闭不上，一闭上就是邱凤华的尸体趴在那儿。很奇怪的是我并不害怕，但是很自责。"

安东说："姚遥，你和庄重的事可以慢慢解决，但是邱凤华这件事你一定要尽快走出来。我告诉你，邱凤华在持续一段时间上网以后，已经有了网瘾，根据从你那听到的她的种种举动，我判断她的人格已经发生了偏执。换句话说，她很可能患上了某种精神疾病，所以才想不开。如果她老公有这方面的知识，或者求助过心理咨询师，他就会能比较理性地去看待这件事。简单地说，如果陈政知道邱凤华是一个病人，他还会那么坚决地去跟她离婚吗？还会去刺激她吗？"

姚遥不解地说："你是说，邱凤华有心理疾病？"

安东说："姚遥你想想，你经办了这么多离婚案，且不说邱凤华是有过错的，就说那些老婆挑不出错，老公有外遇非要离婚的，那种情况，有老婆自杀吗？这种情况下，女性，尤其是中国的女性，因为传统的思维模式，遇到离婚，尤其是老公提出离婚的时候，难免都会有被遗弃感。但是正常的女性是可以走出这个阴影的，走不出来的，那一定是人格出现了问题。"

姚遥说："那到底谁因谁果呢？是因为性格出现了偏执，才导致日子过不下去？还是因为离婚，造成了这种精神创伤？"

安东说："这就要看具体案例了。有时候是互为因果的，得具体问题具体分析。姚遥，我跟你讲这些，就是要告诉你，邱凤华的死与你无关，你不需要为她的生命负责。我知道你在想什么，你在想，如果不为陈政做代理，邱凤华就不会跳楼。我告诉你，这只是暂时的，我感觉邱凤华已经患上了一定程度的抑郁症，不去就医、陈政不带她看医生，她自杀只是个时间问题。你能明白吗？"

姚遥顺从地点点头，但是眼泪还是止不住地流下来。

安东递给姚遥一张纸巾，说："反过来说你和庄重。如果你能认识到庄重此时对网络和游戏的依赖也是一种病态的话，你能原谅和接受他吗？"

姚遥好像有点想明白了。安东看着姚遥，因为失眠，脸色晦暗，眼睛浮肿，从见面开始脸上始终没有过笑容，和当年在学校那个洋溢着阳光微笑的女生相去万里。安东的脑子短暂地回忆了一下当年的校园和当年的姚遥，想起那个总来心理系蹭课听的漂亮女生，想起她总是坐在大教室的后排，从一排人中穿过的时候会用歉意的微笑跟每个人点头。安东就是那个时候认识姚遥的。一晃十几年，姚遥已经嫁做人妇，生儿育女，而自己，好像总也遇不到心仪的人。

饭吃到最后的时候，姚遥再次表达了自己的担心。她对安东说："我一直觉得偷看别人的手机很可耻，可是我现在就像中了魔一样，看见他的手机就想翻。你说我该怎么办？"

安东想了想，回头叫服务员，跟人家低语了几句，人家一会儿回来了，拿着两个很普通的橡皮筋。这东西，现在女孩子都不用它系头发了，往下扯的时候很容易拽下几根头发来，涩涩的也不好用。

安东向人家道了谢，把它们递给姚遥，说："你把它套在手腕上。今天回家以后，看到他的手机、再有想看的冲动的时候，就用这跟皮筋弹自己的手腕。放心！疼是一定的，但是绝不会受伤。每疼一次，就是对你自己的一次提醒；疼几次之后，你就会对他的手机敬而远之了。另外，去工作吧！对于职场人来说，最好的疗伤方式就是工作。我感觉庄重是爱你的，离不开你的，所以就算你现在仍然不能信任他，你也要接受他的爱。他是你老公，是琪琪的爸爸，是任何人都无法替代的。"

安东说了一堆理性的话，说到最后的时候安东自己忽然伤感了起来。姚遥没有发现，因为手机又响了，是妇联张部长打来的，声音一如既往地急火："姚遥！你记得上次被老公打的那个于小凤吗？上次咱们见了她以后她就自己出院了。结果今天又被打了，医院说很危险，可能已经肾衰了。我们报了警，现在警察把她男人带走了，你看……"

姚遥立刻说："还是那个医院吗？我现在就去！"

安东调整出自己的笑容说："一提工作就来精神了。赶紧去吧！有那么多身处苦难的女同志等着你解救呢，一定得振作精神！"

姚遥终于笑了，给了安东今天唯一的一次笑容。

赶到医院的时候，于小凤已经被推进了手术室，大夫说要抢救。妇联的、街道的、居委会的几个女同志都在门口守着。姚遥跑进楼道，张部长迎上去气愤至极地说："她男人太不像话了，简直就是往死里打。于小凤都跑到大街上了，她男人还拿着菜刀追呢！人家过路的看见了给报的警，身上给砍得已经不成样子了，送到医院一检查，大夫说外伤重，内伤更重，你说，这种禽兽老公应该不应该判他！"

姚遥说："您先别急，咱们了解一下情况。于小凤做手术，需要亲属签字，谁签的字？"

张部长说："我刚才跟医院交涉了半天，我们妇联的人和街道的人签的字。她那个老公在局子里，怎么签？再说了，他们俩根本就没登记，他算哪门子老公！"

姚遥说："因为已经报警，公安机关应该会立案。关键是，于小凤这样，那就只有走特殊途径，由妇联来替她维权。官司我可以打，法律问题都由我来解决，妇联的同志最好能帮忙取证，走访一下街道、邻居、居委会，看看这种暴力发生的频次密度，伤害的结果显而易见了。但是还有一条，我们希望的结果是什么？官司打下来，于小凤的老公应该能入狱，可于小凤呢？她怎么办？"

张部长说："我们也合计了一下，我们妇联可以给她介绍工作，比如家政服务员，管吃管住的那种。当务之急是等于小凤手术完了，让她能同意咱们打这个官司。不然，还跟上次似的，苦主儿不出头，咱们折腾什么呢？"

姚遥说："这样，您帮我调查一下她的户籍所在地，我去一趟，看看他们家到底什么情况，于小凤到底有什么难言之隐就是不离婚！"

张部长说："那就辛苦你一趟！所有票据留着，回来我们报销。明天我就把她户籍地址详细情况都给你找着，办暂住证的时候都有登记，身份证也有。我们再联系一下当地妇联，请她们配合你。"

姚遥买了当晚的车票，回家去急急忙忙收拾了几件衣服就要走。庄重看着姚遥往箱子里塞东西的样子，一阵紧张，他半开玩笑地问姚遥："老婆，你不会又离家出走吧？"

姚遥浅笑了一下，说："不是跟你说了吗？我今晚去河南，顺利的话两天就回来。我到了那儿要去村子里，可能信号不好，就不给你打电话了。你在家带好琪琪，没事的时候回你们家看看，琪琪奶奶的腿还没好呢。"

庄重说要去送姚遥，姚遥说："算了，火车站也不好停车，我自己打车走就行了。"

庄重看着姚遥拎着小箱子出门，忽然有点不舍。

三十二

原来还有换亲这一套

四天之后，姚遥风尘仆仆地回到了北京。下火车的第一件事，姚遥先给晶晶打电话，问了一下事务所的情况。晶晶说，别的着急案子倒是没有，就是有一个叫李欣的，说是你同学，让你回北京以后尽快跟她联络。

姚遥又给张部长打电话，说马上到妇联说明情况。张部长说："于小凤的情况现在很不好，医生说，她以后很可能丧失劳动能力。"姚遥心里揪紧了。

姚遥在妇联的办公室里，接过张部长递过来的一杯热水，双手焐着，觉得暖和了很多。因为走得匆忙，姚遥忽视了河南的农村已经很冷了，随身带的几件薄衣在一早一晚根本起不到保暖的作用。回到北京，北京也开始变冷，弄得姚遥身上总是凉飕飕的，似乎从头到脚都没暖和过。

姚遥喝了一口热水，对张部长说："我调查清楚了。于小凤有个哥哥，比她大五岁。在村里处了一个姑娘，谈恋爱的时候姑娘家就反对，理由是嫌于小凤家穷。他们那个村子是够穷的，人均年收入八百多，凡是有点力气的青壮年都出去打工了。姑娘们也不愿意在家待着，都想往外奔。可于小凤他们家父母身体都不好，她哥哥就没走，在家种地照顾父母。两家为儿女的婚事商量了很长时间，女方家里就是不同意。最后有个亲戚给出了个主意，就是换亲。女方家里也有个哥哥，这么着，于小凤哥哥娶了媳妇，于小凤就嫁给了她嫂子的哥哥，就是现在这个男人。两家结亲之前，女方家里就有约定，因为当时于小凤岁数不够，民政局不给发结婚证。于小凤她婆家就说了，要是于小凤日后反悔了，不跟他们儿子过了，于小凤的嫂子就也得回娘家。所以，于小凤跟她老公出来打工之前，家里父母和哥哥就都嘱咐她了，得和这个男人好好过，不然她哥哥也得打光棍。"

张部长说："你说这都什么年代了，还搞换亲这一套。这农村里的事真没法说。那你这次见着于小凤她家里人了？"

姚遥说："幸亏您给联系了当地妇联，人家还真挺好的。说我这么一个外地人，乍一进村子太显眼了，就想了个办法，说是县里的妇联来做调查，看看适龄的妇女愿意不愿意去大城市做家政。这么着，见着了于小凤的嫂子，然后又见了她哥哥。依我看，她哥哥是个挺老实的小伙子，还挺孝顺，她父母身体不好，父亲的腿有残疾，不能干重体力活。家里里里外外都是他哥哥嫂子操持。嫂子也不错，虽然没什么文化，可是挺贤惠。我先是跟于小凤的哥哥把情况说了说，把医生的鉴定、于小凤身上伤口的照片都给他看了。他哥给吓得直哭，她嫂子也看了，也给吓坏了。当时我就跟他们说了，小凤为了不让哥哥嫂子的婚姻受影响，自己就这么忍着，死活也不肯离婚。他哥触动挺大，当时就跟我说了，宁可自己不要老婆了，也不能看着自己妹子挨打。我看她嫂子也是明白事理的人，就跟他们讲了讲，只要他们是合法夫妻，结婚的

213-

时候是自愿结合的，没有受到任何胁迫，他们的婚姻就受法律保护，谁想拆散他们也没用。不过我也知道，这话在城市里说有作用；在他们那个穷乡僻壤，两家距离又那么近，能不能起到实际作用也不好说。如果她嫂子娘家生把闺女给抢回家去了，不让他们见面，这事还真不好办。不过他哥哥最后还是决定，让她妹子赶紧离开她老公。本来这次他们想跟我一块儿来北京的，可是他们家实在离不开人，我就让他哥给于小凤写了一封信，咱们这就去医院，给于小凤念念，我再去做她工作。"

张部长已经把外套拿在手里了，说："咱们这就走。姚律师，你先把行李放我办公室吧，回来再拿。"

俩人到医院的时候，于小凤刚刚睡醒。这次再见姚遥，于小凤的眼睛里已经不似第一次见面时充满了警惕，但是姚遥看着小凤，觉得她双眼无神，似乎是对生活已经失去了希望。姚遥前脚上火车走，张部长后脚就告诉于小凤，姚律师去河南她老家了。张部长安慰小凤，所有事情都能过去，姚律师去你们家就是为了了解情况，有难处，她一定会为你解决。但是于小凤似乎没什么反应，也许在她心里，她早就认定，这辈子她的问题是旁人解决不了的了。

姚遥跟张部长约定，见了于小凤，张部长先别说话，让姚遥一个人跟她谈谈。姚遥一进来，就坐在床边上，先问："小凤，你现在还疼不疼？"

于小凤摇摇头，看着姚遥说："您去俺家了？"

姚遥说："是啊。我还看见了你哥哥嫂子。你哥哥嫂子真般配，你哥勤快孝顺，你嫂子贤惠，把家里照顾得特别好。你爹的腿也好多了，我去的时候都入秋了吧，你哥说到现在腿还没疼，中午有太阳的时候，不用人扶，他也能自己拄着棍子出来晒太阳了。"

于小凤的眼泪啪嗒啪嗒地掉下来。

姚遥说："小凤，现在家里都挺好的，虽说收入少点，可是我看得出来，你们家里过得还挺舒心。你嫂子把老两口照顾得挺好，而且，和你哥的日子也越过越好。对了小凤，你嫂子怀孕了，明年你就能当姑姑了。你哥哥说，还想让你帮忙回家带孩子呢！"

于小凤抽泣的声音越来越清晰了。

姚遥说："小凤你看，这是你哥托我给你捎来的一封信，你哥写完了，你嫂子又加了几句。本来他们想跟我一起来看你，可是你们家里实在离不开人，我说就让他写封信吧。"姚遥把信递给小凤，说："你能看吗？要不我给你念？"

小凤哭着点点头。

姚遥打开信纸，念："妹！哥对不起你，你嫂子也对不起你。妹，哥不知道你受了这么大苦，遭了这么大罪。姚律师给我们看了你的相片，他咋能下这么狠手！姚律师说，你们没登记，不算两口子。妹，你别跟他过了，回家来吧。哥照顾你，给你看病。"

姚遥接着说："后面是你嫂子写给你的，你嫂子说的，让你哥写的。"

姚遥接着念："凤：俺是嫂子。俺哥对不住你俺知道，在家他就是个熊，急了就打人，俺没想到他能把你打成这样。俺也是女人，你也是俺妹子，回来吧，俺跟爹妈说，不叫你们过了。姚律师说了，俺和你哥有结婚证，别人不能拆俺俩，爹妈也不行。他们要不答应，姚律师叫了村长和妇女主任来了，他们都说给俺俩、给你做主。"

信上有不少错别字，但是姚遥相信，这份感情是错不了的。姚遥一边念，于小凤一边哭，旁边的张部长也忍不住抹眼泪。同病房的还有一个老太太，一个大姐，都过来给小凤擦眼泪，大姐还说："这姑娘，看你哥哥嫂子多疼你。现在妇联、律师都给你做主，你还怕啥？赶紧跟你那男人离了吧！有法律管着，他们家不敢把你们怎么样！"

姚遥看着小凤的小脸，蜡黄蜡黄的。姚遥忍着自己的伤心，从包里拿出一张纸，给小凤看："这么多人帮你，你没理由自暴自弃。你想想，万一哪一天，你被他打死了、打残疾了，你哥哥你嫂子，还有你爹妈还能安生过日子吗？你哥哥和你嫂子现在关系这么好，到那个时候他们怎么办？你哥哥会为你内疚一辈子，和你嫂子就再也不可能幸福地生活在一起了。你现在选择离婚，不仅是为自己，也是为了你的亲人。你说呢？"

于小凤沉默着，终于点了点头。

姚遥接着说："你们没有登记，但是属于事实婚姻。法院会为你丈夫做精神鉴定，只要认定他是正常人，他就要服刑。这是法律规定的。我能做的，第一是帮你把婚姻问题解决；第二，是帮你申请赔偿。我知道你们两个人没有那么多的财产，但是我尽可能帮你争取更多的利益。还有，妇联的同志已经帮你缴纳了医疗费用，这个你不用担心，好好养伤，出院之后如果你想回家，就回去；如果不想，张部长说了，可以帮你找一份家政服务员的工作。你看怎么样？"

姚遥说完，就把在火车上连夜拟出的代理诉状拿出来，给于小凤简要地念了念。于小凤终于签字了。

姚遥和张部长走出医院，觉得自己的身体不像刚才那么阴冷了。张部长要请姚遥吃饭，姚遥笑着说："不用了。这是我的工作，应该做的。对了部长，"姚遥从包里拿出一个信封，塞给张部长，"这是三千块钱，等小凤出院了，您帮她找个工作，把这个钱给她，让她吃点好的，养养身体吧。"

张部长笑着说："你又这样！自从给我们干活，钱没挣多少，倒贴了挺多。"

姚遥笑笑："都是女人，想心硬都不行啊！"

216-

三十三

做局

姚遥从河南回来，第一天上班，李欣就迫不及待地赶过来了。

晶晶看见一个时尚白领，挎着普拉达的仙女包，穿着菲拉格慕的高跟鞋，一路小跑着进了玻璃门。晶晶看见门口的前台小姐刚站起身来问了一句："您找哪位？"话音还没落，白领已经冲到门前了，回头说了一句："找姚律师，预约了！"就自己去拉门。门是有门禁的，前台小姐没刷卡，任凭白领使多大劲，门也拉不开。

晶晶看着白领的脸色从急转怒，而前台小姐还在那里低头查看预约表，晶晶就赶紧走过来刷卡开门。白领正在使劲，也正在回头跟前台的姑娘嘟囔着什么，这边没注意晶晶把门打开了，还使着劲呢，一下子险些把玻璃门拽到自己怀里，下意识地趔趄了一下。白领脸色更不好看了，有惊有吓的，还有急。幸亏晶晶的话跟得快，说："您是李欣女士吧！不好意思，姚律师刚回京，前台不知道，您请进吧！"

李欣这才压着心火进来了。

晶晶看看李欣的脸色，暗地里吐了一下舌头，赶紧去泡茶，一边泡一边说："姚律师昨天下午回京，晚上就赶着去办手头的案子了。她一早给我打电话了，说您今天要来，她说要是您提前到了，就先在她办公室坐一下。她今天一早要到公安局了解情况，得十点回来。"

李欣有点不耐烦地说："我知道。我也是想早点来等她，万一要是她提前回来了，不是还能节约点时间吗？"

晶晶边端着茶边把李欣请到了办公室，出来赶紧给姚遥发短信："你同学已到。脸色难看，说话呛茬，速归。"

姚遥看见这条短信就乐了，她赶紧打电话给晶晶："怎么了？我已经往回开了，应该二十分钟之内能到。她脸色很难看吗？"

晶晶捂着话筒，看着玻璃窗里坐立不安的李欣，小声说："很难看，而且很着急，好像情况不一般。你那里怎么样？顺利吗？"

姚遥说："一切顺利。公安机关已经立案了，我代表于小凤提供了一些证据，医院的鉴定、邻居、街道居委会、妇联工作人员的证词，还有照片。基本上就等法院宣判了。离婚是一定的，赔偿情况要视他们共有财产来定。"

晶晶出了一口气，说："那就好。你赶紧回来吧，我看这个也是十万火急。"

姚遥答应着，以最快的速度赶回了事务所。晶晶看着姚遥也一路小跑着上来，就赶紧去给姚遥开门。接过姚遥的包，晶晶冲着办公室里努嘴："喏，就在屋里，来回走溜儿呢！你赶紧吧！"

姚遥赶紧跑进办公室，李欣像看见救星一样跑过来，拉着姚遥的手说："你可回来了！怎么一去就是一星期呀！"

姚遥笑着说："哪有一星期！是咱俩从上次见面到现在一星期了。说吧，什么情况？"

李欣这才意识到自己已经站得足够久了，溜达得也足够累了，就一屁股坐在沙发里，看着姚遥说："你上次让我问的我都问清楚了。人家家政公司的人说了，有没有老公不清楚，可有个孩子是真的。都上高二了，她们一起来的老乡都知道，这保姆每个月都得定点给家里寄钱。"

　　姚遥问："那这不能证明什么呀！她这个岁数，四十多是吧？有个孩子也很正常，一直独身才不正常。关键是，她家里有没有老公呢？还是离异？丧偶？"

　　李欣说："家政服务公司说，他们那里没有登记，当时让她填表，她那个'婚姻状况'一栏就没填！公司的人说，她们填表那天呼啦来了一大群人，都急着忙着抢保姆，谁也没注意她没填这一项。说她表还没写完呢，就让人给抢走了。"

　　姚遥笑着说："不是被你抢了吧？"

　　李欣说："嘻！这会儿了，就别说这个了。公司又去问她们老乡，老乡是一个县的，可不是一个村的，就知道她有孩子，说是聊天时候说过，孩子大了，上高中，正缺钱，自己这才出来干这个。挣的钱都得寄回去，给孩子交这个那个费用，还得预备着孩子上大学用。人家还说了，压根也没听见她念叨过老公。你说我可怎么办？这以后我们家是不是就成了她儿子的了？"

　　姚遥问："那现在你父亲什么态度啊？你跟他谈过了吗？"

　　李欣说："别提了！那天你在河南的时候我给你打电话，就是想说这个事！我回去先跟我妹商量的，我妹觉得咱们说的婚前财产公证这事可行，我们姐俩这才回去跟老头商量。还得先把那保姆给支出去，还得掐好了时间，这才能说。可是我爸就是不同意呀！说得实心待人，他活这么大岁数从来没听说过过日子之前还得先算账的。还说要是真是结了婚，他先走了，家里这点东西不就应该是人家的吗！还说我们俩不厚道，说，这要是你亲妈，你们能给我出这个主意吗？弄得我们俩真是哭笑不得。反正现在老头是油盐不进，我妹那天都有点急了，眼泪都下来了，说我爸'我妈这遗像还挂着呢！骨灰盒还热着呢！您就来这出儿！您考虑过我们姐妹俩的感受吗？'我爸这才不说话了。后来我一看这样也不行啊，你不是跟我说了吗，别跟老头急！我就又拉我妹，又劝我爸，说您想往前再走一步，我们不拦着。我们就是觉得您和咱们家这阿姨无论是生活方式还是知识结构都不太般配，万一生活在一起不合适，咱们这么做也是对您的一种保护。我妹也赶紧插话，说我们现在就可以写字据，您和我妈的东西，我们什么都不要，都留给您支配，就是一点，您也给自己想条后路。"

姚遥点点头，说："这样的思想工作做得可以了。怎么，还不管用？"

李欣皱着眉头说："我头发都快白了！你说这可怎么办呢？你那天说你在外地，我妹就说，咱们两条腿走路，一边等你消息，一边找我爸我妈的老邻居老朋友，想让他们给老头做做思想工作。人家那些叔叔阿姨一听，都觉得我爸疯了！还有人问我，说是不是我妈走得突然，老头受什么刺激了，说要不带着去医院看看。哎呀，弄得我呀，真是不知道说什么好！我妈以前一特好的阿姨，还专门去了我们家一趟，想跟老头说说这事，可是那保姆死死盯着，就不让我爸和人家单独说说话。你说我还能怎么办？现在你回来了，我刚才听你那助手说了，河南那个案子不也近尾声了吗？我这事你得好好帮帮我，必须帮！"

姚遥笑着说："你还是这么霸道！我没说不帮，可我怎么帮呢？要不你想个辙把老爷子弄到我儿这来一下，我给他老人家普普法？危言耸听一下？"

李欣的脑子马上就开始动，想了几秒钟，说："我看也只能这样了。希望你这个专业人士能说服我爸！"

姚遥没想到自己半开玩笑的话李欣也当真，说："真来呀？我说什么呢？你用什么理由让来呀？"

李欣没想到这个问题，又开始转脑子。转了一会儿，说："就这个吧！这么着，我们就说你是街道居委会聘请的普法宣传员，挨家挨户做讲座，给大伙咨询什么法律问题之类的。我们家老头老太太一直热衷参加居委会组织的各种活动，什么健康讲座、养生讲座……这么一说，老头肯定欢迎。不过就是得麻烦你辛苦一趟，我来接你，把你接我们家去！"

姚遥哭笑不得地说："人家讲养生的推门进去还说得过去，我一搞法律的我也挨家挨户进，我这也不像样呀！再说，寻常百姓家，有什么法律问题需要上门答疑的？"

李欣又开始想，想了一会儿，一拍大腿，说："有了！你就说是街道请的，专门解决老年人司法问题的。什么针对老年人的维权、赡养啊、退休保障啊……哎呀，你是律师，你给想个借口嘛！"

姚遥想了想，看着李欣焦急、期盼的目光，说："行吧！我勉为其难，去一趟。不过，你千万别抱什么希望。就听你跟我说的你们家老爷子的情况，我可真不敢保证他能听我的。"

李欣说："不瞒你说，我现在是死马当活马医，我也不知道怎么办好了。你是我们姐俩最后一根救命稻草，要是连你都不管用了，我们就只能看着老头把保姆娶进门了。"

姚遥笑着说："我一定有多大力出多大力。时间你安排，提前告诉我，我好把事情安排一下。"

李欣答应着起身，说回去跟妹妹商量一下，俩人得对好词，还得把保姆想个什么辙给请出去一段时间——这些日子，保姆跟老爷子形影不离，俩闺女想跟老爸说点私房话，那是难了去了。李欣说，弄不好，还得跟街道居委会都打好招呼，不然，这要是穿了帮，老头可更听不进去任何反对意见了。

姚遥送李欣出大门的时候还不放心，说这不是让人家居委会也跟着咱们做假吗？

李欣说："你放心！居委会那几个大妈早就被我们争取过来了。她们都觉得这保姆居心叵测，都说我爸被油脂蒙了，对我爸这事早就看不过眼了。你放心，我回去一说，保准露不了馅！你就等我电话吧！"

三十四

一堂有意义的法律课

　　姚遥没想到，第二天李欣就打电话说定好了，让她明天就来。姚遥刚从河南回来，手头的案宗倒是也处理得差不多了，本来是想休息一下的，这下只好又上满了弦。幸好李欣那天走了以后，姚遥很及时地给安东打了个电话去咨询，求教这样的老人一般会是一种什么样的心理。一辈子和自己的原配爱得相敬如宾，为什么人家前脚离世，自己后脚就要续弦？而且是如此的急不可待，给自己的儿女不留一点的心理余地。

　　安东对姚遥说："我在给老年人做心理咨询的时候也遇到过这样的问题。一般的规律是，两个人都在世的时候，感情越好，一个人走以后，另一个人会越着急地组建家庭。而且，这样的问题通常都发生在男性身上。我就遇到过这样一个老头，跟你同学父亲的情况很像。也是老太太刚走，也就一个多月吧，儿子刚给料理完后事，老爷子就要再婚。儿子来找我的时候情绪特别激动，根本就接受不了。我仔细问过他，是接受不了父亲再婚，还是接

223-

受不了时间这么短。他告诉我，就是时间。儿子认为自己的母亲尸骨未寒，父亲就在这里给自己找后老伴，这是对母亲极大的不公。儿子和母亲的感情非常好，接受不了这个事实。我仔细研究过他们家的组成结构。父亲母亲都是插队知青，但是父亲的家里有历史问题，插队的时候是背负着耻辱去的，在当地和一起去的知青也有隔阂。他母亲呢，家世清白，在插队的时候，冲破层层阻力选择了和他父亲在一起，所以他父亲对他母亲始终有一种感恩的心态。这种心态在日后漫长的生活中，起到了感情催化剂的作用，但是同时也使得他父亲背负了一个包袱。很难说两个人最初的结合是因为什么，但是无疑，他母亲的自主情感更多一些。后来，也是他母亲先回城，回到家里自己带孩子，找工作，恪守妇道地等着他父亲回来。而这个儿子呢，也是在很长一段时间里和母亲相依为命。父亲在若干年后才回城，无论是对家庭的贡献还是对儿子的照料，都没有达到一个父亲应该承担的标准。最重要的，是他父亲始终都依赖在他母亲的照顾之下，在乡下是，回到北京更是。这么多年来，他父亲已经失去了对自己独立生活的信心。所以他母亲一走，父子两个人都很痛苦，儿子对于妈妈是单纯的爱，父亲对于母亲就不一样了，是失去了生活的依赖，而且最重要的，是他曾经背负了一辈子的'报恩'心态没有了，他解脱了。所以，从需要上来说，他迫切地要为自己找到另一个生活的照料者；从情感上来说，他放松了，要自己选择一次。所以，他迫不及待地要组建另一个家庭。我后来跟他儿子讲，这是你父亲对自己生活的一种选择，你不想失去母亲之后再看着父亲抑郁而终吧。所以，放手。但是我也告诉他，你要从旁观者的角度去看待这件事，仔细帮着父亲看看这次新的选择是不是靠谱！父亲现在是迷糊的，你得清醒。你要明确地表达你对他再婚的支持，但是劝他不要仓促，一定要在再婚之前把另一个人了解清楚，不然，再婚的结果并不一定会理想。后来他接受了我的观点。姚遥，我想你也要提醒你的同学，一定要对父亲的再婚有心理准备，一定得承受。只要明确告知父亲，自己对他的再婚不会阻拦，甚至会帮助，就能在一定程度上缓解父亲的焦虑。他可能就不会这么着急。但是也要理解他，他之所以这么着急地想把保姆娶回家，目的很单纯，就是想有人照顾自己的生活。这是一个依赖了老太太一辈子的老头，你看那些活着的时候感情并不好的老两口，一个走了，另一个倒是能自己接着过。所以啊，感情这种事，一遇到生死关头，就成了双刃剑。"

姚遥放下电话以后，仔细想了很久。的确，在生死面前，感情的力量到底能有多大呢？

第二天，李欣早早在自己楼门口等着姚遥了。姚遥把车停好，看到了楼底下站着几个人。两个居委会干部模样的大妈，簇拥着李欣看着姚遥的车进来。姚遥一下车，几个人就迎着她过来。李欣赶紧拉着姚遥对两个大妈说："这就是姚律师，我同学。"

姚遥赶紧跟大妈们打招呼。一个大妈说："姚律师，你可得有思想准备，小欣她爸可是拧着呢，我们劝了多少回了，说什么都不管用。"

另一个大妈也说："可不是。我们怎么想，都想不出来那保姆到底哪好，老头这是瞧上她哪儿了。"

姚遥笑着说："两位大妈，我这也是赶鸭子上架，不一定能起到作用，我只能是尽力而为。一会儿咱们进去，我是什么身份啊？"

李欣说："昨天大妈就给我们家打电话了，已经告诉了我爸，今天街道请了律师来讲解老年人如何防诈骗。说上次街道组织老年人去听，我爸就没去，今天要上门给几个没去的补补课。第一站就是我们家。你还得抓紧时间，我妹好不容易把保姆给支出云了，让她到三站地以外的家乐福去给我爸买东西，咱们得掌握好时间，别一会儿她回来了，咱们有什么话就不好说了。"

姚遥赶紧三步两步跟着她们上楼。家里，李欣的妹妹也在，给老爷子做好了早饭刚吃完，正收拾呢。一看见姚遥和李欣进来，心照不宣地跟姚遥用眼神打了招呼，大声对客厅说："爸！王大妈她们来了，你们聊吧，我给你们沏茶啊！"

姚遥笑着进客厅，跟老爷子打招呼，说："大爷，您好啊！"老头抬头起身，满脸笑容地给让座，一副老北京人的客气热情，让姚遥感到很亲切。

老爷子一落座，大妈就说："这就是姚律师！这一年，咱们社区的老年人没少被蒙，什么上门推销的，什么电话诈骗的，我们就说干脆给大伙组织一次学习。你上次不是没来吗？这回人家正好有空，说再给咱们剩下那几个人补补课。让人家给你讲讲吧！"

老头笑容依旧，说："好好！上次听说3号楼那老郑被人家蒙了一万多块钱，这可真是的，骗子防不胜防啊。"

姚遥笑着进入角色，说："大爷，只要您脑子里有这根弦，时刻都想着这事，骗子就无处下手。您比如说，现在最多的是短信诈骗，有人给您发短信，说您的工资卡出了问题，被人盗用了，让您给提供卡号和密码，帮您查询。您要是相信了，给他一回，您卡里的退休金就成人家的了。"

老爷子笑着说："这好防！我不用手机，我也不会看短信。"

姚遥笑着说："还有一种电话诈骗。他把电话打到您家里，有的说您的电话欠费了，得赶紧交，要不就停机。然后告诉您怎么交，这一要通常就是几千块。您给了，就上当了。还有一种，是打电话给您，急急火火地说您的孩子出车祸了，生急病了，送医院了，他是您孩子的一个朋友，身上没带那么多钱，让您赶紧给打钱。遇到这种情况，千万别相信，先给孩子打电话，确定一下是真是假。一般这会儿孩子都上班上学呢，什么事都没有。"

姚遥用余光看见李欣直看表，就赶紧切入正题，说："大爷，这事您都记住了吗？"

老头说："记住了。您说的这些管用，没事我在家也得看看《法治进行时》什么的，得时常给自己提个醒。"

姚遥说："对啊！还有一点，就是上门的那些人，您更得警惕！什么推销保健品的，什么上门给您做体检的，您最好都别让他们进。"

大妈说："没错，有这样的人敲门您就给居委会打电话，我们来轰，轰不走我们就报警。"

姚遥："大妈说得对，就要这样。还有一种最可怕，原来都是发生在农村地区，现在我们发现大城市里也有了，都是针对独身老人的。这就是骗婚。有的骗子在婚姻介绍所登记，专门骗老年人上钩。开始的时候谈得可好了，跟您谈感情，照顾您，上门给您买菜做饭，还给老人花钱……谈到一个月以后，两个人就谈婚论嫁了，这时候骗子就会想方设法要钱，置办东西。还有的呢，干脆拿了您家钥匙之后，把您家值钱的东西一拿，就跑回老家去了。"

两个大妈冰雪聪明，一个赶紧搭腔："这种骗子最可恶！我听说，专门骗老头！骗人家感情骗人家钱，真不是东西！"另一个也说："可不是，现在什么婚托啊、骗婚的啊，真是不少。"

俩人正热闹地说着，忽然听到门响，本来已经陷入沉思的老头赶紧往门那儿看，说："小黄回来了。"李欣的妹妹一脸无奈地迎过去，接过小黄手里的东西，问她："是在家乐福买的吗？"

姚遥仔细看了看那个保姆，四十多岁，满脸沧桑的样子，脸上也没有奸诈的神情，相反倒是有几分生活磨砺的不易。她没有注意到姚遥，而是跟李欣的妹妹说："没有。我看见物美也有，就在物美买了。"

李欣的妹妹刚想说什么，李欣拉了她一下，两个人看着保姆进厨房了。姚遥试探地说："这是您家阿姨是吧？叫来一块儿听听吧。有时候老年人在家里，通常都只有阿姨陪着，要是阿姨也能有点警惕性的话，好多事件就能避免。"

李欣和大妈齐齐投来不解的目光。姚遥笑着冲她们点点头，一个大妈只好去厨房跟保姆说了句什么，保姆小黄用毛巾擦着手就出来了。

姚遥起身给保姆递了一张名片，自我介绍说："我是妇联的公益律师，今天是来给社区的老年人做防诈骗的讲座。刚才我跟李大爷讲了，遇到有人敲门、打电话、发短信，说家里有人生病啊、在外面花钱啊、遇到车祸的时候，千万别轻信，先问问家人情况，再作处理。最好的办法就是打110报警，或者找居委会。"

小黄机械地点点头，用四川口音说："晓得了。"

姚遥接着说："这次我们是做老年人的法律咨询，下一步我们还会做外来务工人员的法律咨询。如果遇到被雇主拖欠工资，或者有什么纠纷，或者家乡有什么事情需要法律援助，我们都可以提供帮助。"

小黄抬头看着姚遥，眼睛亮了一下，接过名片，点点头，说："那政策上的事也能咨询吗？"

姚遥说："能啊！农业政策、医疗政策、养老政策……都可以，有些问题我解决不了的，还可以帮大家找专业的律师。我们有同事就是专门负责这些的。"

李欣和两个大妈百思不得其解地看着姚遥和保姆一对一地对话。小黄刚要说什么，抬头看见了这些人，又把话给咽回去了。姚遥明白了，起身告辞，说："大爷，我说的这些您都记住了吧？你们有什么事可以随时给我打电话，我随时可以给你们提供咨询，不要钱的。"姚遥把"不要钱"说得重重的。

三十五

意外的结局

李欣送姚遥出门，还没上电梯就开始埋怨她："你这不是暴露敌情吗？"

姚遥说："我觉得你们家这保姆不像是奸诈之徒，可是也看不出她对你爸有什么感情。我觉得她脸上有怨气，像个怨妇。你说呢？"

李欣说："你算说对了。刚开始相中她的时候，我妹就是觉得她长得可怜，到家里又说话没大声。我们家做什么好吃的，她都不馋，自己端个碗去厨房吃，平常里也没有花销。来的时候真厚道，谁想到憋着这个大宝呢！"

姚遥说："咱们先空两天，看看动静。我觉得老爷子被我那么一说已经有触动了，你们抽空再试探一下。如果今天就说什么公证啊、财产继承啊，那咱们也太司马昭之心了，老头会抵触的。"

李欣说："好吧，听你的。要是有情况，我可随时给你打电话！"

姚遥笑着回办公室去了。

没等李欣打电话，姚遥下午就接到了一个四川口音打来的电话，姚遥一听就知道了，是李欣家的保姆，小黄。

小黄在那边支支吾吾的，又有口音，想说什么又怕说不清楚。姚遥一听明白了，她想咨询孩子教育的问题。姚遥爽快地说："是黄大姐吧！您有什么问题就问，我给您说。"

一声"大姐"让小黄放松了很多。她嘟嘟囔囔地说了句什么，姚遥听明白了，她是想问孩子教育的问题，好像还有高考的事。姚遥说："这样吧，黄大姐，您抽个时间出来一趟，我们见面谈。这样我能详细地给您说说。"

小黄约了第二天下午一点半，说这个时候老头要睡午觉，也只有这个时候，她能出来。姚遥体谅她没有那么多时间，就干脆约在了小区他们楼下的小花园里。小黄很高兴地答应了。

下午，姚遥如约到了，还提前了五分钟。可是小黄也提前了，正在那里心神不宁地等着呢，一边等还一边左右观察，似乎怕被别人看见。

姚遥一路小跑过来，笑着跟小黄打招呼："黄大姐，又见面了。您说，有什么事？"

小黄的眼睛里还是有一些不安，她看着姚遥，不确定地问："姚律师，您真是不收钱的？"姚遥笑着说："您放心吧！我真的不收钱，您有什么事尽管问。"

小黄这才放松下来，坐在石凳上说："姚律师，您坐！"姚遥这才发现她手里还拿着一个薄棉垫子，给姚遥铺在了石凳上，说："快霜降了，石头上冷。"

姚遥顿时对眼前这个女人充满了好感，她感谢地坐在垫子上，摸着垫子说："您自己做的？"小黄点点头。姚遥说："您手真巧。有什么事您就问吧，我一定帮忙。"

小黄搓着手问："我儿子十六了，上高二，想上北京上学，行不行呢？政策允许吗？"

姚遥顿时明白了，她问小黄："您是想让孩子在北京考大学吧？"

小黄眼睛有些亮了，她意识到姚遥明白了她想问的，点头说："是。"

姚遥说："这个问题有点麻烦。跨省转学是需要理由的，您在这边有亲戚？还是说能把孩子的户口办进北京来？"

小黄无奈地摇摇头。姚遥说："那您这个想法基本上就不可行。就算您有能力把孩子办到北京来借读，高考的时候还是要回到学籍所在地去，这样，即使在北京接受了几年高中教育，回去再考，也不占便宜。因为省市之间的高考内容是不一样的，北京的教育不能覆盖全国的高考。"

小黄小声问："那要是在北京考呢？"

姚遥说："那就得解决孩子的户口啊！您怎么解决呢？"

小黄咬了半天嘴唇，欲言又止。姚遥也不说话，她看得出，小黄的内心在挣扎，她等着小黄自己挣扎完。

过了十多分钟，小黄才下定决心地问："要是我成了北京人呢？"

姚遥不解地问："您怎么才能成为北京人呢？"

小黄又斗争了很久，说："我要是嫁给北京人呢？"

姚遥终于明白了。为了孩子，眼前这个女人在曲线救国，甘愿搭上自己的后半辈子。姚遥耐心地说："黄大姐，情况是这样的，即使您现在嫁给北京人做老婆，您的户口也不能进北京。您要是和北京人生了一个孩子，这个孩子可以随父亲，落户在北京；如果您带着一个孩子，孩子要投奔继父，这是需要走程序的，这个程序走下来是需要时间的。还有，就算您把孩子的户口落在北京了，孩子可能已经上高三了，这个时间他来北京高考是不允许的，这叫做'高考移民'。国家有规定，他的学籍必须在一个地方待够三年，才能参加这个地方的高考，不然是会被取消成绩的。这个事情您一定要三思。"

小黄的脸色晦暗极了。

姚遥接着说："黄大姐，我为妇联做公益律师好几年了，我的经验是，咱们女同志，千万别为了别的事情来将就婚姻。有人为了报恩结的婚，有人为了孩子结的婚，有人为了找个人一起赡养父母结的婚……这些婚姻从开始就是不稳固的，到后来一定会出现问题，有的女同志还会遭受家庭暴力。我觉得您如果单纯是为孩子而考虑再婚，又没有感情，只是想找个北京人嫁了，这个太草率了。不仅会失去您自己的幸福，对孩子也不尊重。"

小黄不解地看着姚遥，说："为啥子不尊重？"

姚遥说："您想，您儿子都十六了，什么事不明白啊？就算他现在不知道，以后也会知道，他要是知道自己的妈妈为了自己而随便嫁了一个人，他会怎么想？他会理解吗？弄不好，还会把你们的关系搞糟。"

小黄用粗糙的手背抹去了一滴泪水。

姚遥说："您的丈夫是不是……"

小黄哽咽地说："死了好几年咯！建筑队的，给人家盖房子，掉下来，摔死了。死的时候我幺儿才八岁。我这么多年，吃多少苦都没啥子关系，都是为了儿子咯。我儿子学习好，人家说要是在北京考大学就能考得好，我们那里学校没得读，不如北京。我想让他上大学！"

姚遥感同身受地劝小黄："大姐，您这种心情我特别能理解。

可是您想想，就算您把孩子弄到北京来参加高考了，孩子一直是在四川上的学，学的内容不一样，老师教的也不一样，孩子到了北京未必适应，不一定就比在四川考得好。还有，谁说北京的高考就一定好呢？我知道的，每年考上清华北大的学生最多的中学可不在北京，在湖北。我们上大学的时候，班里两个最高分都是四川同学。您不是说了吗，孩子学得不错，那您就别操心了，儿孙自有儿孙福，孩子知道努力，肯学习，在哪里都是一样的。就算不上北京的大学，考上海的、天津的、广州的，不也都可以吗？在成都上也行啊！您说是不是？"

小黄没说话，低头在想。

姚遥见时机差不多了，试探地问："您说想嫁给北京人？您找着合适的了吗？是不是昨天那个大爷啊？"

小黄脸红了，沉默地点点头。

姚遥说："黄大姐，您上半辈子命就够苦了。守寡这么多年把孩子拉扯大，眼瞅着就能享孩子的福了，您要是再婚，一定得找合适的、般配的。您找一个这么大岁数的，不得干等着侍候人家吗？您想过吗？这个岁数的老爷子，一定会走在您前头，就算他活着的时候对您好，他一走，他们家里的儿女怎么看您？会不会让您连个住处都没有？我可是受理过这样的案子，可不是吓唬您。另外，您对这段婚姻是有目的的，您知道老爷子有没有呢？他是因为爱您吗？还是因为老伴走了，他就想找个人侍候他，给他买菜做饭洗衣服？你们平常有交流吗？说话多吗？你对他有感情吗……这些事情您可都得想清楚，千万别冲动。不管是初婚还是再婚，都是一辈子的事情，出了问题，受伤最多的，往往都是咱们女人。"

晚上，姚遥回到家，庄重在做饭，说从河南回来了，也没吃上一顿好点的，今天给你改善改善。

姚遥心情渐渐好起来，帮着剥葱剥蒜。还跟庄重说起了李欣父亲和保姆小黄的这段事情。庄重笑笑，说："你放心老婆，要是你走在我前面，我一定不娶了。"

姚遥也笑了，说："那要看什么时候吧？八十了，是不用娶了，要是现在，我不信你不娶。"

庄重刚要说话，姚遥的手机响了，李欣兴奋地跟姚遥说："还是你管用！经你这么一说，我爸主动跟我妹要求，让她给调查一下保姆的底细，说以防万一。"

姚遥说："是吗？不过我觉得不用了。我估计，黄大姐这两天也会跟你父亲谈的。弄不好，人家还不想嫁了呢。"

放下电话，庄重问姚遥："老爷子想通了？"

姚遥眼睛盯着葱白，说："是保姆想通了。我告诉她，她从这段婚姻中得不到任何好处，她希望达到的目的根本达不到。"

庄重问："她想要房子？"

姚遥说："比房子更重要！她想通过改嫁，把儿子变成北京人！"

三十六

姚遥被袭击了

姚遥在写字楼门口被袭击了！

当天，姚遥的车停驶，只能打车上班。平常，姚遥自己开车的时候都会把车停在地下车库里，直接乘电梯上楼。这天，姚遥只能从大门口进楼。大门口有保安，可是在大堂里面。姚遥没有任何防备地走到大门口，还在习惯性地抬手腕看时间，一个人突然出现在姚遥面前。姚遥只看清了是一个女人，她手里还拿着一张 A4 纸，似乎是从网上下载下来的什么资料。女人冲到姚遥面前，迅速扫了一下自己手里这张纸，对姚遥说："你是姚遥！"

姚遥被突如其来的动作吓了一下，但是还是下意识地说："我是！"姚遥的回答还没有落下，女人就冲上来给了姚遥一巴掌。姚遥下意识地躲闪，女人的巴掌狠狠地扇在了姚遥的脖子上。姚遥被打得趔趄着撞向旁边的玻璃门。旁边进出的人显然是被惊到了，一时居然没有任何反应。姚遥的头和玻璃门发生了一声闷响，进出的白领们看着姚遥头贴着门滑下去，红色的液体从头上渗出，这才反应过来。

女孩子们发出了惊声尖叫，有个男的过来扶住了姚遥，冲着门里大喊："保安！"还有两个路过的男的，抓住了行凶者的手臂。扶着姚遥的男士大声喊："按住她！按住她！"保安也闻讯跑来了，边跑边用步话机说着什么，不一会儿，从楼门外也跑出若干个保安。扶着姚遥的男士，看见保安跑过来，说："赶紧叫救护车，她头撞门上了。"

大家这才发现，姚遥被撞以后，就没再动过，很可能已经昏过去了。旁边的女孩子愤怒地喊："报警报警！就是那个女的干的，那个女的打人，光天化日之下打人！"

还有一个女孩子走过来看了看姚遥，突然惊呼："她是律师，是十五层事务所的。"保安中也有认出姚遥的，赶紧用步话机和事务所通话，没有五分钟，事务所的同事们陆陆续续跑下来，晶晶冲到最前面，蹲下来抓住姚遥喊："姚遥，你醒醒！你别吓我！你怎么样？"

扶着姚遥的男士对晶晶说："已经打120了，别碰她，她撞到头了。"

晶晶和同事们焦急地等待着救护车，保安们迅速把行凶的女人围堵在一个角落里。晶晶看了一下那个女的，一脸大义凛然，脸上既无悔意也无惧色，这让晶晶很是愤怒。

在律师事务所里，律师被袭击不是什么新闻。那些专门负责刑事案件的律师，一年接到几起死亡威胁都是正常的。有的是凶犯家属威胁律师，有的是被害人不能理解施暴人也配有律师给辩护的，认为律师和犯罪嫌疑人是一丘之貉，情感上不能接受。

但是姚遥被袭击，绝对是大家没有料想到的。一个专门处理婚姻家庭官司的律师，通常不会结仇。况且姚遥又是妇联聘请的公益律师，打完官司，受害人、当事人家属拿着东西上门来谢的倒是常有。同事们都说，虽然姚遥接的案子，在事务所里都是"蝇头小案"，可架不住姚律师口碑好，上门道谢的人多。不像别的律师，给重案犯辩护完了，回家走路都得小心，保不齐就会挨上点什么。

可这回姚遥是真真切切地受伤了。救护车赶到以后，三下两下就把姚遥送到了最近的医院，那个袭击者也被警方控制了。姚遥一觉醒来，就觉得自己做了一个噩梦，她只记得有一个人冲到她面前，然后自己就和什么东西生生地撞在了一起。

姚遥努力地回想着，庄重突然出现在她眼前。庄重拉着她的手说："老婆！你醒了！吓死我了！"

晶晶也探过来，还有事务所的合伙人，丁大律师，几个人看见姚遥迷茫的眼神，齐齐地舒了一口气。庄重忙着问姚遥："你觉得有什么不舒服吗？头疼不疼？身上别的地方疼不疼？"

姚遥皱了皱眉头，努力地说了一声："没事。她是谁？"

晶晶看了看合伙人，没吭声。庄重摸着姚遥的手说："你先别想这些了，先养好伤。大夫说了，你得观察几天，如果只是脑震荡还好，休养些日子就好了，要是……"庄重突然咽了后面的话，他自己不太敢想下去了。

姚遥抬抬上身，晶晶赶紧把枕头帮她垫高。丁律师说："姚遥，你先好好养病。医生说应该没有大问题，可能就是脑震荡，但是咱们保险起见，还是多观察几天，别留下什么后遗症。那个人警方已经控制住了，我们会去处理。如果你的情况可以，警察会来找你做笔录。你昏迷了一天多，警方已经对当天在场的目击证人取了证，你现在的任务就是休养。我知道你着急想把事情弄清楚，但是咱们得等，警方回去调查，他们来找你的时候不就一切都清楚了吗？"

姚遥也只好点头。她的头很疼，伤口已经缝了针，麻药劲过去了，头皮被紧绷绷地抓着，有股痛彻心扉的疼。头皮的疼让姚遥能保持着一丝清醒，但是头脑里面依然是混沌的，发蒙，姚遥还有些恶心，眼前时不时地会发黑。医生告诉庄重，这些都是脑震荡的症状，休息几天之后应该能有所缓解。到时候再给姚遥拍个脑部的CT，看看里面有没有水肿瘀血什么的，这个才是最可怕的。

丁律师回事务所了。庄重被医生叫走。晶晶一个人坐在姚遥床边，问姚遥想不想吃东西。姚遥想了一下，问晶晶："那个人到底是谁？我怎么有一种预感，我觉得我应该认识她。"

晶晶按住姚遥，说："你别胡思乱想了。警察带那个人走的时候说了一句，说她一看就是来寻仇的。你想想，你办了那么多案子，保不齐就是哪个当事人心里不忿，来找你麻烦的。"

姚遥努力回想着当时她的一举一动，那个女人瞪着姚遥的眼神是那样彻骨，几乎是充满了仇恨；还有那一句"你是姚遥！"，声音又尖又亮，即使是在昏迷当中，姚遥的耳畔也始终充斥着这四个字。姚遥自言自语地说："我一定是认识那个女人的，我总觉得在哪里见过她……"

晶晶看见姚遥眼神迷离，担心她再次恍惚，就赶紧推她说："别胡思乱想！就凭你这记性，要是认识还能想不起来？她认识你是肯定的，不然不会专门冲你来；可你认识不认识她就两说了，没准是谁的二奶、小蜜，你给他们办离婚的时候没占着便宜。"

姚遥半信半疑地躺下了。庄重走进来让晶晶回去，晶晶看了看姚遥，同意了，说："我明天再来。姚遥你想吃什么？我明天带过来。"

姚遥勉强笑了一下，说想不出，别麻烦了。晶晶只好走了。

庄重看见病房里清静了，坐下抓住姚遥的胳膊说："老婆！你……身上有没有不舒服，有的话赶紧说啊！真是吓死我了。晶晶给我打电话的时候，我第一感觉是你遭抢了！送到医院的时候你还在流血，我当时真是……"

姚遥笑了一下，说："怕我死了？"

庄重严肃地说："是！我怕你扔下我和琪琪，那一瞬间我真是怕。我叫你、摇晃你，你都没有反应，我都蒙了。老婆，你要是不在了，我们可怎么办呢？我一个人怎么带琪琪呀？"

姚遥苦笑了一下，说："到了这会儿，你终于认识到老婆的重要了。"

警察来做笔录了。本来庄重还想再缓两天，他觉得姚遥这几天的精神还是不好，时常发呆，可是姚遥坚持要做。

警察来了，一男一女两个人。庄重把床摇到合适的位置，给姚遥垫舒服了，就出去了。他知道姚遥想跟警察单独谈谈；他也知道，警察来做笔录，最好是一对一的。姚遥是成年人，不需要陪护。

男警官自称姓赵，他开门见山地问姚遥："你认识打你的那个人吗？"

姚遥说："我只觉得那个女的好像在哪里见过，但是并不确定。"

赵警官说："那个女的也称并不认识你，但是她说她就是冲你来的，看样子很恨你。你确定不认识她？"赵警官说着，从包里拿出一张照片，给姚遥仔细辨认，"她身份证的名字是邱伟华。你再看看。"

姚遥看着照片，仔细地看，念叨着"邱伟华、邱伟华……"突然，姚遥问赵警官："她叫邱伟华？姓邱？哪三个字？"

旁边做记录的女警官和赵警官对视了一下，在本子上写了三个字给姚遥看。"邱伟华，"姚遥的神经一下被触动了，"她和邱凤华是什么关系？我觉得她眼熟，觉得好像在哪里见过她！我认识一个叫邱凤华的人，她是我的当事人，我代理过她和她老公的离婚官司。"

赵警官马上问："那你们之间有矛盾吗？"

姚遥的眼睛湿了，摇摇头说："我是她老公的代理人。她老公要跟她离婚，因为发现她网恋。可是，婚没有离成，邱凤华跳楼了。扔下几岁的孩子。"

赵警官接着问："这是什么时候的事？"

姚遥想了想："三个月之前。邱凤华跳楼的时候我就在现场，她的老公被叫上去劝她，可是不知道为什么，刚说了几句她就跳下来了，就摔在我眼前。现在我一闭眼还能见到那个场景。"

赵警官对女警察说："看来邱伟华、邱凤华应该有关系的。她自己不说，我们也没想到这一层。我们查了一下，她两个多月前才到北京，此前一直住在外地，我们很奇怪她为什么会找人打你！我们知道你是妇联请的公益律师，也想到过可能是在外地办案子的时候跟她有过过节，但是你提供的这个线索很重要，我们回去核实一下，到时候还得再麻烦你。但是也有一个疑点，如果她和邱凤华有关系，比如说是姐妹，那么她完全可以把寻仇的原因告诉我们。她的样子很是视死如归，她说她就没打算逃跑，她就是要让你流血。可是到底为什么，她就不说了。"

姚遥本来一直在为这件事纠结，现在却一下子放松下来。她说："警官，如果证实了她和邱凤华有关系，我能不能以律师的身份见见她？一直以来我都对邱凤华的死有愧疚，我始终觉得自己应该能挽留她的。如果她是因为这个恨我、袭击我，我可以不起诉她，但是，我一定要见见她，我要道歉，是我的失职导致了那场悲剧，我是有责任的。"

赵警官想了想，说："这个，我现在不能答复你。等我们把事实调查清楚了，再看下一步的进展。"

三十七

第二次见面

姚遥的猜测没有错。公安那边传来消息，邱伟华就是邱凤华的姐姐。

一听到这个消息，姚遥就坚决地要出院。庄重劝姚遥再观察几天，等到所有的症状都彻底消失再出院。可是姚遥不同意、她说要立刻见到邱伟华，她要去道歉、要去解释。否则，她一辈子心里难安。

姚遥对庄重说："我一辈子都忘不了，邱凤华的父母看到自己女儿躺在冰冷的水泥地上的那个场景。他们看着她的身体在淌血，他们哭得已经把怀里的孙子都掉在了地上。我无法跟他们说什么，他们看待现场的每一个人时眼睛里都是仇恨。我必须要去面对，否则的话我一辈子都会失去睡眠。"

庄重没办法，只好为姚遥办理了出院手续。姚遥的头还没有拆线，未来得及清洗伤口和缝针，头上还被剃掉了一块，一方白色的纱布顶在头上。这个样子在医院里不觉得什么，但是一旦出现在大庭广众之下，难免会让旁人感到滑稽和不安。

姚遥顾不上那么多了。在医院的时候，庄重在收拾东西，姚遥就在打电话，恳求赵警官让自己见见邱伟华，无论如何也要见。姚遥甚至说，自己可以做她的辩护律师——法律并没有规定，受害人不能做嫌疑人的辩护律师的。赵警官体谅姚遥的心情，请示上级之后，批准了姚遥来探视——此时的邱伟华已经待在看守所里了。

庄重执意要送姚遥去，这个时候的姚遥无论如何不能自己驾车。姚遥想了想，说："好几天了你都没怎么上班。今天去事务所看看吧，我让晶晶陪我去。有事我会给你打电话。"

庄重只好同意了。

姚遥和晶晶来到看守所，赵警官已经等在那里了。姚遥让晶晶等在外面，她自己一个人进到看守所。赵警官安排姚遥坐在了一个预审室里，不一会儿，邱伟华被带了进来。

这是姚遥第二次见到邱伟华。如果不是第一次见面仓促而突然，姚遥一定能在第一次见面的时候就看清这个人和邱凤华的关系。此时的邱伟华不可避免地憔悴了，袭击姚遥的时候她还是一头长发，烫着半卷的波浪；今天，已经是短发了。看来，她已经做好了服刑的准备。

姚遥看着那张脸，和邱凤华的五官实在是太像了。不仅是长得像，两个人的气质都很吻合。所不同的是，姚遥见到的邱凤华有一脸的哀怨，邱伟华的脸上却是坚定和凛然。

姚遥迫不及待地问："你和邱凤华是姐妹？"

邱伟华斜了姚遥一眼，对赵警官说："我就算犯了法，也还有人权吧？我说要见这个人了吗？"

赵警官刚要说话，姚遥赶快抢着说："你当然有人权，你还有其他的所有的权利。我来见你只是想说一声对不起。我已经在内心深处谴责自己很多次了，如果我不去代理陈政的离婚诉讼，邱凤华不会死；如果我能意识到她当时的精神状况出了问题、能采取一些措施的话，她也不会死；如果我不是单纯地从职业角度出发，而是能用情感去想问题的话，她可能也不会死……"

邱伟华又斜了一眼姚遥，说："感情？你有感情吗？你们这些专门替人打官司的，有感情吗？你们这些人死了都得下地狱！"

邱伟华的愤怒被赵警官打断了，警告她态度好点，要合作。姚遥噙着泪花说："是！我是专门替人打离婚官司的，我的确认为当爱已不在，婚姻的存续就是不道德的，是没有意义的。但是我始终没有明白一点，就是爱的在与不在不是由我说了算的，是由当事人说了算的。曾经我以为，一对夫妻出现在我面前，带着问题带着矛盾，我只需问几个问题就能判断出他们是否还有过下去的必要。现在我明白了，我没有这个能力去判断，更没有权利去判断。这几天我躺在医院里，我一直在想，我代理过的那些案子，有多少是没有复合希望、一定要离婚的；又有多少是经过努力和改善，是可以修复的。我越想越怕，因为我发现，几乎所有的离婚案子都有修复的可能。两个人之间并没有民族大义、杀父之仇，没有什么是不可以解决的。但是因为我是律师，我的职业就是让他们分开，所以我那么去做了。我以为我是对的，我以为我在减少他们的痛苦，我以为我能帮助婚姻中的弱者争取到更多的保障，但是我错了。有的人，甚至是很多人，他们是为爱而生的，是为爱活着的。就像邱凤华，我曾经认为她在婚姻中是有错的那一个，我认为结束这段婚姻对她是解脱。但是我错了，她不在意房子不在意钱，她就在意这个家。我认为我在帮她，实际上是在害她。如果你是因为这个来袭击我，我接受，我也理解。我不会起诉你，也不会用任何方式来追究你。我只是想恳求你的原谅，你的，你父母的。"

邱伟华的头慢慢转过来，从无视到斜视，到最后正视着姚遥。邱伟华看着姚遥，一字一顿地说："你知道失去妹妹的滋味吗？你知道我父母失去女儿的滋味吗？你知道孩子失去母亲的滋味吗？我告诉你，我打你的那天正好是我妹妹百天忌日。我这个当姐姐的，什么也帮不了她，我知道她死得委屈、死得屈辱，都跳楼死了还要在身后担着'红杏出墙、网恋、偷汉子'的骂名！可我什么也做不了。我不能把他们的嘴都封上！我不能把她那个禽兽老公陈政怎么样！我甚至连见都见不到他！可是我能找到你！是你和陈政一起害死了我妹妹！你们俩是杀人凶手！"

邱伟华说着，已经愤怒至极地从座位上站起来，被铐着的双手几乎就要向姚遥砸过来。赵警官和另一位女警官狠狠按住了她，女警官厉声说："邱伟华，你不要错上加错！她是律师，不是凶犯，你伤害人是要被制裁的！"

姚遥恳求两位警官让她说下去。姚遥对邱伟华说："这件事上，我有错，陈政有错，但是，我们不是凶手。我们没有任何一个人想伤害她。我是代理了一个案件，但是方法和初衷都错了；陈政是看到了他不能接受的事实，所以才愤然离婚……"

邱伟华仰天大笑，笑声震动了整个房间。姚遥惊骇地看着她，两个警官也狠狠按住她，邱伟华大笑过后，眼睛中闪烁着泪珠和愤怒。她瞪着姚遥说："你是白痴吗？陈政看到了事实？他看到了什么？他捉奸在床吗？还是他掌握了什么不可告人的证据？"

姚遥耐心地解释："他的确在网上下载了你妹妹和男性网友的聊天记录，语言是暧昧的，甚至有些露骨；还有，陈政亲眼看到他们去开房约会，他还拍了照片。虽然没有亲眼看到他们……"

邱伟华恶狠狠地打断了姚遥："你动动脑子！哪个临时跟踪老婆的人还带着相机？你的证据我看过，在法庭上没用上是吧！我告诉你，我是职业摄影师，那照片我看到了，是用宾得 K20D、F417-70 的镜头拍的。你懂什么意思吗？那是专业的人用专业的机器拍的。他们家根本就没有这玩意儿！陈政对相机一窍不通，顶多会用个小数码。你认为一个偶然跟踪老婆的人会带着一个专业相机去吗？而且前提是，他还得为这个去专门买一个相机，还要专门去学。陈政他连对焦都不会！光圈都不懂！"

　　姚遥一下子蒙掉了。这意味着什么？意味着什么？

　　赵警官看着姚遥发呆的样子，不放心地问："姚律师！你怎么样？今天先到这里吧？"

　　姚遥惊醒，恳求地说："您再给我几分钟！"姚遥转向邱伟华，说："我求求你。我知道你一定发现了什么！你能不能告诉我这究竟是怎么回事！怎么回事！我求你相信我，我真的不希望是这个结果！我学了法律，我做一名律师，我是想帮人不是要害人的！我不喜欢陈政，我一直觉得他绝情。可是他拿着证据来找我，我必须服从那些证据。这是我的职业。"

　　邱伟华鄙视地说："服从？你的任务不应该是调查吗？你根本就不去调查证据的来源就一味去服从？你是什么律师？"

　　姚遥快崩溃了。她恳求着说："我承认这是我的失误！不！是错误！我一开始就失职了，我的情感超越了理智，因为我……我憎恶网恋，憎恶用这种方式去伤害家庭，我认定这就是不忠！是背叛！所以我被蒙蔽了，我丢掉了一个律师应有的头脑和理智。这是我的错！但是我恳求你，给我一个机会，告诉我到底发生了什么。或许，我还有机会去为你妹妹正名昭雪！我知道，无论我做什么都不能挽回生命了，但是我要尽我所能挽回她的声誉。还有，如果这真的是一个阴谋的话，阴谋背后的主使应该受到惩罚！"

邱伟华沉默了半晌，说："我只知道我妹妹没有出轨。她和网上认识的那个人，真的没什么。我还知道她得了抑郁症，已经很久了。我看过她生病之前的日记，她说她察觉陈政有外遇了，所以她才沉迷网络。但是我在她的日记里没有找到陈政有外遇的证据。她一出事我就来北京了，我整理她遗物的时候发现了这些东西。我去找陈政，他根本不见我！他把两处房子都卖了，住到哪里我也不知道。你去找他吧！"

三十八

调查阴谋

　　姚遥回到家里脑子还是蒙的。她不知道自己应不应该相信邱伟华。庄重很担心姚遥的状态，看着她时而发呆，时而皱眉，庄重的心也跟着一揪一揪的。他给姚遥沏了一杯普洱，端过来问姚遥今天见邱伟华的情况。

　　姚遥看着庄重走过来，突然鼻子酸了，眼泪倾泻而出，抱住庄重的腰哭起来。庄重被姚遥突然的举动吓到了，赶紧对姚遥说："老婆你怎么了？你哪里不舒服快说！"

　　姚遥哭着摇头，说："邱凤华……我害死了她！"

　　庄重沉声说："别乱讲！不是你！没有人害死她！她是自己跳楼死的，在她身边还有她老公，你没有任何错的地方！你去了现场，你对她进行劝说了，你还让她老公也去了……你还能做什么？姚遥，我求你不要胡思乱想！邱伟华是她姐姐，她们家能出一个走极端的妹妹就能再出一个走极端的姐姐！你不觉得她们姐妹二人的性格都有问题吗？你不觉得她们都是极端人格吗？你不要被蛊惑！你没有错！”

姚遥擦去泪水说："可是邱伟华说服了我，我觉得邱凤华的死有蹊跷，也许真的有阴谋！"

庄重吸了一口气，扶着姚遥的肩膀说："如果你认为这是个阴谋，你就去调查！但是姚遥，你要记住，你不能总带着负罪感去调查。你去行使的是法律的职责，它是你的职业所趋，是你的使命，你不能为了要给自己赎罪而去做什么。我支持你去调查，去探个究竟，但是你要冷静。不能把'我错了'这三个字扣在自己头上，那样的话，你会从一个情感极端走到另一个情感极端，那样你还怎么做律师？"

庄重接着说："这么长时间以来，我一直认为，我老婆比我更适合做律师。因为你冷静、理智，逻辑判断能力强。但是现在，你混乱了。你想想那些专接刑事案件的律师，哪天不面对生死？你不能因为一次事件就丢掉理智、违背原则！姚遥，咱们现在就分析，像你从前办案一样，把证据、证人有可能的东西都罗列出来，我们一一调查、取证。我们做这件事不是为了谋求自己的心安，而是要给死者一个说法。我们要的是真相！"

姚遥第一次深切地感受到，庄重对于她之重要。

姚遥拿着庄重帮她做的调查方案，开始一步一步工作。

邱凤华死后，她的父母带着孩子回老家去了。邱伟华来北京收拾她的遗物，跟陈政见过一面，陈政当时来是为了通知邱伟华，房子他已经卖掉了。也就是说，本来说好分给邱凤华的房子被陈政收回了——本来房子就在陈政名下，婚没有离，房子自然也没有过户，丧偶的陈政当然有权处理他们的共同财产。

悲愤至极的邱伟华把妹妹的东西收拾好，临时租了一间房子住下。本来，她也想尽快离开北京，陈政走的时候跟她签署了一个抚养协议——邱凤华死前希望能让自己的父母把孩子带大，陈政一次性支付给了邱伟华一笔钱，作为他儿子的抚养费。邱伟华知道，从接到这笔钱开始，陈政就和他儿子断绝了关系——他似乎并不关心他儿子今后的生活。

邱伟华迅速整理了一下妹妹的遗物，这其中就有妹妹从姚遥律师那里接到的陈政跟踪拍摄的她出轨的照片，还有打印出来的聊天记录，还有就是妹妹的日记，以及一张抑郁症的诊断书。

现在，这张诊断书就在姚遥的桌子上。姚遥有基本的概念，抑郁症这种事，也算是隐私。自己这样去调查，未必能有结果。晶晶提醒姚遥，诊断书上有医院和医生的名字，或许可以找安东帮忙。精神科、心理科这个医生群体并不大，也许安东认识这个医院里的大夫。

姚遥给安东打电话，安东答应帮忙。但是安东还是免不了给姚遥泼了一碗冷水："如果已经确诊是抑郁症，那跳楼自杀完全就是合理的行为。姚遥，你一定要想明白，你想证明什么？你可以证明陈政的无情，但是他并没有犯法！毕竟不是他把邱凤华推下去的，所以你很有可能调查不出结果。"

姚遥冷静地说："我只是想搞清楚为什么！邱凤华为什么会得抑郁症？陈政为什么无情？你说得对，可能到了最后我什么目的也达不到，但是我必须去调查。我要知道真相，真相就是我的目的。"

安东安排姚遥见到了那个叫周明的医生。姚遥带着邱凤华的照片和诊断书，周大夫瞄了一眼，就想起来了，说："这个病人患抑郁症已经有一段时间了，我们还给她安排了心理辅导，但是她好像并不热衷，没怎么去过。"

姚遥拿出笔记本记录，问："那她是什么时候来找您看的病呢？"

周大夫想了想，又翻了一下病历本，说："她第一次是在网上预约的。我们在网上有门诊，她通过预约电话跟我在网上作了初步沟通，然后我就约她到医院来了。时间嘛，今年年初，一月份。"

姚遥微微皱了皱眉头，说："她已经患病这么久了？"

周大夫说："是。这个病人是典型的抑郁症中期。她的性格又很内向，来了好几次都不告诉我到底症结在哪里。我给她安排了心理医生，她也不愿意说。拖了两个月，才陆陆续续告诉我，她觉得是她老公有外遇了。"

姚遥说："那您怎么看这件事？是真的呢？还是因为她生病后的多疑造成的？"

周大夫说："这个很难说，也许是互为因果。但是我感觉应该是家庭原因在前，抑郁在后。另外，我建议过她，让她的丈夫一起来看门诊，因为抑郁症这种病是需要护理的，护理不好，或者家里人不知道，是会出问题的。很多抑郁症患者最后都选择了自杀，就是因为家属没有有效地进行护理。"

姚遥看了看开着的录音笔，问："她丈夫知道吗？"

周大夫肯定地说："知道啊！我要求他们一起来，她回去跟她丈夫说了。不过她丈夫只来过一次。"

姚遥打破砂锅地问："那您告诉他邱凤华的病情了？"

周大夫不解地说："当然说了！我给他详细地讲了抑郁症应该如何治疗和护理，而且我把后果都告诉他了。我还把邱凤华支出去，跟他谈，家庭是邱凤华发病的很大一个原因。我没有权利问他的私生活，但是我旁敲侧击地告诉他了，如果有外遇了，如果想离婚，也要把他老婆治好再说，不然有可能会出事的。"

姚遥追问："他怎么说？"

周大夫说："他很不屑，也没说什么。我看他对他老婆已经没什么感情了，当时我反复跟他强调不要再刺激她，可他好像根本听不进去。"

姚遥明白了。邱伟华说得对，陈政是有预谋的。他为什么不告诉律师，自己的老婆得了抑郁症呢？他为什么要在她病的时候提出离婚来刺激她呢？

姚遥最后问了一句："抑郁症这种病有急性慢性之分吗？"

周大夫说："这种病是有应急期的，就像是文章的高潮。一段时间的积累、郁结，没有得到有效的护理，会在一个时间段内爆发，爆发的后果会很严重。"

姚遥不再说话了，周大夫问："邱凤华怎么样了？她很久都没有来了。"

姚遥说："她死了。跳楼。三个月前。"

周大夫也不再说话了。过了半晌，周大夫说："看他老公那个态度，这样的结果是难免的。"

姚遥走出医院的时候，眼泪又下来了。她想着周大夫说的话，那个早上，邱凤华从天而降的镜头像放电影一样又出现在眼前。姚遥闭上了眼睛。下一个，她要走访的是当天在楼顶上、劝慰过邱凤华的民警。

三十九

真相大白

在派出所里，只一眼，民警和姚遥就互相认出了对方。因为大家都是法律工作者，姚遥见警察的时候少了几分谨慎。她把自己来的目的、原因全盘托出，姓李的警官很奇怪，问姚遥："事情都过去这么久了，你怎么这会儿才想起要调查呢？"

姚遥说了和邱伟华的邂逅，说了自己目前调查到的结果。李警官有点担心地表示："可是当时我就在现场，我看到了她跳楼的全过程，包括她老公的一举一动。那么多目击证人都能证实她是自己跳下去的，你还能做出什么样的调查呢？"

姚遥也点头说："是。很可能最后的结果是我一无所获。但是我还是要弄清楚，她为什么会死。您当时就在现场，我记得就是您把她老公带上楼顶去劝她的，我想知道，她老公跟她说了什么。"

李警官摇着头说："这件事的确很不可思议。我知道她老公正在跟她闹离婚，但是我没想到她老公那样绝情。一般这种情况，不管是闹离婚的，还是分家分财产的，看见有人要寻死，都会服软说软话。可是她老公太可恶了，上楼的路上我一个劲跟他说，先答应她一切要求，别提离婚别提离婚！结果他上去就提！我记得他上去说的第一句话是'你闹给谁看？谁怕啊？'他老婆当时眼泪就下来了，我在旁边拉他，他老婆说'一定要这样吗？我真的什么也没做！'他当时来了一句'你有本事你就跳！婚我离定了！'气得我当时就上去拽他，要不是这身衣服我真想抽他！结果他老婆就跳了。"

姚遥皱着眉头问："您见过这样劝自杀的亲属吗？"

李警官夸张地说："我上哪见去！我干了十几年警察了，见过的因为家庭纠纷想不开的也有不少，可是没见过这么绝情的亲属。人家那都是声嘶力竭地求，求上边的别跳，他倒好，拿话拱火儿！可是我们拿他也没辙呀！他这也不能算犯法啊！"

姚遥拿到了一摞证据。李警官很负责地在姚遥的记录上签了字，可是姚遥的心里极度落寞。她承认自己的内心很矛盾，这样的结果是她预计的，但是却是不想看到的。她在几天的走访和调查中，重新认识了一个人。尽管这个人从一开始姚遥就不喜欢，但是当他的轮廓和内心渐渐清楚之后，姚遥还是感到了一阵一阵的心寒和惊颤。

姚遥不知道自己下一步应该做什么了。她开始思考安东的话，这样查下去是为什么。现行的法律给不了自己任何帮助，对于陈政也不可能有任何惩罚。他在情感上对自己的妻子不断地摧残和折磨，最终却可以全身而退。这对于法律简直就是侮辱。

姚遥回到家里，似乎失了魂。眼睛直直的，总是在不经意地发呆，这样的样子让庄重不由得紧张起来。庄重看着姚遥，她的状态仿佛又回到了突然发现了自己网恋的那个时候。安东紧张地问姚遥："你怎么了？"

姚遥好半天才回过神来，她开始叙述自己这两天来的调查结果。她说得紧张而混乱，说到最后的时候，姚遥几乎失控了。她激动的情绪难以自制，庄重看着姚遥的眼泪汩汩地涌出来，赶紧握住她的手。姚遥哭着说："我应该怎么办？怎么办？"

庄重把姚遥的头揽在自己怀里，摸着她的头发，一时也不知道应该怎样安慰她。庄重只能不断地说："你已经尽力了，你尽力了。"

姚遥悲愤地说："我真的不明白，陈政为什么不会受到惩罚？我应该拿他怎么办？"

庄重看着姚遥的头发，有点难过，他对姚遥说："法律是公器，情感是私事。不是所有的地方法律都可以介入的。"

姚遥抬头看着庄重，问："那为什么要制定《婚姻法》？为什么两个人在一起一定要通过法律的认可？一定要用法律这个武器来维护两个人的感情？"

庄重叹了口气，说："因为婚姻涉及财产啊。法律要保护每个人的私有财产，婚姻一旦破裂，首先涉及的就是财产的纠纷，法律不可能不介入的。"

姚遥喃喃地说："所以法律根本保护不了感情，根本保护不了……"

庄重叹口气，说："姚遥，我支持你去调查、去探究，是想让你内心能平静。你目睹了那场悲剧，你亲眼看到了一个生命的终结，你有权知道为什么。你只有知道了，才会明白这不是你的错。其实从一开始，你就知道，法律帮不了我们，帮不了邱凤华。陈政比我们更清楚，所以他才这么做。"

姚遥擦干了眼泪，说："我要去见见他！我要去见见这个刽子手！当时在他的办公室，他那么趾高气昂地拿着那么多邱凤华的证据。我现在也要他明白，他不可以这样利用我！"

庄重又看到了那个打不倒、摧不垮的姚遥。他说："好！老婆，我支持你！一定要他明白，即使法律对他的所作所为无法干预，他也应该受到谴责！"

姚遥慢慢站起身。庄重看着她有些虚弱的步伐，知道这一晚，姚遥又要和睡眠擦肩而过了。

第二天一大早，姚遥接到了赵警官的电话，他问姚遥还打算不打算起诉邱伟华，如果不起诉的话，拘留十五天之后，邱伟华就可以被释放了。姚遥不假思索地表示，自己一定不会起诉邱伟华。赵警官礼貌地关心了一下姚遥这两天的情况，姚遥请赵警官转告邱伟华："我已经知道了事情的真相，我正在做我应该做的。"

赵警官在电话里沉吟了一下，说："自从你走后，邱伟华的心态平静了一些。我们的看守民警也在做她的工作，我们想到你很可能不会追究她的责任，我们也对她讲，事情发展到那一步，不是你的责任。事实上，我也不知道她能听进去多少。姚律师，我也要劝劝你，不要太纠结了。我知道你是个好律师，心地善良、有正义感，但是这件事真的不是你的错，你不必太自责。"

姚遥感激地说："谢谢您，赵警官。您说的这些我明白。但是，我是一名律师，我的习惯性思维是用法律来保护弱者。但是这次，我没有做到，我甚至根本就没有判断出谁才是真正的弱者。这是我的失职。可能邱凤华的自杀是有偶然性的，但是从我目前的调查来看，这里面有很大的人为因素。邱凤华是被逼死的，这个说法一点也不夸张。但是我现在无能为力的是我无法严惩凶手。您跟邱伟华说，我理解她的无奈和悲愤，我现在和她的心情一样。我不知道自己能做什么，但是我会尽力还给她妹妹一个公道。"

256-

虽然一宿辗转反侧，但是说完这句话，姚遥的内心就平静了许多，困扰了多日的焦虑也逐渐被舒缓了。做自己应该做的，姚遥想，是时候去约见陈政了。

四十

辞职

姚遥并没有在第一时间见到陈政，邱伟华抢到了她的前面。

姚遥不知道邱伟华确切的释放时间，可是就在这个早晨，姚遥来到陈政公司的时候，看见大堂里的白领们人头攒动，相互在低语。大家围观在电梯口，三三两两地议论着，有人在低头看表，几个保安在现场维持着并不骚乱的秩序，神情又有点惊喜。

姚遥走到电梯间，这才发现，大厦里六部电梯的门上都被红油漆写上了字：陈政不得好死！陈政衣冠禽兽！陈政逼死发妻！

姚遥看了一眼那些鲜红的大字，不由得吸了一口凉气。她感觉到仿佛邱伟华就在身边，她知道这一定是她干的。她在用最低劣、最简单、最原始的方式复仇。姚遥不经意间还听到了两个女孩子的耳语："肯定是陈总前妻他们家人干的！"

"没有不透风的墙！这种事瞒不住的。"

"可是陈总也太狠了。你找小三就找吧，离婚不就成了，干吗要把自己老婆逼跳楼呢？"

"你傻啊！他老婆不是不离吗！听说他还上楼劝来着，我看不劝还好，这哪是劝呀，这就是逼人家死呢！"

"他老婆也真是，为这种男人！这回倒好，鸡飞蛋打。"

"陈总跟他那个——那个小三儿，结不结呀？"

"结什么！他老婆尸骨未寒，我不信他不害怕……"

姚遥听明白了，看来，陈政的外遇在公司里已经是大家心照不宣的事了。姚遥穿过簇拥的人群，一个人登上电梯，径直上楼来到陈政的办公室。陈政的秘书敬业地守在办公室外面的座位上，她有点惊慌地看着姚遥，说："陈总今天没来，您有什么事我可以转达给他。"

姚遥想了想，抬手给了秘书一张名片，说："可能陈总会想起什么可以跟我说，您把这个给他就可以了。"

姚遥的车还没到事务所，陈政的秘书就慌慌张张地给姚遥打电话："您是姚律师吗？我们陈总想约您谈一谈。"姚遥静静地对着话筒说："他想谈什么？"

电话那头有点不知所措地说："我也不清楚……您下午有时间吗？陈总想请您喝茶。"

姚遥冷冷地说："喝茶就不必了，我就是闲来无事拜访他一下，不巧他正忙。他要是想见我，就来事务所吧，他来过我办公室。我随时恭候。"

提前二十分钟，陈政就出现在晶晶面前了。不过让晶晶诧异的是，陈政不是一个人出现的，事务所的合伙人丁律师陪着他。陈政的眼神里依然还带着几丝不屑和不可一世，晶晶懒得多看他一眼。

丁律师问晶晶："姚遥在吗？陈总找她，你跟姚遥说一下，尽可能帮陈总解决一下问题，看看可以采取什么手段。"

晶晶不解地看着丁律师，丁律师说："你先把陈总带进去，跟姚遥说，一会儿有不明白的来问我。"

晶晶引着陈政来到姚遥办公室，陈政就在晶晶身后跟着，晶晶想跟姚遥说点什么也说不上。干脆，晶晶手指了指电话，做了一个打电话的动作，看看姚遥就转身出去了。姚遥明白晶晶是有话要说，就点点头。

陈政的脸上带着傲气也带着焦躁。他一屁股坐在沙发里，姚遥从玻璃窗里看到晶晶出去已经拿起电话了，就什么也没说，静静地等着电话铃响。陈政刚开口，说："姚律师……"就被电话铃声打断，陈政的表情很不耐烦。

姚遥没理会陈政，直接拿起电话，晶晶在那头急急忙忙地说："刚才丁律师陪着他来的，说让你配合，还让你给他帮忙。我看情况不妙。"姚遥看着陈政，说："知道了。"

放下电话，陈政迫不及待地说："姚律师！你找我有什么事？"

姚遥淡淡地说："我以为你会告诉我些什么事情，陈总！"

陈政高声说："我告诉你什么？我就知道今天我一上班就被人骚扰了！别以为我不知道是谁干的。姚律师，你来得正好！我正想找你帮忙，像这种情况我可以起诉吧？群殴应该可以诉诸法律来告她吧？我已经把监控录像提供给警方了，你能不能代理我办理这件案子？"

姚遥听着听着，突然问："邱凤华为什么跳楼？"

陈政没想到姚遥会把话头转向那里，愣了一下，说："我怎么知道她为什么？"

姚遥一字一句地说："你知道！你在半年前就知道邱凤华得了抑郁症！"

陈政不慌不忙地说："那又怎么样？这能证明什么？"

姚遥也不慌不忙地说："这能证明你在已经知道邱凤华有自杀倾向的前提之下，还在故意用语言刺激她，从而迫使她跳楼。这说明，你有故意杀人的嫌疑！"

陈政如同被针刺到了，一下子从沙发上弹起来！他大声地嚷着："姚遥！你有什么依据在这里信口雌黄？你小心我控告你！我要告你造谣污蔑！"

姚遥缓缓地拿出一沓材料，还有一个 U 盘。她对陈政说："你有勇气看看、听听这些东西吗？这是邱凤华的主治医生提供的证词，他清清楚楚地告诉我，你在邱凤华跳楼的半年前就已经知道了她的病情，而且，医生已经把她的自杀倾向向你交代得明明白白！你不仅知道，而且，从知道的那一刻起就开始预谋。这个是当天和你一起出现在楼顶上的警官的证词。你是他从警十几年来见到的唯一一个异类——他从没见过你这样的老公，一定要用语言逼迫自己的妻子自杀！他清楚地记得你在楼顶上说的每一句话。怎么？你不记得了？要不要我放给你听听？"

陈政怒吼："够了！我不明白你想干什么！我也不想知道！我只想问一句，姚律师，你能把我怎么办？送我上法庭吗？笑话！我触犯了哪条法律？我看你还是打起精神给邱凤华的那个疯子姐姐辩护吧！这个没有脑子的笨蛋！她不知道写字楼里有监控吗？她不知道这样做是犯法吗？我今天来本来想请你姚律师帮我起诉邱伟华的，看来你是不想了！那你就去给她辩护吧！我告诉你，马上要上法庭的人是她不是我！她和她的神经病妹妹一个胚子！全是疯子！"

姚遥冷冷地说："我可以保证，在她之前走上法庭的人，一定是你！"

陈政夸张地笑了，说："姚律师！你可真天真！我很怀疑你是不是专业的律师！你这么多年的法律是白干了吧！你送我上法庭？罪名呢？故意杀人？你也有神经病吧！我没时间理你！一会儿你的领导、你的老板就会告诉你应该怎么做！"陈政丢下这句话就摔门出去了。姚遥看着他摔门而去，自己缓缓地走到办公室的玻璃窗边，把百叶窗关上了。

晶晶看着陈政气急败坏地走出来，高喊了一声"丁子高！"丁律师闻声出动，跑到办公室外面的走廊里问："怎么样？跟她说了吗？"

陈政虎着脸嚷嚷："说个屁！你这个什么姚律师脑子有病吧……"

全事务所的人都从座位里抬起头来，丁律师赶紧把陈政拉进自己的办公室。晶晶有点为姚遥担心，她回过头去看姚遥的办公室，玻璃窗里面一层灰色的百叶窗帘把玻璃窗遮挡得严严实实。晶晶有些惊讶，这是姚遥第一次把自己的办公室藏起来。

陈政怒气冲冲地走了。丁律师三步并作两步地小跑过来，无视晶晶的存在，冲上来就敲姚遥的门，一边敲一边说："姚律师！我要跟你谈谈。"

晶晶用余光看到所有人又把头抬起来，事务所里的空气一下子凝住了。姚遥把门打开，丁律师快步走进去。晶晶竖起耳朵听着，好像是丁律师很生气地在指责姚遥："姚律师！你怎么回事！你知不知道陈总今天来的意思？"

姚遥说："他想让我代理打官司。"

丁律师说："那你为什么不配合？这种案子你不能接吗？"

姚遥说："我不能。因为我知道真相，我正打算把他告上法庭！"

丁律师吼了一句："胡闹！陈政触犯了哪条法律？你有什么证据？你给谁做代理？姚遥！我奉劝你一句，有些事情过去了就过去了，你不要老在过去里纠缠不清！你是专业律师，你不知道应该怎么做吗？你告陈政？你告他什么？他都跟我说了，他老婆那件事完全是个意外！你不要在这些莫须有的事情上浪费时间！不要毁了自己的前程！"

姚遥平静地问："什么是莫须有？我掌握了大量的证据，证明陈政在明知道邱凤华患有抑郁症的前提下，还要故意刺激邱凤华跳楼。这不是蓄意伤害吗？不存在主观的故意吗？"

丁律师拉过一把椅子坐下，语重心长地说："姚律师！你我都是律师，你比我清楚即使情况如你所说是真的，你就能打赢这场官司吗？你不能！现行法律里没有这一条！可是你知道吗？陈政今天来是想跟我签一个大合同的，他很欣赏你，如果你帮他控告邱伟华，他就跟我们事务所签五年的法律顾问合同。他甚至都想指定你来做！可是你把这一切全都毁了！你干吗要这么做？"

姚遥笑了，说："您是说，我给事务所造成了经济损失？"

丁律师说："可以这么说。"

姚遥又笑了，说："那我辞职吧！我愿意承担后果。但是有一样，我依然会起诉他，不管最后结果如何！"

四十一

人在做，天在看

庄重一回家就看到了客厅里放着两个纸箱子，里面是姚遥的办公室用品。房间里，姚遥在电脑上噼里啪啦地忙碌着。庄重立刻明白，老婆这是辞职了。

姚遥听见庄重进家的声音，走出来，脸上的歉意和疲倦一目了然。姚遥刚要说话，被庄重抢了先。庄重说："老婆！是不是辞职了？"

姚遥点点头，说："对不起！"

庄重叹口气，说："为什么要说对不起！你没有对不起谁！辞了就辞了，是不是因为那个案子？"

姚遥说："是！陈政来要和事务所签一个合同，聘我们事务所承接他们公司的法律事务，但是前提是我要帮他告邱伟华。我拒绝了。所以，我必须辞职。"

庄重有点愤怒，说："他以为有钱就能摆平一切！老婆我支持你，辞职了就辞职了，大不了在家里当太太，让我养你好了。"

姚遥浅笑："我辞职是为了能专心打这场官司，等打完了，我再考虑当太太的事吧。"

庄重有点凝重，说："这是我的错！我早就应该让你能自由选择的，想工作、想回家都可以。是我让你没得选择。"

姚遥若有所思地说："是啊！我一度认为我已经别无选择。其实到现在我也不肯定，我是不是还有信心做你的妻子。这些日子，尤其是看到邱凤华跳楼以后，我一直在反省，一定是我自己的原因，是我太顾及工作、女儿、父母，而忽视了你的感受，让你对我有了厌倦和不满，所以你才需要通过另一种方式来寻求感情的满足……"

庄重快要窒息了，他打断姚遥说："不是这样的！老婆，我只想说对不起。我知道我伤害了你，但是我真的没想到把你伤得这么深。我不想为我的行为辩解，但是，我真的没有背叛你。我只知道，在这个世界上，没有人能取代你。你跟我吵的时候，我真的想过。你不在家里住的时候，我也想过。我能这样在网上寻求这种东西，我能放纵自己，那都是因为我有这个家！我有你！你不在了，我的家就没有了，我的一切就都没有了。真的老婆，我不会做对不起你的事！我不会做对不起家庭的事！你一定要相信我。就算我说过的话你都怀疑，也不要怀疑我这句话。我只希望你能开心，无论是在家还是工作。看着你前几个月的样子，我真是太难受了，我觉得你是在惩罚自己！我希望你不要用我的错误来惩罚你自己，更不要用陈政的错误来惩罚你自己。你恨我就骂我、打我都可以；你恨陈政就用法律的手段来对付他！我一定会支持你！"

姚遥不知道应该说什么，只有笑，眼睛里还有泪花在闪。

之后的一个月里，姚遥两耳不闻窗外事地组织上庭的材料。这中间，姚遥见过一次邱伟华，是邱伟华自己找上门来的。邱伟华去事务所找姚遥，听说姚遥辞职了，辗转联系上了她。邱伟华见到姚遥，第一句话是："我不想说对不起。"

姚遥看着越发消瘦的邱伟华，说："本来也不用说。我还想感谢你，要不是你的那一巴掌，我还会蒙在鼓里，根本就不会知道一个鲜活的生命是因为这样的缘故被扼杀的。"

邱伟华问姚遥："为什么要帮我？"

姚遥看着邱伟华的眼睛说："我不只是在帮你，我是在帮自己。做律师，我跟别人不一样。好的律师应该只看到法律，不管他的当事人有罪或是无罪，他都可以完全从法律出发来工作。在他的心里，法律与个人好恶、情感无关。但是我不行。如果我认定一个人有罪，或者说他的所作所为违背了我做人的原则，我是不会为他辩护的。所以，我不是一个好律师。但是我一直认为，我是个有正义感的律师。但是，当你告诉我你妹妹跳楼的真相、陈政是那样一个人的时候，我觉得自己真是愚蠢极了。就因为我有个人好恶，就因为我的先入为主，就因为我的个人原因，我从一开始就认定你妹妹对婚姻不忠！我个人的情感完全左右了一切，你说我逼死了你妹妹，我觉得并不过分。如果说你妹妹是被人杀死的，我想，凶手中，也应该有我一个。"

邱伟华叹口气，摇摇头，说："我想恨你，但是现在，我恨不起来。我也不想说什么了，感谢的话说多了，就虚伪了。"她拿出一个大信封，"这是给你的，你的助手说为了要告陈政，你被迫辞职了。"

姚遥笑笑，说："辞职是真的，没有被迫。我不能为事务所的利益服务，只能辞职。这是我自己的选择，和那个案子没有关系。"

邱伟华说："我知道我应该找你。你在为我妹妹忙活，我也该为你做点什么。从现在开始，你就是我的代理人了，是我要打这场官司。我不能让你一个人孤军奋战，我不管你是为了什么。"

说着，邱伟华打开了手中的大信封，里面都是陈政的照片，有很多还是和一个女人在一起的艳照。姚遥一张一张地看，时不时地问一句："这是……"

邱伟华说："这是陈政外遇的证据！是我从他电脑里弄到的。还有这些，你看是同一个女人吧！这是我自己拍的。我在北京三个月，我找到了他外遇的所有证据，包括这个女人的名字、年龄、住址和职业，还有这个，这是他们订婚的协议书！可笑吧！你看看那上面的日子，我妹妹正得着抑郁症，正在千辛万苦地盼着这个男人回家。"邱伟华说着说着就说不下去了。

姚遥问："你是怎么得到的这些？"

邱伟华说："有些事情你还是不知道的好。"

姚遥坚决地说："我必须知道！否则我在法庭上提供的证据就没有可信度，因为我不能提供它们的来源。"

邱伟华说："很简单。我找到了他们公司的网管，给了他一笔钱，他给了我这个 U 盘。他说，专业人员可以检测出，U 盘上的东西都是来自哪个电脑。这个是陈政电脑的 IP 地址，他说可以当做证据。"

姚遥收起所有东西，看着邱伟华，说："你知道这么做的后果吗？"

邱伟华也看着姚遥说："我可以承受任何后果。因为没有任何一样东西，能比我妹妹的生命还重要！"

姚遥低了一下头，说："我理解你的心情，但是我也必须要告诉你，我会尽一切努力，可是这场官司我没有胜算。这也是我辞职的首要原因，在事务所，我不能打输官司。"

邱伟华沉默了几秒钟，问："一点胜算都没有吗？百分之十？百分之五？"

姚遥摇摇头，说："我甚至没有百分之一的把握！很难！但是请你相信我，我一定会尽全力。"

　　邱伟华自嘲地笑笑，说："如果不相信你，我就不来了。没关系，我也看过一些法律的书籍，在你之前，我也咨询过一些律师。没人肯帮我，他们都说我没有胜算。所以我才异常地恨陈政，也恨你，是你们让我妹妹死得不明不白。现在我只有信任你了。没关系，输赢都没关系，你尽力了，我尽心了。打完这场官司，我也就解脱了。不用每天晚上都要面对我妹妹的灵魂，也不用给她去解释，不是我不帮她……"

　　姚遥低着头，拍了拍邱伟华的手，说："对不起！"

　　邱伟华笑笑："我相信，陈政一定会受到惩罚。人在做，天在看。是吧！"

四十二

法庭辩论

上庭当天，姚遥被法庭门口的场景惊住了。

一堆的摄像机和话筒在法院外面攒动，姚遥没有开车，她是乘出租车来的。她是想能利用所有的时间在脑子里再过滤一遍这个案子。可当她走下出租车，眼前黑压压的人群顿时让姚遥眩晕。几个长枪短炮跑过来不由分说地对着她，姚遥有点不知所措。

一个女记者拿着录音笔，第一个钻到姚遥面前，举着那个金属工具用极快的语速对姚遥说："你是姚律师吧？请问今天这个案子你有几成胜算？"

姚遥实话实说："几乎没有。"

另一个扛着摄像机的记者也冲到面前，他身后还跟着另一个女记者，女记者蹬着高跟鞋气喘吁吁地问："那你为什么还要打这场官司？"

姚遥静静地说："因为我知道真相。"

旁边聚拢的人越来越多，不断有人问新的问题："你是女权主义者吗？""是不是家属给了你巨额代理费？""听说你辞职了，你是不是受到了压力和胁迫？""在你眼里陈政是什么样一个人？""你会起诉陈政故意杀人吗？"

姚遥被逼问得寸步难行。一个人扒拉开人群费劲地钻进来，双手张开护着姚遥对媒体记者说："对不起大家！开庭时间马上就到了，大家先让一让！让一让！"

姚遥看清楚了来人，是晶晶！

姚遥躲在晶晶身后，晶晶拉着她就往法院里走。姚遥一边跌跌撞撞地走着，一边问晶晶："你怎么来了？"

晶晶有点得意地说："我来支持你啊！你看这些记者！我把邱凤华和邱伟华的故事放在网上了，你看，多轰动！就算赢不了官司，咱们也要气死陈政！"

姚遥大声说："谢谢你！晶晶！"

晶晶回头看着姚遥笑，说："谢什么！妇联的张部长她们也来了。我跟他们说你这几天要准备上庭，她们说就不打扰你了，一会儿她们会在法庭上旁听！张部长说，即使官司输了，妇联也要站出来替邱凤华讨公道！怎么样？现在底气足了吧！"

姚遥被晶晶一直拉到了法庭门口。姚遥停下，回头看了看围着自己的媒体记者，看了看晶晶，在大家的注视中走进了法庭。

两个小时的法庭辩论，让姚遥经历了从业以来最艰难的一次举证。陈政找的律师相当厉害，所有证据在他面前都只能得到鄙视的目光。姚遥心里很清楚，纵然证据再多，姚遥最后的矛头所指也是"可笑"的——陈政并没有犯法，这是核心问题。他没有触犯任何一条刑律，纵然法官内心是支持姚遥的，也不能判定陈政有罪。

在最后的结案陈词上，姚遥尽可能地控制着自己的情绪，淡定而诚恳地说："在十几年前，我确定了自己的人生目标，那就是当一名律师。因为我认定，律师可以通过自己的努力来让坏人受到法律的惩罚。我甚至希望，我每站到法庭上一次，这个世界上就会少一个坏人。但是我忽略了一点，坏人不一定犯法。在我们的生活中，我们经历了多少让我们心酸的往事？见过多少伤害过我们的坏人？我们能怎么样？我们可以用法律的武器来保护自己，但前提是他一定触犯了法律！而我今天起诉的这个人，我承认，他并没有触犯相关的刑法。我今天站在这里，作为一名律师，以'故意杀人'这样一个罪名来代理此案，就注定了我不是一个称职的律师。我知道，我掌握的所有证据，只能说明三点：一、陈政有外遇。这不犯法。二、陈政了解自己的妻子有抑郁症。这更不犯法。三、陈政当天面对要跳楼的妻子，语出惊人，不断加以刺激。这个，也没有明确的法律规定，'语言'可以成为杀人的凶器。所以，我知道今天自己一定会输。但是我还要来。第一，是因为我了解了真相。我必须为死者做这件事，让九泉之下的邱凤华能看到，她的死是多么的不值！第二，我曾经告诉过陈政，我一定要让他走上法庭。我做到了。尽管我没有能力让他伏法，但是我能让整件事情的真相在法庭这个庄严、公正的地方得以体现。我相信，这件事情，不出一天就会传遍全城。我相信，门外的那些记者，网络上那些网民，还有街头巷尾的大爷大妈都会不约而同地去关注这件事，关注那个逝去的生命。我更相信，来自他们每个人内心的判决同样有效！同样可以告慰邱凤华的在天之灵！"

姚遥坐下了。此后，陈政的律师慷慨陈词了一些什么内容，她根本就没有听进去。她有些茫然地在旁听席上寻找着。她知道，邱伟华一定坐在那里。但是从开庭到现在，她始终不敢回头看一眼，她害怕自己面对邱伟华的眼神，害怕自己会让邱伟华失望。

现在她敢去看了。在密密麻麻的座位席上，角落里的邱伟华和律师席上的姚遥四目相碰。姚遥没有想到邱伟华给了自己一个笑容。邱伟华淡淡地笑，又悄然张开了自己的双手，在姚遥看来，那似乎是一个拥抱的动作。姚遥也笑了，她知道，邱伟华已经认可了自己的所做。

案件的最终结果正如姚遥预知的那样，陈政是无罪的。姚遥代理的邱家对陈政的指控不成立。但是姚遥提出的附带的民事诉讼得到了支持，姚遥为邱凤华的父母讨到了名正言顺的财产和孩子抚养权。

陈政也没能挺胸昂首地走出法庭，守在门外的记者把陈政围堵了半小时之久。他狼狈的照片，铺天盖地地出现在了第二天的报纸和网络上。

案子了结以后，姚遥就蜗居在家里，关了手机，只上网、看报纸，陪女儿，到了第七天头上，晶晶打通家里的电话："你知道吗？陈政辞职了！听说公司给他施压，让他主动辞职，这样双方的面子都会好看一些。还有他那情人，居然被人肉搜出来了，现在家也不敢回，也辞职了。"

姚遥止不住摇头说："网友还是太不冷静了。"

晶晶说："现在妇联已经发言了。你没看到吗？妇联和很多法律专家都呼吁大家克制。"

姚遥说："是啊。陈政没犯法，他们再这么搜下去可该犯法了。"

晶晶说："妇联的张部长给你打了几次电话都没开机，她说让你务必跟她联系一下。"

姚遥说："我这就打。这些日子大门不出二门不迈，几乎与世隔绝了。我马上跟她联系。"

挂了电话，姚遥打开手机，一连串的短信蹦出来。有很多是同行发来支持姚遥的，还有别的律师行来问，想不想去工作的。

还有一条是邱伟华发来的，只有一句："你做完了，该我了。"

没有任何缘由，只是凭借敏感，姚遥迅速地给邱伟华打电话，手机铃声响了一遍又一遍，姚遥听了两遍"对不起，你呼叫的用户暂时无人接通"。姚遥锲而不舍地打，终于在响了五遍之后听到了邱伟华的声音："姚遥，什么事？"

姚遥有点着急地说："我看见你的短信了，你想干什么？"

邱伟华慢慢地说："我还没想好，但是，你不觉得我应该做点什么吗？我妹妹就这么没有了。你尽力了，我又能做些什么？"

姚遥着急地说："邱伟华，我必须告诉你，在开庭之前你的一些做法已经触犯了法律。你去陈政的公司做的那些事，是陈政现在没有心情告你，否则的话，你还会再一次被拘留；严重的话，可能会被判刑。这些你都想过吗？"

邱伟华还是那样的语气，慢慢地说："你是律师，做什么事都以法律为准绳。我是搞艺术的，我靠的是感觉。我只信任感觉。"

姚遥生气地说："你的感觉并不都是对的！就像当初，我感觉你妹妹出轨！事实证明我错了！那是我这辈子唯——次用感觉做引导，可就这一次让我后悔终生！我们每个人都有感觉，但是我们不能靠自己的感觉来判定事实的对错！你妹妹已经为此失去了生命，你就不要再偏执了！你想想，你的父母能不能经受接连失去两个女儿的打击！你再出事，你妹妹的孩子怎么办？你的父母怎么办？"

邱伟华也愤怒了。她说："那你说我应该怎么办？你说！我现在只纠结在这件事情里，我无法自拔，无法结束。"

姚遥说："如果你还信任我的话，咱们见一面吧。你现在就来，我一星期没有出门了，我陪你去一个地方。相信我，我希望你能好起来。"

尾声

宽容

　　姚遥带邱伟华去见了安东。安东给邱伟华实施了最放松的催眠疗法。根据安东的经验，邱伟华内心的压力应该是很大的，而且，自从妹妹死后，她心里所有的淤积都没有得到过释放。安东静静地把邱伟华带进半梦半醒的状态，带她回忆童年、回忆小时候姐妹一起玩耍的场景、回忆长大后两个人的分离……

　　邱伟华在不知不觉中泪流满面了。她闭着眼睛回到了从前，抽噎着给安东讲述姐妹俩的童年。小时候，父母是双职工，姐妹两个人同在一个幼儿园。邱伟华在大班，邱凤华在小班。有时候父母要加班，就委托邻居接孩子的时候把姐妹俩一起接回来。

　　可是回到家姐妹俩只能在外面玩。邱凤华自小多病，发育慢、个子小，经常受到男孩子欺负。家里没有男孩，邱伟华就要扮演大哥的角色。上小学以后，邱伟华每天都要接送妹妹上幼儿园。一次回家的路上，同行的小男孩淘气，跑过来扯邱凤华的小辫子，邱凤华被扯疼了，站在路边哇哇大哭。邱伟华追着小男孩跑，被一辆自行车撞倒了。

后来的几天，邱伟华清楚地记得，自己躺在床上，妹妹每天都是泪水涟涟地看着自己，把自己所有的玩具、衣服都拿来送给姐姐。每天上幼儿园之前，邱凤华还跑来给姐姐梳辫子……

得知妹妹的死讯，邱伟华在南京一夜未眠。一闭上眼睛，脑子里就是邱凤华在给自己梳辫子。她的伤痛无人能知，也无从说起。

安东了解了邱伟华的症结所在。安东对邱伟华说："你们姐妹情深，所以你就更不能接受你妹妹非正常死亡的事实。你的愤怒出于两个原因，一是因为陈政，二是因为你潜意识里觉得自己没有照顾好妹妹。你可能在夜深无人的时候谴责过自己很多次了……"

邱伟华抽泣着说："凤华给我打过电话，让我来北京陪她。可她没告诉我她病了，也没说陈政对她不好……我当时没在意，我正在筹划着自己的摄影作品展。第一次打电话，我说过一阵子我忙完了就来；第二次打……我还不耐烦……后来……"

安东不插话，就让邱伟华说着、哭着、哭着、说着。等邱伟华渐渐平静下来，安东才开始说："所以，你做了一系列极端的行为。你这么做，是对自己的报复吧？你恨自己没能在关键的时候陪在妹妹身边，没能把她拉回来……"

邱伟华哭着点点头。

安东问："你觉得自己是凶手吗？"

邱伟华又点点头。

安东说："从今天起，你试着不再责怪自己。你妹妹是抑郁症患者，治疗护理不当会出现自杀的情况。而你的妹夫，没有尽到丈夫的责任，在已知妻子病情的情况下拒绝护理，才导致了悲剧的发生。这件事在法律上，没有凶手；在情感道德上，需要负责的人也不是你。你压力太大了，已经压得自己喘不过来气了，到这里来放松放松。按照我说的做，我希望能尽快还给你一个正常的生活。"

姚遥相信安东在女人面前的吸引力和信服感，邱伟华果然照做了。第一次治疗，姚遥陪着邱伟华一起来，一小时之后，邱伟华走出诊室，笑着和安东告别，约定下一次见面。姚遥看着邱伟华的笑容，从心底涌上一丝感动。从见到这个女人起，她就没有如此放松地笑过。姚遥想，邱伟华欠自己的太多了，从今天开始，她应该可以回归平静了。

邱伟华看见姚遥还在等她，有点不好意思，说："我下周自己来，你不用陪我了。我挺喜欢和安东聊天，刚才他还给我放了一个视频，回头讲给你听。现在我得走了，我妈我爸要来北京，我得去接站。"

姚遥点点头，说："是该去看看老人了。他们是来处理房子的吗？"

邱伟华说："也许我要带他们在北京生活了。孩子的户口在北京，我父母想让他在北京接受教育。你帮他们要到了房子，他们很感谢你。"

姚遥说："这是我应该做的。我现在还有一个希望，就是你能重新乐观起来，未来还有很多事情需要你呢！"

邱伟华笑笑："我知道。"

看着邱伟华离去的背影，安东走过来在姚遥耳边轻轻说："谢谢你还能认我这个朋友。"

姚遥回过头，笑着看安东，说："这话从何说起？"

安东双手插在上衣兜里，说："我拦着你接打这个官司，我知道你很不高兴。"

姚遥说："事实上，你是对的。可是，我必须这么做，而且我知道你是为我好，你怕我接受不了失败。所以，我应该感谢你才对，怎么能恨你呢！"

安东笑笑，说："如果你真的这么想，我心里就释然了。"

姚遥爽朗地笑了，说："心理医生也有心理问题？这说出去会影响你生意的！"

安东也笑了，说："我不怕！你一个律师都敢在法庭上直截了当地说自己没有胜算，我有什么可怕的！我现在更关心的是你自己的情况，怎么样？案子之后，你有什么打算？"

姚遥一边往外走，一边说："妇联成立了专门的妇女法律咨询服务中心。她们邀请我做法律部门的主管和主要律师。我答应了。马上就要上班了。"

安东有点意外地看着姚遥，说："好啊！看来大律师就是大律师啊，不愁没饭碗！"

姚遥笑着摇摇头，说："没有！我只是喜欢这种更纯粹的工作。从今以后，我要为那些弱势妇女讨说法了！"

安东哈哈笑了，说："那你呢？你自己的情况怎么样？你和庄重，还好吗？"

姚遥止住笑容，有点严肃地说："说真的，我不知道！我们的关系是从邱凤华跳楼开始出现转机的。在这件事情之前，我一度做好了离婚的思想准备。我竭力说服自己，我不怕离婚，我有社会角色、有工作、有女儿，我可以独自生活；但是，邱凤华出事以后，庄重像变了一个人。我说不清楚他哪里改变了，但是他就是不一样了。其实我知道，我内心的纠结始终还在。我甚至相信，庄重的网恋也并没有结束，但是我无法下狠心去想离婚。第一，我不想让女儿失去父亲。这是我和他之间的事，孩子是不应该牵扯其中的。第二，我找不到离婚的理由。庄重说得对，只要我不发现，他的网恋就影响不到我。因为他对这个家庭一如既往。尤其是邱凤华的事情以后，他更在意我的感受，更怕我受到伤害了。第三，是我最无法想象的。我一旦离婚，以后要怎么样？你知道吗，我自己当时的想法是绝不再结婚。可是一旦我冷静下来，我就知道自己的想法有多不现实。我就是做离婚律师的，我太清楚那么多离婚后的女人是怎么过来的。真的很难，不结婚很难，再婚更难。而且，我现在遇到的问题，未来换了一个人，我还会遇到。那个时候我怎么办？再离婚吗？我不知道！"

安东陷入沉思，几秒钟后，安东问："那你现在过得怎么样？心里还是不开心？"

姚遥有点自嘲地笑了，说："封建社会说'女子无才便是德'，有时想想真的挺有道理。我现在就把自己当傻子，确切地说，不看、不听、不想。当时庄重求我，他说你为什么不能睁一只眼闭只眼呢？我现在就在追求这个境界。很多事情不能去想，越想问题越多。庄重现在回家，而且很顾家。对我很好，对女儿很好，甚至他的薪水都按时交到家里，我还想什么？我对自己说，每个人都需要缓解和宣泄的渠道，也许，在网上谈情说爱就是他的渠道。我分得清分不清网络和现实的区别不重要，他分得清就可以了。"

安东有点不放心地问："那今后他做了更出格的事情，你怎么办？还当什么都没发生？"

姚遥已经走到了大门口，她远远看见庄重的车开过来了。这些日子，姚遥去哪里庄重都是车接车送。看着庄重的车慢慢靠近，姚遥幽幽地说："你知道吗？在大多数婚姻中，女性都是弱者。这和收入、地位无关。在我经手的绝大多数案子中，只要男方不坚持离婚，女方一般都能忍。邱凤华就是例子。"

安东看着姚遥，有点心酸。他说："你不会的，姚遥！"

姚遥笑着说：“我当然不会。我不能用生命来捍卫婚姻，我做不到那么极致。但是，如果到了那一天，我会怎么样，我也不知道。”

安东看见庄重已经下车，笑着朝姚遥走过来。安东说：“如果真有那么一天，姚遥，你自己说的，离开也不是坏事；不管不顾地死守才是不明智的。不过现在你不需要做任何选择。你看庄重的眼睛，我能看出，他爱你。非常爱。”

后记

　　《婚姻症候群》，在我的原稿上，书名叫《劝离不劝和》。当初是先有了这个名字，才有了之后的故事。在我的新闻职业生涯里，这是典型的"主题先行"，是不可取的。可是在现实生活中，看到那么多苟延残喘的婚姻，摇摇欲坠的家庭，又免不了有"劝离"的冲动。

　　这就是写这本书的初衷。

　　为了给编辑写这篇后记，我在搁笔之后又回过头看了一遍自己的文字，也许读者也能感觉到，书里主人公的价值观发生了改变。我要说的是，这也是我在写这本书的时候经历的变化。

　　首先要对读者说明，我不是专业的法律工作者，在书中难免会有一些法律问题上的批漏，我希望大家不要太计较这些，更不要把这本书当做一本教科书，如果恰巧你也遇到了和书中故事相似的境遇，请不要以此作为模本。婚姻没有可比性，别人解决问题的办法不可能复制给你。

　　其次我要说的是，因为我是新闻从业者，我描述的每一个故事都有真实的影子。它们有的发生在我认识的人身上，有的是发生在与我无关的人身上……但是每每看到、听到一个故事，都能触动我。我都会想，他们之间怎么了，是因为没有了爱情吗？他们是否曾经爱过？还是他们的结合根本就是个错误？曾经的海誓山盟，到头来可以因为离婚时一枚戒指的分割而打得头破血流；曾经的相濡以沫，可以因为只见了一面的异性而支离破碎。

我所接触的人，大多生活稳定、不愁温饱，大多数人的烦恼都来自于职场和家庭。但是我们能观察到，如果一个人家庭和睦、婚姻幸福、孩子省心，那他即使面对职场压力也能有所化解；但是相反，如果一个人婚姻不幸、家庭不睦，那么在职场上他们要么心不在焉，要么就只能演变成工作狂。

但是婚姻的幸福似乎比职场的成功更难掌控。婚姻的成分太复杂了。我曾经以为爱情是建立婚姻的唯一条件，但是现在发现，爱情是最脆弱的。责任，义务，道德，亲情，血肉……和这些相比，最初建立婚姻的爱情太微不足道了。我们每个人，如果平均寿命在七十五岁，就算我们三十岁建立家庭，我们能享受到的炙热的爱情，大概也只有五年的时间。在剩下的余生中，我们的婚姻靠什么来维系？我们怎么才能保证自己或者自己的配偶没有被外界的诱惑所困扰？所谓"忠贞不渝"，我们自己做得到吗？

写这本书的时候，我的一个朋友曾经问过我："婚姻是只限于两个人的事情，涉及感情和性，是绝对的隐私。可是你想过吗？为什么国家要为这么隐私的关系立法？"

我想过了，也想明白了，婚姻不仅牵扯到感情和性，还涉及财产和子女。对于感情和性，法律无法触及，哪一部《婚姻法》也保护不了你的感情不受伤害，法律无法制约你的配偶或者你本人的出轨。法律所能保护的，就是你的财产和你们子女的抚养权。

所以说，在感情上，法律无能为力。这也是为什么，在书的最后，我给自己出了一个难题。在法律的空白处，在所有人都知道谁是受害者、谁是作恶方的时候，法律却显得那样的苍白无力。当一个女人只想坚守自己的家庭时，法律却不能把她已经出轨的丈夫禁锢在她的家里。

在这本书完稿的时候，我把自己MSN的签名改成了"不想失去，唯有原谅"。如果你正在婚姻中纠结，就问问自己，你们两个人，谁更不在意失去对方。如果是你，你就可以挥挥手，去了。如果不是你，那就只有隐忍和谅解。当然，如果隐忍和谅解都还不能挽救婚姻的话，就放自己一条生路吧。

宗昊

2009 年 12 月 21 日

再版说明

《婚姻症候群》截稿于 2010 年，当年对于婚姻和家庭的探讨还没有今天这么理性。现在，新版的《婚姻法》以及司法解释被大家越来越熟知，书中的很多法律解释已经不能与时俱进。希望读者们有所谅解，它是一本小说，不是法律教科书，读它的人只看故事就好。如果真的有具体的法律事务，还是去寻求律师的帮助吧。

宗昊

2015 年 4 月

（京）新登字 083 号

图书在版编目（CIP）数据

婚姻症候群／宗昊著 . － 北京：中国青年出版社，2015.5

ISBN 978－7－5153－3198－0

Ⅰ . ①婚… Ⅱ . ①宗… Ⅲ . ①长篇小说－中国－当代

Ⅳ . ① I247.5

中国版本图书馆 CIP 数据核字（2015）第 051074 号

出版发行：中国青年出版社

社　　址：北京东四十二条 21 号

邮政编码：100708

网　　址：www.cyp.com.cn

编辑部电话：010－57350400

门市部电话：010－57350370

印　　刷：北京科信印刷有限公司

经　　销：新华书店

规　　格：880×1230　1/32

印　　张：9

插　　页：1

字　　数：205 千字

版　　次：2015 年 6 月北京第 1 版

印　　次：2015 年 6 月北京第 1 次印刷

定　　价：30.00 元